こじれた恋のほどき方

プロローグ

――ピンポーン。

とある日の夕方。頼んでいた宅配ピザが届いたと思い、私、藤園《ふじその》さやかは勢いよく玄関のドアを開けた。

「げっ!!」

びっくりしすぎて、喉からカエルがつぶれたような声が出た。

ドアの向こうに、オレンジ色の玄関灯に照らされながら、見知った男性がひとり佇《たたず》んでいたのだ。

見上げるほどの長身。驚くほど整った顔。軽く唇の端を上げて、意地悪そうに笑っている人物――

「よお、久しぶり」

この男は、ピザ屋さんじゃない。手にピザの箱を持ってるけど、断じてピザ屋さんじゃない。

私の幼馴染《おさななじみ》にして天敵。由緒《ゆいしょ》正しい旧家、藤園本家の跡取り息子、藤園彰一《しょういち》だ。

「なっ!?　なんでここに……」

彼と私は遠縁《とおえん》にあたるから、避けられない親戚付き合いはそれなりにあったけど……個人的に会うような機会は十年以上皆無だったはず。そもそもここ数年は、ヤツがアメリカに行っていたり、私が実家を出てこの家に住むようになって親戚付き合いにあまり参加しなかったため、顔を合わせていなかった。

だから顔を見るのは約三年ぶり？　どうして急にやって来たんだろう？

そんな風に不思議に思って呆然としていたら……彼はさらに意味不明なことを言い出した。

「この家は俺が買い取ったから。そのつもりでよろしく」

――長年疎遠《そえん》だった彰一の急襲《きゅうしゅう》により、私の生活は激変する……

一　嵐は突然やってくる

天敵の急襲《きゅうしゅう》から、さかのぼること十数分前――

そのとき私は小学校からの親友、理奈《りな》に電話し、ガールズトークに花を咲かせていた。

夕飯に食べようと時間指定で宅配を頼んでおいたピザが届くまで――そんな期限つきではじめたおしゃべり。だいぶ時間に余裕があったはずなのに、それは予想以上の長電話になっていた。

それでもまだまだ話したいことがある。

私はつい先日の出来事を思い出し、ため息をつきながら尋ねた。

「二十七歳で彼氏いないってダメなのかな？」

すると電話の向こうの理奈が『はいぃ？』と奇妙な声を上げる。

『さやかったら、なんなの急に』

「ん。この前、お母さんから電話があってね。彼氏いないの～？　とか、いないならお見合いしない～？　とか言われちゃって。もう、そういう歳なのかなって。衝撃だった」

そう。あれは衝撃だった。言われたことが嫌だったんじゃなくて、純粋に驚いた。

結婚したいと思う相手どころか、恋人ができる気配だってない。結婚なんてまだまだ先のことというか、まるで異次元の話。色恋沙汰《いろこいざた》なんてきれいさっぱりなにもない私に、母のあの質問はぐっさり刺さって痛かった。

『なになに～、さやかってばお見合いするの!?』

「しないよ！　その場で断った」

断ったものの、なんとなくもやもやしたものが心の中に残っている。

私自身はいまのままがいいと思っていても、世間的には体裁《ていさい》が悪いのかもって。考えれば考えるほど肩身が狭いというか、窮屈《きゅうくつ》な気がしてくる。母は私に対して、好きなようにしなさいと言ってくれたけど、本当に断ってよかったのかな……なんて。

『断っちゃったのかぁ。――ねぇねぇ、そのお見合い相手ってどんな人？』

残念そうな呟《つぶや》きに引き続き、好奇心満載《まんさい》で聞いてくる。もう。理奈ってば面白がってるなぁ。

「内緒！　済んだ話なんだからいいじゃない」

母は『相手の方の写真見たけど、格好いいわよ。趣味は絵画蒐集《しゅうしゅう》ですって。さやかと話が合うんじゃない？』と言っていた。けれど、理奈にそんなこと教えたら、いま以上に面白がるに決まってるので黙っておこうっと！

「あーあ。今後もお見合い話が舞い込むかもしれないと思うと憂鬱《ゆううつ》」

『まあ、さやかはあの藤園家の一員だもん。そりゃあ、お見合いの話がきたっておかしくないと思うけど？』

「えーっ」

不満いっぱいで唇を尖《とが》らせたら、小さく笑う気配があった。

『怒らないでよ。さやかが家のこと言われるの嫌いだってよく知ってるけど、でも事実は事実でしょ』

「それはそうだけど。でも……」

藤園家は、不動産管理業を中心に営む地元の名家。最近好調なのはホテル事業で、地元にホテルを一軒、旅館を三軒と、都内にも一軒ホテルを持っている。また文化事業にも熱心で、私設博物館をひとつ所有していたりする。

……と、どこか他人事な物言いになってしまうのは、うちが末席も末席の超一般家庭だから。ひいひいおじいちゃんが本家の三男か四男ってだけなんだもの。

さらに、一族の多くが藤園系列の会社に就職している中、うちの父は理系の研究職に進み、まったく関係ない会社で働いている。だからさらに一族の中でもアウェー感が強いというか。

古い体質の一族なので、親戚付き合いはそこそこあって、我が家も盆暮れ正月には本家に顔を出している。系列会社の祝賀会や身内のパーティーに顔を出さなきゃいけないこともたまにあるけれど……ああいう場所は、はっきり言って苦手だ。なぜなら、そういう場所に顔を出すと、藤園家と関わりを持ちたい人たちに声をかけられたり、縁談を持ちかけられるから。でも、さっきも言ったけれど、うちには一族内での発言力もないし、私をどうこうしても意味ないと思うんだけどね！

周囲の人たちは、藤園って苗字だけで、私に対しても勝手に期待したり落胆したりする。それが嫌で、ひとり暮らしをはじめてからは故郷に寄りつかなくなっている。

「あああああ、めんどくさい」

『まぁまぁ、そう嘆《なげ》かない、嘆《なげ》かない。藤園の家に生まれたから、大好きな洋館でひとり暮らしできてるわけでしょ？』

「うっ！　それは……そうなんだけど……」

理奈が正しい。言い返せなくて、返事の代わりに冷めたお茶をひと口飲んだ。

私がいま住んでいるのは、本家の当代当主の妹、沙智子《さちこ》おばさまの家だ。

数年前、イタリアへの赴任《ふにん》が決まったおじさまと一緒に、おばさまもあちらへ行ってしまった。

それで、おばさま夫婦には子どもがいなかったので、家の管理を頼める人を探していたらしい。

そのころ私は家から少し遠い美大に、片道二時間以上かけて通っていた。最初はなんとかなるだろうと思っていたのだけれど、やっぱりきつくて。両親と相談して、大学の近くにアパートを借りてひとり暮らしをしようと考えていたところ、この話が舞い込んだ。この家から大学までは電車で三駅の距離。即座に管理人に名乗りを上げ、その後の話はとんとん拍子《びょうし》に進み、いまに至る。

この家は大正時代に建てられたコロニアルスタイルの洋館だ。濃緑の屋根に白い壁。鎧戸《よろいど》や窓枠は淡い緑色でちょうどいいアクセントになっている。コロニアルスタイルの特徴ともいえるベランダの柱も淡い緑で、全体的に可愛らしい雰囲気だ。規模は小さいけれど、あちこちに意匠《いしょう》が凝《こ》らされている。古い家だからちょっと不便なところもあるものの、水回りはそれなりに改装してあるし快適。庭も家の中も、定期的に専門業者の手を入れることになっているので、管理人って言ったって大したことはしていない。普段の掃除くらいだ。

大学卒業後もそのまま住まわせてもらって、かれこれもう五年。こんな素敵なお家に住めて、毎日が夢みたいに楽しい。

『そこに住めて楽しいんでしょ？　だったら少しは我慢しなさい』

「はあーい」

頭ではわかっているんだけどな。子どものころ色々あったから、感情面ではまだ割り切れていない。親戚のみんなが嫌いだとかそういうことじゃないんだけど……

――あ、違う。ひとりだけ嫌いな親戚がいるわ。同い年のアイツ。

なんて思い出していると、理奈が『そういえば』と話題を変えた。

私は物思いに耽《ふ》けるのをやめて彼女の声に集中する。

『ねえ。うちのホテルのオーナーの噂、聞いてる？』

すごいタイミングで聞いてくるから、私は思い切り顔をしかめた。

理奈の勤めている藤園グランドホテルはうちの本家が経営しているホテルのひとつ。で、オーナーは、まさにいま私が思い出していた大嫌いなアイツ、藤園彰一。本家の長男で、私の初恋の相手で、それでもって私の天敵。あんなヤツが初恋の相手なんて、黒歴史もいいところだ。幼稚園時代の私は本当に男を見る目がなかったね！

「彰一？　知らない、あんなヤツ！　私がアイツのこと嫌ってるの知ってるでしょ？　そんな話題ふらないで！」

『うーん……。まぁ、ねぇ。オーナーって、さやかにだけ意地悪だったよねぇ。それってさ……』

次に理奈が口にする言葉はわかりきっている。『さやかのことが好きだったんじゃない？』だ。

「絶対に違うから！」

先手必勝。言われる前に否定しておく。このやり取りはもう何度目になるか数えきれない。

『え～。そんなことないってば。小学生くらいの男の子ってさ、好きな子には意地悪しちゃうものじゃない？』

と、不満そうな返事をしてくるのもいつものこと。

「彰一ってさぁ、なんであんな嫌なヤツに成長しちゃったんだろ……」

言っても仕方ないことだけど、やっぱりため息が出る。

幼稚園時代の彰一は、ちょっと泣き虫だけど、優しくて、物知りで。男勝《おとこまさ》りだった私とは対照的に大人しい子だった。そんな私たちがどうしてウマが合ったのかわからないけど、とにかく当時はすごく仲がよかったし、私は彼に恋のような感情を抱いていた。

けれど、小学校に上がった途端《とたん》に彰一はとんでもない意地悪野郎に変わってしまい――

短い春休みを挟んだだけで、なんでそんなに変わっちゃったのか信じられなくて、最初は呆然とした。意地悪を言われたり、されたりするたび、『本当のショウちゃんはこんなことしない。なにか理由があるんだ』と思って我慢してたけど、それが二年生になっても三年生になっても一向に直る気配がない。四年生に上がるころには沸々《ふつふつ》と怒りが湧《わ》きはじめ、五年生では喧嘩《けんか》に明け暮れた。そして小学校を卒業するころには、埒《らち》が明かないからもう関わり合いになるのはやめようと達観《たっかん》するに至った。

煌《きら》びやかな取り巻き連中を引き連れて、いかにも名家のお坊ちゃま然《ぜん》とした彼の姿はいまでもうんざりするくらいはっきり思い出せる。

『お前なんかにできるわけがない』

『そんなこともわからないのか、呆《あき》れたヤツだな』

『邪魔だ、引っ込んでろ』

なんて暴言にはじまり、ことあるごとに張り合ってくるわ、突っかかってくるわ、面倒くさいことこの上なかった。泣き虫時代の彼をよく知っている私の存在が疎《うと》ましかったのかもしれないけど、同じ幼稚園だったのは私だけじゃないし、理由がわからない。

ことあるごとにこんなことを言われ続けたら、誰だって嫌いになるよね!?

偉そうに腕組みして『お前は黙って俺のうしろにいればいいんだよ！』なんて小馬鹿されたとき

は、思わずぶん殴っちゃったよね。まったく悪いと思わなかったので謝らなかったから、親にも先生にも思いっきり叱《しか》られたけど、いまだに後悔はしてない。

その後、私は地元の中学へ、彰一は中高一貫の名門私立学校へ進んだ。これでようやくヤツの意地悪から解放されると思ったんだけど、悲しいかな親戚づきあいまでは断ち切れない。顔を合わせるごとに喧嘩《けんか》になる始末で、年を追うごとに険悪さは増していった。

極めつけは高校一年生で、私にはじめて恋人ができたとき。相手はひとつ上の二年生で、同じ学校の先輩だった。格好よくて、年上らしい落ち着きがあって、物腰が柔らかい。そんな人に告白されたことで、恋愛のれの字も知らなかった私は舞い上がった。

いまになって思えば、自分の浮かれっぷりが恥ずかしくて床に頭を打ちつけたいけど、当時の私は我が世の春を謳歌《おうか》していた。勉強はおざなりで、部活だってサボりまくり、全部が彼中心に回る日々。

ところが、そんなこんなで迎えたクリスマスイブに、突然別れを切り出されたのだ。心は悲しみに沈んでいたけれど、周りに心配をかけたくなかったし、本家の集まりは絶対参加だから、私は仕方なく藤園家の新年会に参加した。

そのとき本家のお屋敷の廊下で、彰一に呼び止められた。そうして振り返った私に、ヤツが言い放ったのは……

『アイツの素行《そこう》の悪さを、お前は知らなかったのか？　無知は罪だな。それとも恋は盲目《もうもく》ってやつか？　どっちでもいいが、藤園の名に傷をつけるような真似《まね》はするな』

あとから風のうわさで聞いたところによれば、確かにその元カレはあまり評判のいい人じゃなかった。彰一の言うことは正しかったのだ。でも、正しいと理解していても、彰一が私の恋愛にまで口出ししてきたことが腹立たしくて、素直に反省できなかった。最後の一言がどうしても受け入れがたかったから。

藤園の名に傷をつけるな。

その一言に、彰一はもう遠くて、相容《あいい》れない存在になってしまったんだと確信し、そのとき私はようやく『幼馴染《おさななじみ》のショウちゃん』と決別したのだった。

高校卒業後、ヤツはアメリカの大学へ進学し、そこを卒業してからも一年間は現地の会社でインターンシップをしていたから、会う機会はほとんどなくなった。けれど、あの日の腹立たしさと落胆は昨日のことのように蘇《よみがえ》る。

——なんてことを一瞬で思い出す。ムカムカとモヤモヤがピークに達した私は、膝に抱えていたクッションを殴って八つ当たりした。

「ああ、腹が立つ！」

『もー、相変わらずなんだから。いい大人なんだし、そんな態度取らないの。——それでね。オーナーなんだけどね、最近、お見合い攻撃が酷《ひど》くて閉口《へいこう》してるらしいよ。ま、片《かた》っ端《ぱし》から断ってるみたいなんだけど』

話題をふるなって言ったのに、全然聞いてないよ、この人！

「へぇー」

適当さ丸出しの相槌《あいづち》を打っても、理奈はまったく気にしないで続ける。

『それだけならまだよかったんだけど、一昨日だったかな？　仕事だって言われて指定された料亭に行ったら、なんとお見合いの席だったんだって！　だまし討《う》ちみたいなやり方に相当腹を立てたみたい』

まあ、そんなことされたら誰だって怒るよね。彰一は嫌なヤツだけど、ちょっと同情した。

『それでね、昨日一日で溜《た》まってた仕事片づけて長期休暇をもぎ取って、今日からどこかに雲隠れって噂よ！』

「へぇ……。まあ、休暇が終わったら帰ってくるんじゃない？」

さっきと同様、適当に答える。考えたって真相はわかりっこないもの。

『そんなものかなぁ。……それにしても、さやかもお見合い、オーナーもお見合い、かぁ～～～』

電話の向こうで、大きなため息が聞こえた。

――そのとき、ピンポーン、とインターホンが鳴った。

現代的な電子音はこの家に似つかわしくないなぁと常々思っているけど、ないと不便だし、仕方ない。古風な洋館で快適に暮らすためには多少の妥協《だきょう》が必要なのだ。

「ごめんね。ピザが届いたみたい」

『ん。じゃ、またね～』

「はーい！　またね！」

通話を切り、私はテーブルの上に用意しておいた財布《さいふ》を掴《つか》んで玄関へ向かった。

＊　＊　＊

「ごめんなさい。お待たせしました！」

そう言いながら、俯《うつむ》き加減で勢いよく玄関のドアを開けた。

……ん？　いつもならドアを開けた瞬間に『毎度どうも！』って元気な挨拶《あいさつ》があるはずなのに。

今日は静かすぎる。

訝《いぶか》しんで顔を上げると、そこには男性がひとり佇《たたず》んでいた。

「げっ!!」

びっくりしすぎて、色気のない声が出た。

唇の端を軽く上げ、意地悪そうな笑みを浮かべる長身の男。コイツは……！

「よお、久しぶり」

私の幼馴染《おさななじみ》にして天敵。本家の跡取り息子の藤園彰一だった。

『長期休暇をもぎ取って、今日からどこかに雲隠れって噂よ！』

さっき理奈が言っていた言葉が頭をかすめる。

…………え!?　雲隠れしたはずの人間が、なんでここにいるの。

混乱する頭を必死に働かせて考えるけど、当然彰一がここに立っている理由なんて思いつかない。

……もしかしてコレ、幻覚なんじゃないの？

理奈と話しているときに、彰一のことなんて思い出したから、ついうっかり幻を生み出しちゃったんだわ……！　そう！　それに違いないよ!!

うんうん、私、ちょっと疲れてるのかな？　いったんドアを閉めて、深呼吸して、そうしてもう一度ドアを開ければ、綺麗さっぱり消えてるはず……！

そう信じて、いましがた開け放った玄関ドアのノブを掴《つか》んで閉め……ようとしたんだけど、それよりも早く、招かれざる来訪者にドアを押さえられてしまった。渾身《こんしん》の力を込めて引っ張っても、ドアはびくともしない。なんて馬鹿力なの、コイツ！

「この家は俺が買い取ったから。そのつもりでよろしく」

憎《にく》たらしいくらい端整《たんせい》な顔をにやりと歪《ゆが》めて、彰一は私の横をすり抜けた。

「ちょっ……なに言ってるの!?　意味わかんないんだけど！」

「うるせぇな。引っ越しとかは追々《おいおい》するとして、ひとまず今日から二週間、俺はこの家で過ごすから。あ、お前は今後も、特別にこの家に住まわせてやるから安心しろ」

「あ、それはありがと……じゃない！　急にそんなこと言われて、誰が信じるかってのよ」

「説明はあとあと。ほら、お前の晩メシ。受け取っておいてやったぞ」

ピザの平たい箱をずいっと差し出されたので、私は慌ててそれを受け取った。

そして私が呆気《あっけ》に取られている間に至近距離まで近づいていた彰一は、私の両肩をがしっと掴んだ。

「…………」

衝撃のあまり声が出なかった。次の瞬間、手から大事な晩ごはんが滑《すべ》り落ちる。

ああ、わが愛しのマルゲリータピザ、チーズ増量！　いつもなら転んだって死守するのに、いまは体が硬直して指先ひとつ動かせない。

ピザ箱がコマ送りのようにゆっくりと床へ落ちていくのを見守るしか……

「――っと！　あっぶねー！」

一瞬なにが起きたのかわからなかった。

彰一が素早く屈《かが》んで、ピザの箱をキャッチしてくれたらしい。

「まったく、相変わらずトロいな。熱々《あつあつ》のチーズがたっぷりのったピザなんだぞ。万が一、落とした拍子《ひょうし》にふたが開いて中身を被《かぶ》ったら大変だろうが！」

彰一はおもむろに私の手を掴み、ぺたぺた触って無事を確認してくる。こんな風に手を握《にぎ》られるのは幼稚園以来で、気恥ずかしい。

――たしかにピザはでき立てだろうけど、配送の間に少しは冷めているはずだ。ちょっと大げさすぎやしない？

私はなんだか居心地が悪くなって、彰一の手を振りほどこうとした。けれど、強引に手を引っ張られて叶《かな》わない。

「ちょ！　さっきからなんなのよ」

足を踏ん張りつつ、私の手首を握る手をぺしぺし叩いた。

彰一に会うと、だいたい彼のペースに乗せられて調子が狂いっぱなしになる。ちょうどいまみたいに。それが腹立たしくてしかたがない。

「そーんな可愛らしい抵抗されても、俺には効果なんてないぞ？」

ますます意地悪な顔で笑う。コイツが可愛いとか言っても、ぜんっぜんいい意味に聞こえない。

口をへの字に曲げて睨《にら》み上げる私を、彰一は涼しい顔で見下ろしている。

「なんなら抱っこで運んでやってもいいが？」

「な、なななななっ!?」

「冗談だ。おまえ面白いくらいなんでも本気にするのな」

あははは、と笑いながらあっさり手を離すと、私を置いてダイニングルームに入って行った。

「ほら、冷めないうちに食うんだろ？　早く来い」

先に歩いていった彰一がダイニングから顔を出して私を急《せ》かす。

「い、言われなくてもわかってるってば！」

私も慌ててダイニングルームに向かって歩き出した。

＊　＊　＊

数十分後。

ピザを食べ終えた私は、リビングルームのソファに腰かけながら、ほうじ茶をすすっている。ああ、美味《おい》しい。熱々《あつあつ》に淹《い》れて冷ましながら、ちびちび飲むのがいいんだよね。

——なんて考えるのは、ちょっとした現実逃避だ。

彰一が勝手に上がり込んでしまったから、しかたなく一緒にダイニングルームで夕食をとった。

そしたら、どういう風の吹き回しなのか、彰一に甲斐甲斐《かいがい》しくお世話をされてしまって、とても不気味なのです。

『さっきピザを落としかけたときに、手首をひねったりしたかもしれないから、やっぱりお前はおとなしく座ってろ』

『え、あんなの全然大丈夫だって……』

『うるさい、黙って俺の言う通りにしろ。お前は一歩も動くな』

口ぶりは横柄《おうへい》そのものなのに、やれ取り皿だ、タバスコだ、麦茶だ……と次々に目の前に用意された挙句《あげく》、ピザまで取り分けてくれた。

いったい、なんなのコイツ。

あまりの胡散臭《うさんくさ》さに睨《にら》んだけれど、彰一は涼しい顔でお茶をすすっている。

——って、いつまでもまったりしてる場合じゃない。さっきの爆弾発言について詳しく問い詰めねば。

私はそう思い、湯呑みをローテーブルに置いて居住《いず》まいを正す。

「さて、彰一。そろそろ本題に入ろうよ」

「本題って……？」

さもわからない、という顔をしているところが小憎《こにく》たらしい。絶対わかってるくせに！　けど、ここでいちいち突っかかってたら進む話も進まない。

大人になれ、自分。大人になれ、自分。

「決まってるでしょ。さっき彰一が言ってたじゃない。この家は俺が買い取ったとか、二週間ここに泊まるとか。私、そんな話おばさまからなにも聞いてない！　急に言われても困るよ！」

「さっきも言ったろ？　ここの持ち主は俺だ。お前の意思なんて関係ない」

ココ　ノ　モチヌシ　ハ　オレ　ダ？

私の聞き違いであってほしいと心から願っていたのに。やっぱり……そうなの？

彰一のことだから、私に嫌がらせするために性質《たち》の悪い冗談を……って。でも、ここ数年会ってなかったのに、わざわざ意地悪するために訪ねてくるなんて暇すぎるか。そうはいっても、彰一の家はすでにたくさんの不動産を持っているし、この家を手に入れたい理由も思いつかない。じゃあ、やっぱり私の住処《すみか》を奪って嫌がらせするためだけに大金をかけて!?　お金持ちの戯《たわむ》れなの!?

突飛《とっぴ》な妄想《もうそう》が頭を駆け巡った。

「……嘘でしょ？」

「嘘だと思うか？」

と逆に問われると答えに困る。藤園家は親族内で家の一、二軒くらい簡単にあげたりもらったりしそうだ。まぁ、ありえない話ではない。

「本当だという証拠だってないでしょ！」

私はじっと彰一を睨《にら》み、彰一もまた威圧感たっぷりな顔で私を見つめ返してくる。

そんな緊張がみなぎる部屋に、壁掛け時計のカチコチという呑気《のんき》な音だけが響き渡っている。

――膠着《こうちゃく》状態を破ったのは一本の電話だった。小さめの音量に設定しているけれど、完全に油断したところにベルが鳴ったから、びっくりした！　ドキドキと早鐘《はやがね》を打つ胸を手で押さえて席を立つ。彰一が不機嫌そうに舌打ちする姿が見えたけど、無視、無視。

「はい、藤園でございます」

『さやかちゃん？　私。沙智子よ。お久しぶり。元気にやってる？』

「沙智子おばさま！」

背後でソファがきしむ音が聞こえる。振り返ると彰一がソファから立ち上がるところだった。

ますます不機嫌そうに曲がった彼の唇を見て、ピンときた。私とおばさまが話すと都合悪いんだね。やーっぱりなんか隠してた！

「はい。こちらは元気にやってます。あの、ちょっとお聞きしたいことがあるんですが……」

『彰一くんのことかしら？』

即座に彰一の名前が出てくるなんて、ますます怪《あや》しい。

「そうです」

と言った途端《とたん》、顔に影が差す。不思議に思ってうしろを振り返ると、体がくっつきそうなところに彰一が立っていた。驚いて喉の奥から変な声が出そうになるのをかろうじて堪《こら》える。

さっきも思ったけど、長身にくっつかれると威圧感あるんだってば！

心の中で悪態《あくたい》をついてヤツと離れるべく一歩後退した。すると彰一もその分だけ距離を詰めてくる。おまけに電話を貸せと言わんばかりに右手を出してるんだけど……素直に従うわけないでしょ！

彼の手をかわして、何事もなかったようにおばさまと通話を続ける。

「なにか事情をご存知でしたら教えていただきたくて……」

手で『あっちへ行け』の合図をするけど、ヤツは一向に諦《あきら》める気配ナシ。

実力行使と言わんばかりに手を伸ばしてくるから、また一歩後退。ついでにヤツの手を叩き落とす。手加減はしたけどそれなりに痛かったらしく、彰一は「いてっ」と小声で呟《つぶや》いて怯《ひる》んだ。

『あらあら。事情もなにも、あなたを説得に行ったんでしょ？』

「説得？」

なんの説得？　話が見えない。

『もしかして、彰一くんったら、まだなにも話してないの？　ダメねぇ』

沙智子おばさまは小さな子どもをたしなめるような口調で言った。ちらりと横目で彰一を見ると、観念したのか私から少し離れた場所に立ち、仏頂面《ぶっちょうづら》で腕組みをしている。

「申し訳ありませんが、最初から教えていただけますか？」

『あなたにも関わることなのに、説明が後回しになっちゃってごめんなさいね。私はもうてっきりさやかちゃんも知ってると……』

と前置きをしておばさまが話してくれたのは、こういうことだった。

もともとおじさまの異動に伴って渡ったイタリア。住んでみたら思いのほか快適だし、現地でおばさまが立ち上げた事業も順調で、日本に戻るのをためらいはじめたらしい。

おじさまが定年したら戻ってくるのが当初の予定で、私もそう聞かされていた。おじさまの定年はもうすぐ。昨年あたりから、そろそろこの家を出て行かなきゃいけないなぁと漠然《ばくぜん》と考えていたのだ。なので、帰国したくないという沙智子おばさまの発言は寝耳に水だ。

「イタリアに移住しちゃうんですか？」

『うーん。そうねぇ。移住……まではいかなくてもね。できるだけ長くこちらにいたいわね。それこそ、元気ならあと十年くらい。そうなると気がかりなのはその家のことよ。さやかちゃんだって、そう遠くないうちに出て行っちゃうでしょう？　恋人ができたり、結婚したりで』

あー……。そんな予定はこれっぽっちもないですけどね。あははははは！

「やー、お恥ずかしながらそんな予定はなくて……」

『あらあら。そんなこと言って！　恋なんてね、電光石火《でんこうせっか》よ。いまその気がなくたって、明日にはどうなっているかわからないんだから』

語尾にハートマークがつきそうなくらい明るい口調で言い返されて、私は「はぁ」と締《し》まりのない相槌《あいづち》を打った。

『私の言うことが信じられない？　ふふふ。そうねぇ、一年……いいえ、半年後にも同じことが言えるかしら？　楽しみねぇ』

沙智子おばさまは含み笑いしながら、そうのたまう。

なんでそんなに確信めいた口調で言えるんですか、おばさま！　彼氏いない歴二ケタに突入したこの私に！

「そんな急に春が来るわけないいじゃないですか、あははは……は……」

自分で言っておきながら、心にぐっさり刺さる。うう、胸が痛い。

『ふふ。いまはそう思っておきなさいな。――話が脱線しちゃったわね』

渾身《こんしん》の自虐《じぎゃく》は、あっさりかわされてしまった。

『数か月前にその家を売ってほしいとおっしゃる方から連絡が来てね。そのとき、はたとその家をどうするか考えなきゃいけないと気がついたの。主人も私も自分たちのことで頭がいっぱいで、すっかり忘れてたのよ。恥ずかしいわ。これから先、何年空き家《あきや》にするかわからないでしょう？　放置するより、大切にしてくれる方にお譲《ゆず》りしたほうがいいんじゃないかと思って』

「じゃあ、その方に？」

『いいえ。急なお話だったし、そのときは決心がつかなくてお断りしたわ。物腰の柔らかい、感じのいい男性だったのだけれど……。ただね、その電話がきっかけで家の処分を考える気になったの』

そんなことを義姉である百合《ゆり》おばさまに話したところ、その息子である彰一が買い取りたいと名乗り出たらしい。

彰一のことはよく知っているし、他人に売り払うよりは気持ちも楽だ。だからその申し出を、条件つきで了承したんだと言う。条件と言うのは、「二週間以内に、管理人として住んでいる私を説得し、新しい家主として認められること」だそうだ。

「二週間、ですか」

『そう。私、二週間後に一時帰国するから。それまでに条件をクリアしなさいってこと』

管理人とは名ばかりで、沙智子おばさま夫婦の厚意で住まわせてもらってる私のことなんて気にしなくていいのに。いますぐに出て行けと言われたらそりゃあ困るけど、でもおばさまの邪魔にはなりたくないし、期限を区切ってもらえれば引っ越すし。条件なんてつけて話をややこしくする必要なんてないはず。そう思って尋ねると――

『ちょっと事情があって……ね。いまは話せないけど、いつか全部話すわ』

と含み笑いをするだけで、それ以上は教えてくれなかった。

「その『いつか』って、いつですか」

『うーん、そうねぇ。早かったら二週間後？　遅かったら……さて、いつになるのかしら？』

「えー……」

不満たらたらで呟《つぶや》くと、おばさまはころころと上品に笑う。

『上手くいくといいわね？』

「あの、話が見えないのですが……」

『いまは見えなくていいのよ！　――あら、大変。もうこんな時間だわ！　さやかちゃん、ごめんなさいね。二週間後に会えるのを楽しみにしてるわ！　じゃあね』

プツッ！

「あ。切れた」

通話の切れちゃった電話をまじまじと眺めるけど、それでふたたび電話がつながるわけではない。忙しそうだったし、かけ直すのは気が引ける。

「ま、いっか。二週間後に会えるんだし」

それに冷静になって考えてみれば、私はただの居候《いそうろう》。家主の事情にどっぷり首を突っ込んでいい立場じゃない。この家の譲渡《じょうと》に口を出す権利なんてないのだ。誰が家主になったとしても、おばさまの意思に従うだけ。だから、悔しいけど私は彰一を家主として認めないわけにはいかない。だって、この家の譲り手がいなくなってしまったら、困るのはおばさまだもの。

……とはいえ、ふたつ返事で彰一を家主と認めてしまうのは癪《しゃく》だ。二週間後におばさまは帰ってくると言っていたし、そのときまで彰一を大いに焦《じ》らしてやろう。二十年来の鬱憤《うっぷん》を少し晴らさせてもらうんだから！

悪だくみを思いついた私は、彰一に見つからないよう忍び笑いをしつつ終話ボタンを押した。

＊　＊　＊

受話器を戻し、元の席に着く。

目の前には不機嫌そうな彰一が座っている。

私から電話を奪うことを断念した彼は、早々にソファに戻っていたのだ。

「家主じゃないじゃない」

「ほぼ決定なんだから、そう名乗っても問題ないだろ」

「騙《だま》しやがって、このぉ……」

「人聞きが悪いこと言うな。計略だ、計略」

「似たようなもんでしょうが！」

ぜぇぜぇと肩で息をする私を企《たくら》み顔で眺める彰一に、腹が立った。

こんな性格だっていうのはわかってたはずなのに、うっかり騙《だま》された自分にもイライラする。なかば八つ当たりを込めて、

「言いつけてやる。百合おばさまに言いつけてやるっ！」

と人差し指を突きつけた。

けれど彰一はどこ吹く風だ。ふふん、と人を小馬鹿にしたように鼻を鳴らす。

「つ、ついでに親戚のおばさま連中にもあんたの居場所、連絡しちゃうんだから！　彰一、いまお

見合い攻撃がすごいんでしょ？　それで今日から雲隠れなんでしょ？　知ってるんだから！　お見合いの話を携《たずさ》えたおばさまたちに囲まれて、困ればいいのよっ！」

「おまえなぁ……。どっからそんなデマを仕入れてきたんだよ、まったく！」

「え？　デマ？　そうだったの？」

「次々に縁談を持ちかけられて、辟易《へきえき》してたのは事実だが、今日から休暇を取ったのは、雲隠れのためじゃない。おまえに家主と認めさせて、この家を手に入れるためだ」

思いっきり呆《あき》れられてしまった。……そうだよね。いまおばさまから聞いたばかりなのに。じゃあ、理奈が言ってたのは勘違い？　まあ、オーナーのゴシップネタなんて、従業員たちの好きな話題だものね。そういうデマが広がっていても不思議はないのかな。

情報源が理奈だってバレたら、彼女になにか悪い影響があるかもしれないから絶対黙っていなきゃ！　と身構えたけど、彰一はそれ以上追及してこなかった。

そのかわり、なにやら含みのある顔つきになって、口を開く。

「――よし、わかった。おまえが告《つ》げ口したいと言うのなら構わん。誰にでも言えばいい。だがな。もし親戚連中に俺の居場所がばれた場合……」

「場合……？」

彰一が急に声を低くした。続く言葉を聞くのが怖くなって、喉《のど》がごくりと鳴る。

「かしましいおばさま連中が見合い写真持って押し寄せてくるぞ。そのときはたぶんおまえの分までちゃっかり持ってくるだろう。いや、持ってこないようなら、俺がおまえの分も頼んでやろう。

どうだ、一緒にあの見合い攻撃受けてみるか？」

「いやあああああああ！　返して！　私の静かな日常を返して！」

母からチラッと言われただけでうんざりしたのに、それが大挙《たいきょ》して……なんて考えただけで眩暈《めまい》がする。

「な？　嫌だろう？　だったら、誰にも連絡せず、おとなしく二週間、俺を泊めるのが得策だぞ」

「……う、それはそれで嫌なんだけど……」

本音を言えば、彰一をいますぐ追い出してしまいたい。でも、そんなことをしてこの譲渡《じょうと》話が流れてしまったら、おばさまを困らせてしまうし……ああ、なんて厄介《やっかい》なの！

「おいおい。つれないこと言うなよ。おまえと俺の仲だろ？」

「それどんな仲」

「仲良しの幼馴染《おさななじみ》」

悪縁？　天敵!?　なんにせよ、ろくなもんじゃない。

少しも悪びれずに言う彰一に、げんなりした。

「それ、いつの話よ。仲良かったのなんて幼稚園までじゃない。あとはいじめっ子だったクセに」

どの面《つら》下げて仲良しなんて言うのかな、コイツは。

「小学生の意地悪なんて……ほら、わかるだろ？」

「え、なにわかんないわよ！　はっきり言いなさいよ!!」

むっとしながら言い返すと、彰一はばつが悪そうな顔をして頭をがりがり掻《か》いた。

「おまえ……そんなこと、言わせるなよ。もういい」

そう言って、ぷいっとそっぽを向いてしまった。

な、なによ、怒りたいのは私のほうなのに……！

「そ、そうだ！　なにもここに二週間泊まらなくても、あんたが毎日通って私を説得すればいいじゃない」

我ながら、いいこと思いついた！

「嫌だね。俺が訪ねてきてからの一連の行動を見ていて確信した。お前をひとり暮らしさせるなんて危なっかしいこと、これ以上できない。管理人の生活を監督《かんとく》するのも、家主としての務めだ」

そう言ってなぜか、偉そうにふんぞり返る彰一。身に覚えがなさすぎて、一瞬呆気《あっけ》に取られてしまった。

「……はい？　まだ認めてないし！　第一私、危ないことなんて、まったくしてないじゃない」

彰一が訪ねてきてからって……ピザを食べただけなのに、どこに危ないことがあったって言うのよ。

「まず、インターホンが鳴ったとき、モニターも確認せずに玄関を開けるなんて不用心すぎる。俺だったからよかったものの、もし訪ねてきたのが悪意を持ったヤツだったらどうするつもりだ！」

「へ？」

「危ないだろう！」

いやいや、さっきのはたまたまだから！

「いつもはちゃんと確認してるって。ほら、さっきは宅配を頼んでたし、ちょうど配達予定の時間だったし？　つい……」

「つい、だと？」

誰だってついやっちゃうことってあるじゃない？　そんなに目くじら立てなくてもいいのに。そう呑気《のんき》に思う私とは裏腹に、彰一はますます眉をひそめる。

「そ、そう。つい、だよ。つい！」

上目づかいでそーっと様子を窺《うかが》うと、彰一は最大級に怖い顔をして腕を組み、ソファにふんぞり返っている。雰囲気だけで言えばこめかみあたりに青筋がビキビキ立ってそう。実際は立ってないけど。

魔王がこの世にいるとしたらこんな感じかな。なんて場違いなことが頭をよぎった。ついでにシューベルトの『魔王』が頭の中で鳴り響く。

「この馬鹿！　『つい』じゃない！　おまえ本当に危機感薄すぎだ！」

ひー！　特大の雷が落ちてきた。っていうか、なんでこんなに怒るの!?

「いいか、その油断が命取りになるんだ。自分だけは大丈夫、自分だけは安全、どうしてそう思える？　根拠なんてあるか？　ないだろう？　なにか起こってから後悔しても遅いんだぞ！　いいか。今後はちゃんとモニターで確認してから玄関を開けろ」

「は、はい！」

剣幕に圧《お》されて素直な返事が口をつく。いつもみたいに反発する気も起きない。

「それからピザを落としそうになったとき！」

「またその話!?」

火傷《やけど》したら……とかなんとか。心配しすぎだよ。仮に少しくらい火傷《やけど》したとしても、よく冷やしておけばすぐ治るでしょうに。

「お前にそんなこと言う権利はない。どうせ普段から、熱いお茶をこぼしたりしてるんじゃないのか？」

「うっ、それは……」

なんでわかるの!? たしかに、考え事とかしてると、つい湯のみをひっくり返しちゃうことがある。

「ほら、やっぱり。お前のそういうとこ、小さいころと全然変わってないんだな……」

そう言いながら私を見る彰一の目は、なぜだかとても優しくて、幼いころのショウちゃんの思い出が胸をよぎり、少しだけ胸が苦しくなった。

「と、いうわけで。俺はお前を監視するためにこの家に住むことに決めた。異論は認めない。逆に聞くが、お前はどうして俺と一緒に住むのがそんなに嫌なんだ？」

「……この暴君《ぼうくん》！ いままでひとりで気ままにやってきたのに、絶対に嫌！ それに、み、未婚の男女がひとつ屋根の下でふたりっきりって、そんなのよくないに決まってるじゃない!!」

彰一は一瞬ぽかんとして、それから得心《とくしん》がいった様子で頷《うなず》き、最後に呆《あき》れたようなため息をついた。

それに対して「なによ、その態度！」とさらに腹を立てた私に向かい、憐《あわ》れむような目を向ける。

「――あのなぁ、さやか。俺を見くびってるのか？　色々心配しているらしいおまえには悪いが、いきなり襲うほど飢《う》えてないんだよ。ご期待に添えなくて申し訳ないな」

「な！　ばばばば馬鹿なこと言わないでよ！　なにがご期待よ！」

なんなのコイツ！　なんでこんなこと言いながら、色気たっぷりの流し目をくれるかな！

「……ふんっ、いいわよ。そこまで言うなら、この勝負受けて立とうじゃない！　二週間で私を説得してみなさいよ!!」

「言ったな」

――あ。

ニヤリと笑う彰一の顔を見てはっとする。ああ、私の馬鹿……！　こういう乗せられやすい私の性格を、コイツは熟知してるんだった!!

「よし。これで管理人である、さやかの了承も取れたし、今日から二週間、じっくり説得させてもらうから。よろしくな」

有無を言わせぬ口調。いまさら「さっきのは売り言葉に買い言葉でつい……」なんて言って、弱みを見せたくない。意地っ張りな自分の性格が恨《うら》めしいけれど、彰一との勝負にはどんな小さなものだって負けなくない。

私は覚悟を決め、彰一に改めて宣戦布告した。

「望むところよ、かかってきなさい！」

――こうして私の本心とは裏腹に、彰一との期間限定同居が決定してしまったのだった……

＊　＊　＊

それから私たちは共同生活をする上での最低限のルールを話し合った。いま思いつかないものは思いついたときに改めて話し合えばいい。

その話し合いの最後に、彰一の使う部屋を決める。

「俺はどの部屋を使えばいい？」

「部屋は二階の一番東を使って。階段を上がって左のつきあたり」

反対側のつきあたり――つまり西の角部屋が私の部屋だから、一番遠い部屋を指定した。

「わかった。その部屋を使わせてもらう」

「じゃ、そういうことで！」

話は終わったし、さっさと自分の部屋に引きこもってしまおう。なるべく顔を合わせないようにして過ごせば、二週間なんてきっとすぐよ。そう思いながら中腰になったところ――

「待てよ」

と手を掴《つか》まれた。

「なに？」

中途半端な姿勢はつらいけど座りなおすのは癪《しゃく》なので、そのまま振り返って尋ねる。

「話はまだ終わってない。座れ」

「ほかに話すことなんてないでしょ」

「いいから座れ」

ぐいっと手を引かれて、仕方なくもう一度ソファに腰を下ろした。

「この家の窓はすべて防犯ガラスなんだろうな？」

「そうだって聞いてるけど？」

答えると彰一はなにか考えるように視線を宙に彷徨《さまよ》わせながら、ぶつぶつと独り言をこぼす。その言葉の断片を拾うと……

「そうか。とするとあとは……とりあえずホームセキュリティか。細かいところはゆっくりチェックすればいい」

こんなことを言っているようだ。

え、ホームセキュリティ⁉

「ちょっと待って。ホームセキュリティって⁉　そんなもの、どれだけ費用がかかると思ってるのよ！」

「おまえ……」

頭痛がするとでもいいたげに、彰一は額を押さえた。

「あのなぁ、そんなこと気にするなよ。住んでいる人間の安全のほうが大事だろうが」

「気にするよ！　お金を気にしなくて済むのなんて、あんたんちぐらいのお金持ちだけだよ！」

本当に、彰一ってばどうしちゃったの⁉　口が悪いのと、私をからかってくるのは昔のままだけど……なんていうか、心配性すぎるというか……

なにか裏があるんじゃないの!? 疑いの目でじーっと見ると、彰一は疑われたのが不本意だと言いたげに唇を尖《とが》らせていた。

「なんだよ、ほかにも言いたいことがあるなら言えよ」

「ねぇ、彰一。ここ数年でなにかあったの？ 今日の彰一はなんだか、心配性すぎるというか、過保護というか……」

ううう、言ってて恥ずかしくなってきた。彰一が私に対して過保護なわけないじゃない。言ったあとで後悔する。

「過保……!!」

彰一も私の言葉が予想外だったらしく、大声を上げて狼狽《うろた》えている。

そうして、口元を手で覆《おお》って黙り込んでいるけれど……あれ？ なんだか耳が少し赤いような……？

「おまえは仮にも藤園の人間だ。一族になにかあったら当主の……ひいては跡取りである俺にも責任がある。それだけだ！」

言うなりぷいっと顔を背《そむ》けて、窓の外の庭を見つめている。灯籠《とうろう》の明かりに映し出された庭では、青々とした楓《かえで》の葉が優雅《ゆうが》に揺れていた。

藤園。当主。跡取り。一族。故郷にいたころ息苦しく感じていた言葉の数々だ。彼の口から出た途端《とたん》、それらがいまだに私を縛っていることを思い知り、気分が重くなった。幼馴染《おさななじみ》と言い争っているという気安い気持ちが霧散《むさん》し、頭が冷える。

この家で気ままなひとり暮らしをして、大好きな雑貨に囲まれて仕事をして、気持ちの赴《おもむ》くままに絵を描いて。毎日楽しくて、しがらみなんて全部忘れたと思っていたのに。

「そうね、本家の意向は絶対だものね。わかった。彰一に任せるから好きにして。話はこれで終わり？　なら、私は自分の部屋に戻るから」

自分でも驚くぐらい事務的な冷たい声だった。

彰一がこちらを見ている気配を感じた。けれど、そのころにはもう立ち上がってドアへ向かっていたから、どんな顔をしていたのかはわからない。

「おい！」

焦《あせ》ったような少し上ずった声が背中にかかる。けれど私はそれを無視した。

「――おやすみ」

それだけ言ってドアを閉めた。

追ってこられたら厄介《やっかい》だなと思ったけど、その気配はない。そのことに安堵《あんど》しつつ私は二階への階段を上る。

踊り場にはめ込まれた明かり取りの窓にはステンドグラスがはまっている。四季折々の花が描かれていて、日中は階段の床に優雅な影を落としているけれど、いまはただ闇に溶け込んでいる。いつもはそれも綺麗だと思うんだけれど、今日はまるで深海に沈んだ花のように寂しく見えた。

二　同居なんて冗談じゃない！

朝。望むと望まざるとにかかわらず、朝はやってくる。

カーテンの隙間から覗《のぞ》く朝日を恨《うら》めしく思いつつ、のそりとベッドから這《は》い出した。パジャマがわりに着ているTシャツの、めくれたお腹を直して、自室のカーテンを開けた。日差しが目に痛い。

うう、昨日は早めに寝たはずなのに、すっきりしない。

窓を開けると新鮮な空気がどっと押し寄せて、少しだけ目が覚めた。それと同時にお腹も目が覚めたらしくてぐぅ、と呑気《のんき》な音を立てる。

とりあえずご飯を炊いて、卵があるから目玉焼きを作ろう。あと……冷蔵庫に野菜あったかな？

キュウリとトマトは少し残ってた気がするけど、レタスはどうだったかなぁ。

キッチンに向かおうと、部屋のドアをそっと開けた。廊下はいつも通りしんと静まり返っている。

彰一はまだ寝ているみたい。静かなほうが断然いいので、寝坊はどんどんしていただきたい！　そう思いながら、部屋のドアを閉めた。

そーっと、そーっと。忍び足で廊下を進み、階段を下りる。

ああ、よかった！　階段を下り切ったところで、ほーっと胸をなで下ろした。

階段を見上げれば、踊り場のステンドグラスは相変わらず美しい。いいねぇ、いいねぇ！

「おい」

「ぎゃあああああ！」

すっかり油断していたので、背後から声がかかったことに文字通り飛び上がった。

飛《と》び退《しさ》りながら振り向くと、びっくり顔の彰一と目が合う。こっちに伸ばしかけた手が中途半端な位置で止まっている。ちょっと間抜けな格好だ。

「なんだよ、その悲鳴《ひめい》」

「誰のせいだと思ってるの、誰の！　そっちがうしろから急に声かけてくるのが悪いんじゃない！」

「うるさい」

ぶっきらぼうに言って、彰一はそっぽを向いた。

「えっと……その格好、どうしたの？」

シャツもパンツも泥《どろ》だらけ。朝っぱらから、なにしてたのよ？

「ん？　ああ、これか。別になんだっていいだろ、気にすんな」

「いちいち癇《かん》に障《さわ》る言い方ね。ここの家主はまだ沙智子おばさまだし、私はそのおばさまから家の管理を任されてるのよ。この家で大きい顔はさせないわよ！」

腰に手を当てて宣言すると、彰一は面倒くさそうにこちらを一瞥《いちべつ》し、廊下を歩いていく。

「ちょっと、そんな泥《どろ》だらけで歩き回らないで！」

「……風呂、どこか教えろ」

「へっ!?　あ、ああ……そうね。廊下の突き当たりを左よ」

家の中のものを色々と使わせるのは、一緒に暮らすことを肯定してるみたいで気が進まないけれど、家中泥《どろ》まみれにされるよりはずっといい。彰一のことだから、私のお気に入りのソファにも、いまの格好のまま座りかねないし。

「わかった」

そう言って、彰一は二階に着替えを取りにいってしまった。

シャツの裾《すそ》をつまんで、そおっと歩いているのは……土が落ちないようにしてくれているのかな？　なんだ、ちょっとはいいところあるじゃない。

廊下に取り残された私は、ひとしきり感心してからキッチンに向かった。

＊　＊　＊

「さあ、朝食作ろっと」

冷蔵庫の中身が乏《とぼ》しいから、たいしたものは作れないけど、なんとかなるでしょう。

なんて考えながらキッチンに入ると、炊き立てのご飯のいい匂いがする。

「え？　あれ？」

炊飯器を覗《のぞ》き込むと、炊飯中を示す緑のランプが、保温中を示すオレンジ色に変わるところだった。同時に炊き上がりを知らせるブザーが鳴る。

ピーピーというヒヨコの鳴き声みたいな音を聞きながら考える。昨夜は彰一とリビングで別れたあと、自分の部屋に直行してふて寝しちゃったから、炊飯器の予約はしていない。まさか夜中に寝ぼけて？　いや、ないないない。絶対ない！

「もしかして……？」

――彰一？　お坊ちゃま育ちなアイツにご飯が炊けたんだ……！　妙なことに感動しちゃった。

「やるわね、彰一」

呟《つぶや》いた途端《とたん》、遠くで階段を下りる足音が聞こえた。おそらく彰一が、着替えを持って下りてきたのだろう。

足音を聞きながら、ふと思い出す。そういえばうちの給湯器は古いので、ちょっとコツがいるのだ。

「…………ま、いっか」

まず冷蔵庫の中身をチェックして、と。おお、レタスとキュウリとトマト発見。よかった、これでサラダが作れる。卵の在庫も余裕。ラッキー、ベーコンもある！　あれ？　ベーコンは切らしてたと思ってたけど、気のせいだったのかな。

まずはサラダから作りはじめた。

ひとりでは大きすぎるほど立派なこのキッチンは、動線がよく考えられているから動きやすい。この家を建てた人が住んでいたころは、ここで料理番さんや女中《じょちゅう》さんたちが忙しく働いてたんだろうなぁ。

持ち主が変わるたびにリフォームされてきたらしく、いまや当時の面影《おもかげ》はほぼない。天井や窓の意匠《いしょう》にわずかに残っているだけだ。寂しい気はするけれど、人が普通に住むなら、特に水回りは不便だとつらいから仕方がない。

「よし！　サラダ完了！　あとは……」

フライパンで目玉焼きを作れば終わり。楽勝、楽勝！

ふふん、と得意げに鼻を鳴らした矢先、遠くから乱暴な足音が聞こえてきた。

「あ、やっぱり、よくなかったか」

思わず悪役みたいな意地悪い笑みが漏《も》れた。

上手いタイミングでレバーを回さないとボイラーに火がつかないのだ。で、上手くいかなかった場合、お湯が出るようになるまで長い時間がかかる。きっと彰一は、冷水を被《かぶ》ったんだろう。

引っ越してきた当初は、私もコツがつかめなくて何度も冷水を被《かぶ》った。そのときの苦い経験を思い出して、忍び笑いが止まらない。

突然押しかけてきて居座る宣言なんてしやがったワガママお坊ちゃまなアイツに、ちょっとした意趣《いしゅ》返しだ。

「さやか！」

「なあに、そんなに慌てて。この家古いんだから、そんな乱暴にしないでよ。壊れちゃうじゃない」

素知らぬふりで廊下に向かって声をかけながら、熱したフライパンに油を垂《た》らす。

そうして、せわしない足音が近づいてくるのを聞いていると――

「風呂、壊れてるぞ！」

と、大きな声が飛んできた。

「壊れてないよ。古いからちょっとコツがいるの」

ついでだから「彰一みたいなお坊ちゃまには不便な生活なんて無理でしょ？　やっぱりここには泊まらず、いますぐ高級ホテルのスイートルームにでも予約を入れたら？」くらいの嫌味も言っちゃおうかな。なんて意地悪なことを考えながら、彼のほうを振り向いたんだけど……

「ぎゃあああああああ！」

口をついて出たのは、嫌味じゃなくて悲鳴《ひめい》だった。

「な、な、なんなの、その格好！　服を着なさいよ、服を！」

とんでもないことに、彰一は上半身裸だったのだ。

下はしっかりジーンズ穿《は》いててくれてよかった……違う違う違う。ここは安堵《あんど》するところじゃなくて！

「そんなことはどうでもいい。それより、風呂の給湯器！　コツがあるんだかなんだか知らないが、あれじゃ不便だろうが」

自分の姿を一向に気にしてないらしい彰一は、ほどよく引き締まった筋肉を晒《さら》してこっちに近づいてくる。

「ふ、不便じゃないよ？　全然、不便じゃないもん！」

「嘘だね」

「嘘じゃないってば！」

その格好で近づいてくるなあ！　と怒鳴《どな》りたいけど、それをやったら『むちゃくちゃ意識してます』って言ってるようなものだ。

さて、どうしよう。そうだ、気にしないようにしよう、そうしよう。視界に入らなければ平常心でいられるはず。

「いま忙しいからさ、その話はあとでゆっくりしようよ」

彼から視線を逸《そ》らして、コンロに向き直る。

コンロの上には、長いこと使い込まれていい感じに古びた鉄製のフライパン。動揺したせいでちょっと油を入れ過ぎちゃった。ま、まぁ、このぐらいなら許容範囲でしょ。キッチンペーパーに油を吸わせて調整するほどじゃない。

そう判断し、卵を割ってフライパンへ落とす。すると、油がバチッと大きな音を立ててはねた。

「あつっ！」

熱さと痛みが同時に左手を襲う。慌てて目をやると、フライパンの取っ手を掴《つか》んでいる左手の、親指の付け根あたりに油が載っていた。その下に透けて見える肌は赤くなっている。

「いたたた……」

あーあ。やっちゃった。でも大した傷じゃないし、まぁいいか。ひりつくのは仕方ないと諦《あきら》めて、そのまま続行しようとしたら――

「さやか!!」

とすぐうしろから大きな声で名前を呼ばれた。咎《とが》めるような声色に驚いて振り向くと、信じられないほど近くに端整《たんせい》な顔があった。

「うわぁ！」

いくらよく知ってる顔でも、こんなに近かったらびっくりする。おまけに睨《にら》んでくるものだから、迫力満点だ。

彰一は硬直する私の脇《わき》から手を伸ばし、ついたままになっていたガスコンロの火を消した。そして、強引に私の手首を掴《つか》む。

「赤くなってんだろうが！　早く冷やせ！」

「い、いいよ、このぐらい平気だし」

「平気なわけあるか！」

叱《しか》ると言うより、もはや怒《ど》鳴《な》るのに近い。

これってそんなにきつく言われなきゃいけないこと？　油がはねてちょっと火傷《やけど》するなんてよくあることでしょ？

「平気に決まってるじゃない！　それより中途半端な加熱で放置されてる目玉焼きのほうが平気じゃないと思うんだけど。不味《まず》くなっちゃう」

「おまえなぁ。ああ、もういい。面倒だ」

「え？　わ？　きゃー！」

彰一は片手で私の手首を掴《つか》んだまま、空《あ》いたほうの腕で私を小脇に抱えるとシンクまで移動させた。

距離にしてほんの数歩。だけど、その衝撃たるや！

「ちょっと待って、ちょっと待っていまのなに？　なんなの！」

「実力行使。おまえがグダグダ言ってるのが悪い。——少し冷たいが我慢しろ」

平然と言い放って私の手を流水の中へ。手首はがっちり掴《つか》まれたままだ。

「手、離してよ。冷やすぐらいひとりでできる」

と抗議しても、彰一は鼻で笑う。

「ふん。どうだかな。ちゃんと見てないとおまえ手を抜くだろう？」

「そんなことしないって！」

彰一の手はちょっと怖くなるくらい頑丈《がんじょう》で、振りほどこうともがいても全然緩《ゆる》まない。

背後から覆《おお》い被《かぶ》さるように体を重ねられ、ぬくもりが伝わってくる。それを意識してしまったら、みるみる頬《ほお》が熱くなった。

きっと私はいま真っ赤な顔をしているんだろう。これ、彰一に見られたらすごく恥ずかしいんじゃない？　早く離れてくれないかなと思うのに、その気配は微塵《みじん》もない。

「ねぇ。本当に大丈夫だから。大人しく冷やしてるから。ちょっと離れてくれない？　ねぇってば！」

「黙ってろ」

すげなく言い返された。うわあ、信用されてないな、私。

肩越しにちらりとうしろを向くと、私の腕にぴったりと重なる彼の腕と肩が目に入る。次の瞬間、思い出した。彰一ってば上半身裸じゃない！　そんな格好で、こんなに密着しないでよー！

「彰一！　彰一ってば！　そ、そ、そんな格好でくっつかないでよ！　離してえぇぇ！」

この状況でパニックを起こさない女子がいるなら、ぜひ教えてほしい。

「とにかく離せ！　服を着ろ！　服を着るまで私は断固戦う！」

意味不明なことを言ってる自覚はある。しかし、この現状を打破できるなら少しぐらい意味不明だって構わないわ！

いきなり全力で暴れはじめた私に面食《めんく》らったのか、彰一は最初目を丸くしていた。けれど、しばらくすると呆《あき》れたようなため息とともに手を離す。

「……わかったよ。しっかり冷やせ。最低五分。いいな？」

ようやく妙な密着から解放されて、肩の力が抜けた。

「りょーかい。でも、ごはんの用意が……」

遅くなる、と言おうとした瞬間、片頬《かたほお》を引っ張られる。

「いっ……いひゃい！」

「そんなもん、俺がやるからいい」

え⁉　彰一がやってくれるの？　ラッキー……じゃなくて！

「お坊ちゃまの彰一に、料理なんてできるわけないよ」

ひりひりする頬《ほお》をさすりながら言い訳しようとしたら、今度は唇をつままれて強制的に黙らされた。

指を冷やしているせいで動けないのをいいことに、やりたい放題じゃないの！

「俺を見くびるな、料理は得意だ。これから食事は全部俺が作る。管理人のメシの支度《したく》までするなんて、俺っていい家主になりそうだろ？」

ニヤリと笑って言い放ち、ようやく手を離した。それから椅子《いす》の背もたれにかけていたTシャツを手早く身に着ける。

「とにかくおまえは自分の手の心配だけしてろ！　火ぶくれができてたら、念のため病院に行くぞ。面倒くさいからとか言って隠すなよ？　あとでちゃんと確認するからな」

「そんな大げさな……」

「おまえこそ火傷《やけど》を甘く見るな！　まったく！」

ちょっと口答えすると十倍の勢いで返ってくる。

本当に、この彰一はなんなんだろう。

久々に会ったし、そもそも大人になってからなんて挨拶《あいさつ》程度しかしてないから確かなことは言えないけど、とにかく昨日からの彰一は変だ。口が悪いのは相変わらず。威張《いば》ってるのも相変わらず。意地悪なのも相変わらず。ただ、その意地悪の方向が、なんとなく昔と違う。

怪我を過剰に心配されたりなんて、やっぱり…………過保護な……。その言葉がしっくりくる。でも、なんで過保護なの？　それ変じゃない？　しばらく会わないうちに、どんな心境の変化が？

「ねぇ、彰一。なんかおかしいよ。どうしたの？」

ストレートに聞いてみたけど、「別に変じゃない」と否定されてしまった。

「皿、ダイニングに運んでおくから。さやか、おまえはあとから来い」

「そろそろ冷やしはじめてから五分経ったよ。それにもう痛くないし。ほら、見て。火ぶくれもできてない」

簡単に水切りした手を彰一の目の前にかざした。赤い斑点《はんてん》は目をこらせばうっすら見えるかなって程度まで落ち着いている。

彰一は「どれ」と言いながら私の手をじっくり観察して頷《うなず》いた。

「ん。確かに大丈夫そうだな」

確認し終わったはずなのに、なぜか彰一は私の手を持ったまま離してくれない。

「あのぉ」

「んー？」

そ、そんなにまじまじと見られると恥ずかしいんだけど！

爪の中に絵の具が入り込んでないかなとか、指先荒れてるんだよねとか、あ、そのあたり古い傷《きず》痕《あと》があるから見ないでほしいなとか、目まぐるしく考えた。

「手、大事にしろよ」

「へっ？」

「いまも絵、描いてるんだろう？　怪我《けが》なんてしたら思い通りに動かせないだろうが」

「う、うん」

彰一は優しい眼差《まなざ》しで私の手を見つめている。その顔が酷《ひど》く穏やかで、胸がきゅっと痛くなった。手を離せと言い出すこともできなくて、握《にぎ》られたままだ。

古い傷を指でなぞられて、くすぐったい。どうしてこんな風に優しく撫《な》でるの？

彰一にとってはたいしたことないのかもしれないけど、普段男の人に手を握《にぎ》られたりしない私には耐えられないほど恥ずかしい。

「じゃあ約束な」

ゆっくりと顔を上げた彰一と目が合う。途端《とたん》に彼はイタズラを思いついた子どものような顔になった。

まずい！　なにか仕掛けてくる！

本能で察知して手を引き抜こうとしたけれど、間に合わなかった。そんなに力を入れているようには見えないのに、渾身《こんしん》の力を込めて引いてもまったく動かない。

「はっ……離しなさいよっ！」

答えるかわりに彼は、ゆっくりと口の端を上げた。にぃ、と笑うその顔には不安しか感じない。

いったい、なにをするつもり!?

彰一は視線を絡めたまま、ゆっくりと手を持ち上げた。その手に掴《つか》まれている私の手も、当然持ち上がる。

その手は、どんどん彼の顔に近づいて……まさか、まさか、まさか！

動揺と恥ずかしさで頬《ほお》がかあっと熱くなった。

そんな私の様子を見て、彰一は楽しげに目を細める。そして、私に見せつけるようにことさらゆっくりと手の甲に口づけた。

「――――ッ！　な、なななな っ」

「なにって指切りのかわりだ。火傷《やけど》したばっかりの手をぶんぶん振ったら痛いかもしれないだろう？」

にやにや笑いながら、そんなことをしれっと言う。火傷《やけど》ってほどのものでもないし、ぶんぶん振ったって痛くないわ！　こじつけもはなはだしい！

イタズラが成功して満足したのか、彰一は急に私の手を放した。そして、作業用テーブルに置いたままだったお皿を両手に持ち、私を振り返る。

「ほら。そろそろメシにするぞ」

なにをもたもたしてるんだと言わんばかりの視線に、私の堪忍袋《かんにんぶくろ》の緒《お》がブチッと切れた。

私が呆然《ぼうぜん》としてるのは、あんたのせいでしょうが！

「彰一の……ばかぁ！」

背中に怒鳴《どな》ってみたけれど、彼は振り返りもしないで愉快《ゆかい》そうに笑いながらダイニングテーブルへ向かっていった。

悔《くや》しいいいいい！

三　波乱は次々押し寄せるもので

こうしてはじまった同居生活三日目。

今日は出勤日の私は、いつものように慌ただしく準備を……ということはなかった。昨日に引き続き朝食をのんびり食べ、それどころか食後のお茶まで楽しんでいる。朝食もお茶も、彰一が用意してくれたものだ。至れり尽くせりって結構緊張するものなんだな、と新発見。

「じゃ、そろそろ行くね」

時計を見ながら立ち上がる。

「お。もう時間か」

彰一は私のうしろについて、廊下を歩いてきた。え、なんで……？

「彰一も、これからどこか行くの？」

「別に」

素っ気なく答え、これ以上はなにも聞くなというオーラをびしばし出してくる。

ふんっ！　そっちがそういう態度なら、もう聞かないわよ。第一、別に彰一がどこに行こうが私には関係ないもの！

鼻息荒く玄関まで歩いていき、仕事用のローヒールを履《は》いた。

「おい、帰りは？」

「別に何時だっていいじゃない」

「か・え・り・は？」

ズルい！　自分は答えたくないとき適当な返事をするくせに、私にはそれを許さないなんて!!

でもまあ、こういう俺様な性格は百も承知。ここは私が大人になろう。

「たぶん七時ぐらいかな？」

「了解。じゃあそのころ迎えに……」

はい!?　いやいやいやいやお迎えとかいらないから。急になに言い出すの、この男は！

「いらない！　そんな遠くないいし」

「遠い近いの問題じゃない！　夜道を若い女がひとりで歩くのは危険だろうが！　変な男につけ狙われたらどうするんだ」

またも目を吊り上げて責めてくる。

「何年も通勤してるけど、危険な目に遭《あ》ったことなんて一回もありませーん！　どうぞ、ご心配なく」

「いままで一回もなかったのがどうした？　今後も起きないって保証はないんだからな！」

それはそうだけど。

「顔見知りだからって油断するなよ？　そういうのが一番危ないんだからな！」

立て板に水の勢いで詰め寄られてタジタジ。

これじゃあ心配されてるんだか叱《しか》られてるんだか、わからないよ。

「仕事で関わりのある人間の中にも、危険人物がいるかもしれない。おい、さやか。大丈夫だろうな？　変な男、周りにいないだろうな？」

「そんな変な人いるわけないでしょ！」

そりゃあ確かに仕事で付き合いのある人の中には男性だっている。けど、たとえチラッとでも疑うのが申し訳ないくらい、いい人ばかりだ。

「みんな紳士的《しんしてき》でいい人たちばっかりだよ。変質者？　ありえなーい！」

と笑い飛ばした。

「それに万が一、変な男が現れたとしても店長が守ってくれそうだし」

「はぁ⁉」

間髪容《かんはつい》れず、なぜか彰一は素《す》っ頓狂《とんきょう》な声を上げた。え、そんなに驚くこと？

「うちの店長って、背が高くていつもキリッとしてて、トラブルが起きてもいつだって颯爽《さっそう》と解決しちゃうんだ！　本当に格好よくて私の憧《あこが》れなんだ」

そう言いながら、尊敬してやまない店長の姿を思い浮かべる。ワーカーホリックなところが玉に瑕《きず》だけど、私は店長のセンスに惚《ほ》れ込んで、あの店で働きたいと思った。

「センスがよくて、気に入った商品があれば、どこへでもすぐ商談に出かける行動力もすごいし。気さくだし、優しいし、時々お茶目だし、大好きなんだ！」

「……ふんっ」

彰一は私の話など聞いていない様子で鼻を鳴らした。

「ちょっと！　なによその態度。まったく可愛くないんだから。……まあ、いっか」

私は気を取り直して再度、彰一に念押しする。

「とにかく、危ないことなんてないから。このあたりは治安もいいし大丈夫だよ」

――まぁ、変な手紙が届いたことはあるけどね。

なんてことをふっと思い出したけど、彰一に言ったら煩《うるさ》そうだから黙っていよう。たまに手紙が届く以外、おかしなことは起こってないし、平気平気。

不特定多数の人が集まるショッピングモールで働いているから、多少はなにかあるよね。バイトの子は、仕事帰りに見知らぬ男の人から声をかけられたことがあるって言ってたし……。それに比べたら手紙ぐらいどうってことない。

「あ、時間だからもう行くね？」

まだなにか言いたそうな彰一を遮《さえぎ》って、玄関のドアに手をかけた。

「さやか、待て。忘れ物だ」

「え？　忘れ物？」

そんなのないよ、と訝《いぶか》しみながら振り向いた私の目の前に差し出されたのは、トート型のランチバッグと、ホルダーに収まった小ぶりの水筒《すいとう》。

「弁当」

むすっとした顔で差し出されたそれらを、私は慌てて受け取った。

「——ありがとう」

手作り弁当なんて、いつの間に作ってくれたの？　やだ、照れる……。顔がかああっと熱くなっていく。

私はどういう顔をしていいかわからなくて、俯《うつむ》いてじっとお弁当箱を見つめていた。すると——

「……今日も一日、頑張れよ」

温かな手が私の頭を軽くぽんぽんと叩く。励ますような仕草にびっくりして体が硬直した。

やめてとも言えず、

「うん……」

と生返事をしてしまう。

「はーあ。弁当まで用意するなんて、素晴らしい家主候補だよな。ほら、さっさと俺を家主と認めちゃえよ。っていうか、いつまでもぼーっとしてんなよ。ただでさえトロいんだから、ぼやぼやしてたら遅刻するぞ」

いつも通りの軽口を叩かれ、むっとして顔を上げた。

彰一の優しさに、ちょっとぽーっとしちゃった私が甘かった。そうそう、彰一はこうやって、人を小馬鹿にするようなヤツなのよ！

「そう簡単に誰が認めますか！　……それに、言われなくても行くわよ！　行ってきます！」

怒りにまかせて玄関のドアを勢いよく開けて外に出る。

そして門の内側に停めておいた自転車のかごに荷物を入れて、自転車をこぎ出した。

暴君《ぼうくん》などときもあれば、急に過保護すぎる発言が飛び出したりして……本当に調子が狂う。

「一日頑張れよ、かぁ。ちょっといいな、ああいうの」

あの言葉は素直に嬉しかった。

彰一に触れられた頭が温かく感じられ、頬《ほお》が熱くなっていく。

私が働いているお店は家から十分とかからない。お店に着くまでに、この熱くなった頬《ほお》が冷えるといいのだけれど……

＊＊＊

大型アウトレットモールの一角にある、アンティークテイストな雑貨や家具を集めたセレクトショップ『モン・エトワール』。本物のアンティークから、アンティークテイストの安価な雑貨まで幅広く取り扱っている、私の勤務先だ。

従業員用の駐輪場に自転車を停め、警備員さんが常駐する通用口を抜けて、足早にお店を目指す。モン・エトワールは一階の中央付近に位置して、通用口からはそう遠くないから通勤も楽ちんだ。

「店長、おはようございます」

事務室兼休憩室《きゅうけい》のドアの鍵はかかっていなかった。すでに店長が出勤しているからだ。ドアを開けつつ挨拶《あいさつ》をする。

「おはよう、さやかちゃん」

パソコンに向かって、なにやら作業していたらしい店長が振り向いた。

「もうそんな時間？」

彼女は驚いたように呟《つぶや》きながら、壁掛け時計を見る。それから、かけていた眼鏡《めがね》を外して、目頭をぐりぐりもみほぐしている。

「店長。また朝早くから根詰《こんつ》めすぎですよ」

自分用のロッカーに荷物をしまいながら注意するけれど、店長はあははと笑うだけ。きっと気にも留めていないんだろう。毎度毎度のことなので私もため息をひとつついて、

「倒れてから後悔したって遅いんですよ。本当に気をつけてくださいね」

と、言いたいことを言って話を切り上げた。

「だって前々から取り引きしたいと思っていた作家さんとようやくアポ取れたのよ！　嬉しくて家でじっとしてられなくて！　彼女の作る照明が特にすごいのよ！」

と目をキラキラさせて力説する。ああ、なるほど。それで早々とお店にやって来てたのかぁ。

「よかったですね」

きっと、そこまで店長が惚《ほ》れ込んだならすごいクリエイターさんなんだろう。どんなものが届くのか楽しみだ。嬉しそうな店長につられて、私も頬《ほお》が緩んだ。

「っていうわけで、明後日からちょっと出かけてくるわ。二、三日留守にするから、よろしくね」

店長がクリエイターさんに会いに行くのはよくあることなので、私も慣れている。「わかりました」と答えると、店長は満足そうに頷《うなず》いてまたパソコンへ向き直った。

「航空券は取ったたし、あとはレアを預けるペットホテルに予約入れないとね。空《あ》きがあるといいんだけれど」

と鼻歌を歌いそうな勢いだ。レアというのは店長の飼っているボストン・テリアのこと。何度か見たことあるけど、大人しくて愛嬌《あいきょう》のある顔をした、可愛いワンちゃんだ。

「あれ？　旦那さんは？　いらっしゃらないんですか？」

「うん。昨日から一週間、出張。タイミング悪いよね。でも作家さんのほうは来週から忙しいらしいし、チャンスは今週なのよ！」

「店長、今日は何時に家を出てきたんですか？　レアちゃんが可哀想だから早めに帰宅してあげてくださいね～」

「わかってる、わかってる」

生返事に聞こえるのは私の勘違いじゃないはずだ。まったく。店長のワーカホリックぶりはちょっと困る。ちらりと見ると店長は猫背でパソコンのモニターにかぶりついている。

長身で細身で、中性的な美貌《びぼう》の持ち主が猫背なんて、なんとも残念だ。接客のときやここぞというときはきりっとしてて格好いいから、その姿とのギャップについつい笑っちゃう。

「店長。私、ちょっと倉庫に行ってきますね」

昨日売り切れたアクセサリーの補充をしないと。

店長はモニターから目を離すことなく「よろしく」と返事をした。それから彼女はますますモニターに顔を近づける。なにかに夢中になると出る彼女の悪い癖だ。

「店長！　あまりモニターに目を近づけちゃダメですよ！」

「はあーい」

またまた生返事だ。困ったものだと思ったけれど、私は気持ちを切り替えて倉庫に続くドアを開けた。

開店前にやらなきゃいけないことはまだまだあるのだ。

＊　＊　＊

平日なので、午前中はたいして混雑することもなく過ぎた。

お昼から来たアルバイトの子と交代してすぐに、昼休みを取る。

事務室に店長の姿は見えなかったけど、倉庫のほうからごそごそと音が聞こえた。どうやら倉庫内の整理をしているらしい。倉庫のドアをノックすると案の定、店長の返事が聞こえた。昼食に入ることを伝えてロッカーの中からお弁当と水筒《すいとう》を取り出す。

いつもならお財布を取り出して、同じモール内にあるスーパーかファストフード店、もしくは近くのコンビニへ昼食を買いに行くところだ。

でも今日の私にはお弁当がある。料理が得意なのは昨日一日でわかったけれど、さてはてお弁当の実力はどんなものだろうか。

「おお〜〜！」

素《す》で声を上げちゃった。

上の段には色とりどりのおかずが、下の段には細かく刻んだカリカリ梅の混ぜご飯が詰められている。あめ色に輝く照り焼きチキン。卵焼きには海苔《のり》とチーズが挟み込まれていて、黄金色《こがねいろ》と黒と白の三色で見栄《みば》えもいい。アスパラのベーコン巻きは表面がカリカリだし、ゆでたブロッコリーと、鮮やかなプチトマトも食欲をそそる。おかずの下にはレタスが敷かれていて、なんて……なんて女子力高いの、彰一！

昔から手先は器用だし、細かいことによく気がつくし、頭もよければ顔もいいと、完全無欠の御曹司くんだったけど、料理まで完璧だったのか……。まったく、どれだけスペック高いのよ。なんだか憎《にく》らしくなってくる。

アスパラのベーコン巻きには、ほどけないようにか、食べやすいようにかスティックが刺してある。それがまたただの楊枝《ようじ》じゃなくて、可愛らしいウサギ柄だったりする。

うちの冷蔵庫には、こんなにたくさんの食材や、可愛い楊枝《ようじ》なんてなかったと思うけど、どこで調達したんだろう？　そういえば、駅前に二十四時間営業のスーパーがある。昨日の夜、私が寝てからか、早朝にでも行ったのだろうか。てことは今朝私が冷蔵庫で見たベーコンも、彰一が買い足したものだったんだ。

「負けたわ……」

肩を落としながら、アスパラのベーコン巻きを一口頬張《ほおば》った。塩気がほどよく効いているし、カリカリベーコンが香ばしい。次に頬張《ほおば》った卵焼きも絶品だった。悔しい！　でも美味《おい》しい！

ここまでなんでもできるなら、せめて多少は性格が悪くないと嫌味だな、いや、だからこそあの性格でバランスとってるのか！　じゃあ、彰一は威張《いば》りんぼの俺様でも仕方ないなぁ……なんてことを考えながら箸《はし》を動かす。

「あらあ？　さやかちゃんがお弁当なんて珍しい！」

うしろから急に声をかけられて驚いた。喉《のど》に詰まらせそうになった混ぜご飯を強引に呑み下《くだ》し、お茶で一息つく。

「店長！　びっくりするじゃないですか、もう！」

「美味《おい》しそうねえ！　さやかちゃんが作ったの？」

店長が背後から覗《のぞ》き込んでくる。邪気《じゃき》のない笑顔でそう言われて、嘘をつくわけにもいかず……

「いえ、あの、これはその、幼馴染《おさななじみ》？　が……」

幼馴染《おさななじみ》の単語が疑問形になったのはせめてもの抵抗というか、アイツをそんな風に親しげに呼ぶことに忸怩《じくじ》たるものがあったからでございます！

「え？　幼馴染《おさななじみ》？　おねーさん、ちょっとそれ詳しく聞きたいな」

詰め寄られて一昨日からの件をかいつまんで話し、私の休憩《きゅうけい》時間は店長の好奇心を満たすことで終了した。

「どんな子か見てみたいから今度お店に連れてきてね！」

なんてキラキラした目で言われちゃうと「絶対嫌！　連れてこない！」なんてきついことは言い出しにくい。

「は、はぁ。まぁ、そのうち、機会があったら……」

なーんて歯切れの悪い返事でお茶を濁《にご》したのだった。

＊＊＊

午後も大過《たいか》なく過ぎてゆき、私は遅番に引き継ぎして、いつも通りの時間にお店を出た。

夜がゆっくりと昼を侵食してゆく時間。見上げれば、オレンジ色から青紫、そして夜の紺色へのグラデーションが空いっぱいに広がっていた。一番星もダイヤモンドのようにキラキラと光っている。

ああ、綺麗だなぁ。

通行の邪魔にならないような場所で足を止め、ポケットから取り出したスマートホンでその夕暮れ空を写した。いま描いている絵が完成したら、次は夕暮れの街を描こうかな？

なんて考えていたら、お腹が小さくぐぅと鳴った。

「さ、かーえろっと」

今朝自転車を停めた場所へと近づいて行く。と、前かごに何か白っぽくて四角いものが見えた。

途端《とたん》に、弾んでいた気分がしぼんでいく。

「またか」

近寄ってそれを拾い上げれば、思った通り、これまで何度か見たことのある淡藤色《あわふじいろ》の封筒だった。

表には何も書いてない。裏返してみても差出人の名前はなく、封もしていない。中を見ればこれもいつも通り。封筒と同じ色、同じ材質の便箋《びんせん》が一枚。ふたつに折りたたまれた便箋《びんせん》を開くと、そこには几帳面《きちょうめん》そうな字で真ん中あたりにあて名と短い一文が書かれていた。

『藤園様　今日もお疲れ様でした』

私は便箋《びんせん》をたたみ、元のようにしまうと無造作にバッグへ放り込んだ。

「うーん、ちょっと枚数が増えてきたな……まさか、ストーカー？　んなわけないか！」

まさかね。ひとり苦笑いしながら呟《つぶや》いた。

気味が悪いから帰ったら捨ててしまおうか、でもいざというときの証拠になるかもしれないし保管しておく？　手紙が届くたびに同じ逡巡《しゅんじゅん》を繰り返すけど、結論はいつも『保管する』だ。今回も結局気味悪いと思いつつ、前の二通とともにクリアファイルに入れて引き出しの奥に入れることになるだろう。

淡藤色《あわふじいろ》の手紙が自転車のかごに入っていたのはこれで三度目だ。最初の手紙は三か月前くらいだから、月イチのペースだろうか。気味が悪いことは悪いけれど、ほかはなんの害もなかったし様子見をしていた。けど、今回で三度目。そろそろ何か対策を考えた方がいいだろうか？

それにしても……

「誰なんだろ？」

独り言を呟《つぶや》きながら自転車を駐輪スペースから出した。

「あれ？　いま帰り？」

うしろから声がかかったので振り向くと、うちの店の真向かいに入っている店『ローレライ』という女性服の店の店長さんが立っていた。名前は確か……川田《かわだ》さん……じゃなくて。ええっと。

「田川《たがわ》さん？」

語尾が疑問形だったのは許してほしい。だって、いつだったかちょっと立ち話をしたとき、名札に書かれた肩書と名前をチラ見しただけで、お互い自己紹介したことだってないんだから。

にっこり笑う彼の顔に、呼んだ名が正解だったことを知る。間違えてなくて良かった。間違えてたら、恥ずかしい以前にとても失礼だ。

「嬉しいな。僕の名前、覚えててくれたんだ」

「え、ええ、まぁ。田川さんも帰りですか？」

喜んでもらえるほどちゃんと覚えてたわけじゃないので、良心が小さく痛んだ。なので曖昧《あいまい》に誤魔化して話題を変えれば、彼は手に提《さ》げたレジ袋をちょっと上げて苦笑した。

「残念ながら、もう少し仕事なんだ。いまはこれを買いに百均まで」

穏やかで品のいい顔立ち。どことなく浮世離れしたような謎めいた雰囲気をまとっていて、不思議な印象の人だと思う。着ている服も彼の雰囲気によく似合っていて格好いい。きちんとしているのに遊び心が嫌みなく混ざっていて、さすが洋服店の店長さんだなぁ。アルバイトの子たちが『お向かいのお店の店長さん格好いいですよね！　いかにも大人って感じで！』なーんてキャーキャー言い合ってる気持ちがちょっとわかった。

そんな彼にレジ袋は不釣り合いな感じがして、失礼かなと思いつつ笑っちゃった。

中から黒い棒状のものがうっすら透けて見える。おそらく太めの油性ペンだろう。手書きポップを作るにも、段ボールに注意書きするにも必須アイテムだから切れると痛い。常時ストックしてるつもりが時々切らしちゃうこともある。私も何度か百均へ買いに走ったことがある。田川さんの苦笑いの意味がよーくわかるので、にやりと笑い返した。

「切らすと地味に痛いですよね。お疲れ様です。じゃあ、私はこの辺で。お先に失礼します」

「うん。気をつけて帰ってね、藤園さん」

手を振る田川さんに軽く会釈《えしゃく》をして別れた。ほんのわずかな世間話だったけど、おかげで手紙の存在も薄気味悪さもすっかり頭から抜け落ちていた。

四　夕食は幼い日の思い出とともに

「おい、さやか。バッグからなんか落ちたぞ？」

帰宅した私はキッチンへ向かい、空《から》のお弁当箱を彰一に渡した。その拍子《ひょうし》になにか落ちたらしく、声をかけられる。振り返ると、彰一が落ちたなにかを拾い上げるところだった。淡藤色《あわふじいろ》のそれは……

「あっ！　それ！　返してっ！」

不思議そうに封筒を眺める彼から、封筒を素早くひったくった。危ない、危ない。こんなの見られたら、またネチネチ言われるに違いない。

「手紙か？　誰から？」

「だ、だ、誰だっていいでしょ！」

私の答えを聞いた彰一の顔が、見る間に険《けわ》しくなっていく。

「隠すようなことなのか？」

「違うよ。別に私が誰から手紙をもらったって、彰一には関係ないでしょう？　干渉《かんしょう》しないで」

誤魔化し半分、苛《いら》立《だ》ち半分で睨《にら》み返すと、彼は虚《きょ》を衝《つ》かれたように視線を揺らした。でも、それはほんの一瞬のことで——

「……それもそうだ。悪かったな」

予想外にあっさりと引き下がられ、肩透かしをくらった気分。そんな風に思ってしまうのは、小学校時代に散々からかわれたせいだろう。引き下がったふりをして、またなにか言ってくるんじゃないかと身構える。

けれど、彼は私に背を向けてシンクに向かっている。弁当箱を開けて「お、全部食べたか」と、ぼそりと呟《つぶや》いて、鼻歌なんて歌いながら洗い出した。

……もしかして、私が完食したことを喜んでくれてる、とか？

その後は、野菜を洗ったり、それらを包丁で刻んだり手際《てぎわ》よく調理している。

私は料理が趣味ってわけでもないし、煩《わずら》わしい家事を請《う》け負《お》ってもらえるのは楽だけど……本当にこれでいいのかなあ。

「ぼーっとしてんなよ。そろそろメシにするから、着替えてこい。まったく、やっぱりお前はトロいな」

意地悪くニヤリと笑いながら言われ、むっとする。

前言撤回！　やっぱりいつもの憎《にく》たらしい彰一だ。

「わかってるわよ！」

どすどすと廊下を歩き、自分の部屋へ戻る。通勤用のバッグを椅子《いす》に置いて、手に持ったままだった淡藤色《あわふじいろ》の封筒を引き出しの奥へしまった。そうすることで、手紙に込められた差出人の気持ちみたいなものまで封じられた気がしてホッと息をついた。見知らぬ誰かに気持ちをかき乱されるのは正直言って腹立たしい。けど、いまの段階ではこれ以上やれることはないので仕方ない。反応しないこと、普段通りにすることで、もしかしたら差出人は手紙を出すことに飽きるかもしれないしね。

＊　＊　＊

部屋を出ると、かすかに美味《おい》しそうな匂いが漂《ただよ》ってくる。一階に向かううちに匂いはどんどん強まって、廊下を下り切るころにはお腹がぐうぐうとうるさく鳴っていた。

「お腹空《す》いた！　ね、彰一、なに作ってるの？」

「お、来たか。今日は……」

「オムレツ？　オムライス？」

彰一の答えを聞くより先に、テーブルの上に置かれた黄金色の半月が目に飛び込んできた。

「オムライスだ」

艶々《つやつや》と輝いていて、とても美味《おい》しそう。さっきから鳴り続けているお腹が、ぐぐーっと一際《ひときわ》大きな音を立てた。

恥ずかしい！　彰一にも聞かれた？

お腹を押さえながら、そーっと視線を上げると、彰一は思わず呆然《ぼうぜん》としちゃうような甘い顔で微笑《ほほえ》んでいる。な、なにその慈愛《じあい》に満ちた王子様チックな笑顔は！　しかもトマトケチャップ片手に。なによ、高貴な雰囲気をまといつつ庶民的なアイテムを持って、ギャップ萌《も》えでも狙ってるわけ⁉　あざといですね！　反則ですね！

「腹、すごい音」

彰一はそう言って、くすりと笑う。あああ、やっぱり聞こえてたんだ……！

「なによ。悪い？　お腹空《す》いてんだもん、仕方ないでしょ！」

恥ずかしさから、怒った口調になってしまう。

「誰も悪いなんて言ってないだろ。………むしろ嬉しい」

すると彰一は私に背を向けて、なにやらぼそりと呟《つぶや》いたようだった。

「なんか言った？」

「うるさい。なんでもねぇよ。それより早く座れ。腹、減ってるんだろ？」

促《うなが》されていつもの席に座った。そして、私の真正面に支度《したく》を整えた彰一が腰を下ろす。

「ほら、ケチャップ。使うだろ？　それともかけてやろうか？」

「自分でかける。貸して」

彼の手からひったくろうとしたら、ひょいと手を引っ込めて逃げられた。なによ、大人げないんだから！　むっとする私をよそに、彰一は楽しげだ。

「遠慮するなって。親切で優しい家主候補様が星を描いてやろうか？　それともハートがいいか？　なんだったらお前の似顔絵でも……」

悪乗りしすぎ。そんな気持ちを込めて、無言でじーっと見つめたら、彰一はつまらなそうな顔で肩を竦《すく》めた。「つまんねーの」なんて言いながら私の前にケチャップのボトルを置く。

「彰一のイタズラに付き合ってたら、せっかくのオムライスが冷めちゃうでしょ。――いっただっきまーす！」

素早くケチャップをかけて、銀色に光るスプーンを、ぷるぷる卵に突き刺した。その瞬間、かすかな湯気《ゆげ》とともにケチャップライスのいい匂いが立ち上った。スプーンにめいっぱい掬《すく》って思いっきり頬張りたかったけど、熱くて舌を火傷《やけど》しそうだ。ふうふう冷ましながら食べる。

「美味《おい》しい！」

「そうか。ちゃんと野菜も食えよ」

サラダをずいっと私のほうへ押し出す。なんか彰一ってお父さん……いや、お母さんみたい。可笑《おか》しくなって、私はおどけながら答えた。

「言われなくてもわかってるよ～」

私がそう言うと、彰一も自分の食事に専念しはじめた。彼の分はオムライスもサラダもスープも大盛りなのに、驚くべき速さで減っていく。私が半分ぐらい食べ終わったころにはスープとサラダをおかわりしていて、それでも足りなくて「オムライスもう一回作るか」なんて呟《つぶや》いている。小気味よい食べっぷりだ。

「ね、昨日がハンバーグで、今日がオムライスでしょ？　子どもが好きそうなメニューだよね。おままごとみたい。明日はカレー？　ナポリタン？」

なにも考えず言ってしまってからハッとする。いくら相手が意地悪で俺様な彰一でも、作ってもらってる分際《ぶんざい》で、からかうようなことを言うのは無神経だ。

「あ、ごめん」

「なに謝ってるんだ？」

「なにって。いま失礼なこと言っちゃったから……」

「気にするな。……おまえと俺の仲だろ」

そう言ってニヤリと人の悪い笑みを浮かべる。私が自分の失言に落ち込んでいることを察して、わざと軽口をきいてくれているに違いない。そう思うと、ますます居《い》たたまれない気持ちになる。

「気にするなって言われても気になるよ！」

「――好きだったろ？」

唐突《とうとつ》に聞かれて、一瞬なんのことかわからなかった。「なにが？」と聞き返すと、彰一は手にしていたスプーンをテーブルに置いて、私をまっすぐに見つめる。

「ハンバーグもオムライスも好きだったろ？　おままごとするたびに、いつも作ってくれた」

言われて、遠い遠い昔の記憶を手繰《たぐ》り寄《よ》せた。

本家の庭にあった山法師《やまぼうし》。白い花の咲くその木の根元にレジャーシートを敷いて、おままごとに興《きょう》じた日を思い出す。

『さやちゃん、ただいま。今日のごはんはなぁに？』

『うん！　今日はね、オムライスだよ！』

紗《しゃ》がかかったように優しく少し霞《かす》んだ記憶。でもショウちゃんの笑顔と声だけが鮮明だ。

「あんな昔のこと覚えてたんだ。――そう言えば、私、ハンバーグとオムライスしか作らなかったね！」

「……違う。もうひとつある」

「もうひとつ？　もうひとつ……そんなのあったかな？　……あっ！」

思い出した。

「イクラ！　なんでハンバーグ、オムライスときてイクラだったのかな。我ながら謎だわ」

「それもイクラ丼とかイクラの軍艦《ぐんかん》巻《ま》きじゃなくて、イクラオンリーだ」

ぶっきらぼうな口調ながら、彰一はきちんと答えてくれる。

そうそうそう！　懐かしい。私が忘れていたことまでしっかり覚えてる彰一の記憶力に感心する。

「明日はイクラにする」

無表情でそう宣言され、ちょっと焦《あせ》った。

「え!?　もしかしてイクラだけ？」

「んなわけないだろ」

呆《あき》れたように苦笑いされて、それもそうかと肩を竦《すく》めた。

「……忘れるわけない。俺にとっては大事な思い出なんだから」

しばらくの沈黙の後、彰一はぽつりと呟《つぶや》いた。急に真顔になって……いったいどうしちゃったの？

私の目の奥、心の中まで見透かすようにまっすぐ見つめられて、なぜか不安を覚えた。心が不穏にざわめく。

「さやかは？　覚えてる？」

彰一の少し薄くて形のいい唇が聞く。

「覚えてるよ。私にだって……」

大切な思い出なんだから。

でも、言うのが悔《くや》しくて、途中で口をつぐんだ。

下唇を噛んでそっぽを向いた私の耳に、小さなため息がひとつ聞こえた。それは少し寂しげに聞こえて、胸がちくりと痛む。

「さて、デザートにするか。プリンを作ってある」

「え！　プリン!?」

話題を変えてくれたことに胸を撫《な》で下ろしつつ、大げさにはしゃいだ。とはいえプリンは大好物だし、ほぼ素《す》で喜んだんだけどね。

「ちょっと待ってろ」

「うん！」

たぶん、彰一がうちに来てから一番素直な返事をした。すると彼は席を立ちながら、小さく笑う。

「――そうやって素直に喜ばれると照れるな」

言葉通り照れたような顔をするから、不覚にも可愛いって思ってしまった。

ここ数日、彰一の様子がおかしいと思ったばっかりだけれど、私も少しおかしいみたい。だけどそのおかしさは嫌な感覚じゃなくて、むしろ……。ああ、本当にどうしちゃったのかなぁ。自分のことなのに、自分がいまいちわからない。

キッチンへ向かう彰一のうしろ姿を眺めながら、私は自分に呆《あき》れた。

＊＊＊

翌日も仕事な私は、朝から出勤していた。

平日の午前中は静かだ。音量を控えめに流している有線放送からはオルゴール調の柔らかい曲が聞こえてくる。音のひとつひとつが雨つぶのように店内に滴《したた》る。

そんな音楽を楽しみながら、新しく入荷したネックレスをどうレイアウトするか悩んでいると、ドアベルがしゃらん、と鳴った。

「いらっしゃいま……彰一!?」

「真面目に働いてるか確認に来た。客に対してはちゃんと『いらっしゃいませ』って言わなきゃダメだろ。ほら、もう一回言ってみろ」

「…………いらっしゃいませ」

誰が客だ、誰が！　内心で悪態《あくたい》をつきながら言い直すと、彰一は鷹揚《おうよう》に頷《うなず》いて店内をぐるりと見回した。

「へぇ、ここがねぇ」

「な、なによ」

含みを持った彰一の独り言に身構える。なんでここにいるの？　まさかとは思うけど、わざわざからかいに来たとか!?

「そんな怖い顔するなって。俺は純粋に買い物に来ただけだ」

「そういうことなら……どうぞ、ごゆっくり！」

叩きつけるように言って、彼の前を離れた。ほかにお客さんがいなくて本当によかった。じゃなかったら何事かと思われちゃうところだった。

彰一をなるべく意識しないように心がけながら、やりかけの作業に戻る。金古美《きんふるび》の金具をベースにビンテージビーズをふんだんに使用したネックレスは色違いで五種類。赤、青、深緑、紫、黒の五色だ。大ぶりのビーズがペンダントヘッドの中心に配され、それを引き立てるように色とりどりのシードビーズで作られた小花が周りにちりばめられている。長く取り引きを続けているビーズ作家さんの作品だ。お揃いのデザインのブレスレットとリングも一緒に納品されたから、わかりやすいようにディスプレイしたい。

敷布は……ワインレッドがいいかな？　いや、それだと金具の金古美《きんふるび》が目立たなくなっちゃう。でも黒だとちょっと違うし、深緑はそれこそビーズの深い緑とぶつかっちゃう。いっそ敷布はしないで、机の木目を生かしちゃうほうがいい？

なんて悩んでいるうちに、彰一の存在は頭からすっぽり抜け落ちた。それくらい静かに彼は店を見回っていた。

店内には有線放送から聞こえるオルゴールの調べと、私の荷ほどきの音のみが響く。

「困ったわ……」

そんな静寂を破ったのは、バックヤードから顔を出した店長だった。

「店長。なにかまずいことでもありました？」

「あら、お客様がいらしたのね。邪魔してごめんなさいね、さやかちゃん」

彰一に気づいたらしく、彼女は私に小声でささやいてバックヤードに戻ろうとした。

「アイツのことは気にしないでください。大丈夫ですから。それより、なにかトラブルでも？」

小声で言い返すと、店長は驚いたように目を見開く。

「あ、あら？　あら？　もしかして、彼が例の幼馴染《おさななじみ》くん？　お弁当の？　やだ、そういうことは早く言ってよ！　もしかして、私がこっちに出てこなかったら来たことを内緒にするつもりだった

「酷《ひど》いって、そんな……」

そんなにテンション上げなくてもいいのに。あんまり大きな声で話してたら、察知したヤツが

こっちに来ちゃうじゃない。

「それより店長！　困ったことってなんですか？　私の幼馴染《おさななじみ》うんぬんよりそっちのほうがよっぽど大事ですよ！」

「えー……」

不満そうな店長に先を促した。

「実はね……。いつものペットホテルに予約が取れなくて。ほかもいくつか当たってみたんだけど、どこも全滅。主人もいないし、レアを家に置いてくわけにもいかないから……。出張を延期するわ。先方にも話してスケジュール調整し直さないと」

「それは困りましたね。作家さん、しばらく手があかないって仰《おっしゃ》ってましたよね？」

店長は肩を落として頷《うなず》いた。

店長の飼い犬のレアちゃんは大人しいし、できることなら協力したいけど……。でも、借家だから勝手に連れ込めないし、もし沙智子おばさまから了承をいただいたとしても、いま家には彰一がいる。幼稚園のとき野犬に襲われて以来、彼は大の犬嫌いになってしまってるから、さすがに預かるのは無理だろう。

「家で預かればいい。叔母には俺から頼んでおく」

いきなり彰一が割り込んできた。

「彰一！　いつから盗み聞きしてたの！」

「おまえなぁ、人聞きの悪いこと言うなよ。聞こえてきたんだから仕方ないだろ。——あ、これ買うから会計よろしく」

レジカウンターに出されたのは、小さな秘密箱。美しい装飾がほどこされた箱で、複雑な操作をしないと開かない仕組みになっている。

「お買い上げありがとうございます！　少々お待ちください」

営業用スマイルを浮かべつつレジを打つ。

その間、店長と彰一の間でなにやら話が弾んでいるようだった。

私が彰一に秘密箱を入れた紙袋を渡すころには、自己紹介を済ませ、レアちゃんを一晩預かる話もすっかりまとまっていた。あまりに猛烈《もうれつ》な勢いで話がまとまるものだから感心する。曲がりなりにも大きなホテルのオーナーを務めているだけあって、判断は早いのかもしれない。

「さやかちゃん、彰一くん、ありがとう。本当に助かるわ！」

「……というわけで、決まったぞ」

いきなり話を振られて、私は「え？　あ。うん」としどろもどろな返事になる。

愛犬家な店長の前で「あんた犬嫌いじゃなかったの!?」なんて聞けないし……

なんで彰一はそこまでするんだろう？　店長が美人だから犬嫌いを押し隠してでも彼女に好印象を与えたかったとか？　なんてことまで考えてしまう。

まだ話し込んでいる彰一と店長を放っておいて、私は通りに面したガラス窓の掃除をはじめた。曇っていたら店内が綺麗に見えないしね。綺麗にディスプレイしたアクセサリーも見てほしいし、今日は念入りに磨《みが》こう。

気合いを入れて拭《ふ》きはじめたものの、店内で楽しそうに笑い合う二人を見ていると、なぜか気分が落ち込む。

「はぁ……」

なんか面白くない。なんて思いながら、ガラスをごしごし。

「はぁ……」

もう一回、大きなため息が口からこぼれた。

「どうしたの？　そんな大きなため息をついて」

背後から急に声を掛けられて振り向くと、田川さんが立っていた。今日も穏やかな笑みを浮かべている。

「田川さん！」

「こんにちは、藤園さん。急に声をかけたりして迷惑だったかな？」

「いいえ！　そんなことないです！」

心配そうに眉をひそめる彼に向かって、慌てて首を横に振る。

「そう？　ならよかった。――なにか、嫌なことでもあった？　浮かない顔をしているから、ちょっと心配だな」

「はぁ……」

曖昧《あいまい》な返事をしたら、田川さんはためらいがちに口を開いた。

「こんなことを言ったら失礼になるかもしれないけど……。もしかして、君が困っているのは、あの男性のせい……かな？」

と言いながら、彼はそっと彰一に視線を走らせた。

「え？　どうして……」

「偶然、見かけてしまったんだ。君があの男性に接客しているところを。いつもはにこやかな君が、あの男性に対しては仏頂面《ぶっちょうづら》だったから、つい気になってしまって……」

げ！　あんな膨《ふく》れっ面《つら》を見られてたなんてショック！

「やだ、恥ずかしい」

見る間に熱くなった頬《ほお》を押さえながら狼狽《うろた》えると、田川さんは気にすることないと慰《なぐさ》めてくれた。

彼の優しいしゃべり方を聞いていると、なんだかホッとする。聞けば聞くほど苛立《いらだ》つ彰一の俺様口調とは大違いだ。

「アイツ、期間限定の同居人なんですけど。不意打ちで冷やかしに来るから腹が立っちゃって！」

なんて、つい愚痴《ぐち》をこぼしてしまった。

「期間限定同居？」

「ええ。ヤツは、いま住んでいる家の家主の甥《おい》っ子に当たるんですが……」

「ああ、あの洋館の」

「え？」

私、家の話なんてしたことあったかかな？　そう思いながら首を傾げた途端《とたん》――

「おい、さやか！」

彰一の声が割って入った。

「え？　あ。な、なによ、急に！」

振り返ると、彰一がいた。なぜだか怒り顔で腕組みをしている。

その横柄《おうへい》な態度に、ちょっとムッとした。少しは田川さんの穏やかさを見習えっての！

「ああ、引き留めて悪かったね、藤園さん。じゃあ、また」

軽く手を上げて、田川さんは颯爽《さっそう》と『ローレライ』へ戻っていった。

あとに残されたのは私と不機嫌な彰一だけ。店内をちらっと見たら、店長はにこやかに手を振り、さっさとバックヤードへ消えてしまった。

「おい、あの男はなんだ？」

地を這《は》うような低い声で尋ねられて、ぎくりと体が固まる。

「な、なにって……お向かいのお店の店長さん、だけど？」

「ずいぶん親しげだったじゃないか」

「そ、それがどうしたっていうの？」

「おまえ、アイツのことが好きなのか？　家主としては、管理人の私生活を把握《はあく》しておく義務があるしな」

開いた口が塞《ふさ》がらない。どこをどう考えたら、そんな質問にたどり着くのかな！　それに、仮にそうでもそんなこと知りたがるのは家主として過干渉《かかんしょう》すぎるでしょ⁉

「ばっ！　馬鹿なこと言わないでよ！」

慌てて否定したけど、彰一はさも疑っていますと言わんばかりに私の目を覗《のぞ》き込んできた。目力《めぢから》に負けてなるものか！　と私もじぃっと睨《にら》み返した。

「ふぅん。――まぁいい。じゃあな、俺はもう帰る」

言うなり彰一はさっさと身をひるがえした。

「なんなの、アイツ」

ひとり取り残されて、呆然《ぼうぜん》と呟《つぶや》く。

本当に、ぜんっぜん意味わかんない！

＊　＊　＊

「ただいま」

夕方、仕事を終えて帰宅した私が玄関を開けると、お味噌汁の匂いが漂《ただよ》っていた。空《す》きっ腹の私にとって、その匂いには抗《あらが》いがたい魅力がある。誘われるようにフラフラとキッチンへ向かう。

「おかえり」

エプロン姿の彰一がキッチンからひょいと顔を覗《のぞ》かせた。

「夕飯、もう少しでできるぞ」

「うん。待ってる。――ありがと」

口調は相変わらず俺様で、今日みたいに突然店に来られたらむかつくけど、少しずつ彰一との生活に馴染《なじ》みつつある自分がいる。まあ実際、ごはんを作ってくれるのは、すごく助かっているんだけどさ。

――それに、いま帰宅して玄関を開けるときに気づいてしまったことがある。少し前から水の流れが悪くて、今週末の天気予報は雨だったから、早く掃除しなきゃと思っていた雨どいが綺麗になっていた。私は掃除した覚えがないから、彰一がやってくれたのは確かだ。いつの間に……。あ、一昨日の朝、泥《どろ》だらけだったのはそのせい？　なんて気の利《き》く……

彰一は期間限定同居をはじめてから、自分を家主に認めるよう説得らしい説得はしてこないのに、こういう気遣いをたくさんしてくれている。もしかしてこれも作戦のうち？　と邪推《じゃすい》するものの、実際問題、家のメンテナンスにも心を配るいい家主候補なことは間違いない。

「そうだ。おまえ宛に手紙が来てたぞ。電話の脇《わき》に置いておいた」

「ありがと」

「なんだか少し妙な手紙だったぞ。住所は書いてないし、切手も貼ってない。おそらく直接郵便受けに投函《とうかん》されたものだと思うんだが……大丈夫か？」

眉をひそめながら尋ねてくる。

手紙と言われるとあの淡藤色《あわふじいろ》のものを思い出すけれど、昨日届いたばかりだし、そもそもいつも自転車のカゴに入ってるんだから、それとは別だろう。

なんだろう？　日中は仕事で家を空けていることが多いと知っているご近所さんからの連絡か
な？　近々外壁塗装《とそう》するから迷惑かけますとか、そういうやつ。

「うん。たぶん大丈夫だと思う。着替えたら確認するわ」

「少しでも不審《ふしん》だと思ったら絶対開けるなよ。俺を呼べ。家主として、管理人を守るのは当然だ。

いいな？」

家主家主ってうるさいし、それに大袈裟《おおげさ》だよと言おうとしたところ、彰一が眉を吊り上げている
ことに気づいたので、慌てて口をつぐんだ。

「もしかして……彰一のところって怖い手紙とかそういうの、たくさん届いたりするの？」

「さぁね。念には念を入れたほうがいい。それに、なにかが起きてから後悔しては遅い」

ぽんぽんと私の頭を撫《な》でて、諭《さと》すように言う。私、そんなに危なっかしく見えるのかな？

そんなことを考えながら視線を巡らせると、視界の端に真新しいホームセキュリティのコント
ロールパネルが入る。あれ、初日に言ってたやつ、もう取りつけたんだ。仕事が早いなぁ。

＊　＊　＊

さっさと着替えを済ませて一階に降りると、リビングに置いてある電話機のすぐ横に一通の封筒
が置かれていた。

オレンジ色の照明に照らされているせいで気づくのが遅れたけれど、封筒は淡藤色《あわふじいろ》をしており、表には『藤園さやか様』と書かれている。手に取って裏を見ても差出人の名前はない。

どうして、家の郵便受けに？　嫌な予感がじわじわと湧《わ》き起こる。

両手で封筒を持ってじっと見つめていたら、ふいに背後から取り上げられた。

「どうしたんだ、さやか。開けるのが嫌なら俺が開けてやる」

「ぎゃ！　泥棒っ。返してよっ！」

とにかく封を開けられたら大変！　この手紙がいつものやつなら、質問攻めとお説教が待っているに違いない。

そう思い、慌てて奪還《だっかん》した。ああ、危なかった。

「もう！　勝手に取らないでよっ！　綺麗な色の封筒だから見てただけじゃん。彰一の馬鹿！」

普段は使わないペーパーナイフを引き出しから取り出して、ソファに座った。

彰一はまだ疑わしげな顔で突っ立っている。

「大丈夫だって。彰一ってば、しつこいよ～？」

何気ない風を装って、封筒にペーパーナイフを差し入れた。本当はちょっと指先が震えているけれど、気づかれませんように！

祈りが通じたのか、彰一は夕食の支度《したく》を続けると言って、ダイニングへ戻っていったので、ホッと肩から力が抜けた。

さ、それではこの封を開けちゃいますか。

いつもと違って封筒に糊《のり》づけしてあるのは、私以外が封を開けるのを防止するため？　なんて穿《うが》ちすぎかな。

幸いというか、なんというか、剃刀《かみそり》は入ってない。よかった！　ほら、怪《あや》しい手紙に剃刀《かみそり》はお約束だから。入ってるんじゃないかなって怖かったんだよね。

慎重《しんちょう》に便箋《びんせん》を取り出して開くと、そこにはいつもと同じ小さくて几帳面《きちょうめん》な文字。よくよく見ると、いつもより少しだけ字が乱れている。

『あの男と一緒にいてはいけない。あなたもほかの女と同じになってしまうから。はやく彼を追い出すべきだ。君ができないのなら——僕が助け出してあげる。可哀想なプリンセス』

は？　プリンセス⁉　誰がプリンセスよ⁉

気味の悪い文面を見ていたら、恐怖以上に怒りが沸々《ふつふつ》と湧《わ》いてくる。

ほかの女と同じ？　いや、そりゃ私、どこにでもいる普通で、平凡で、平均的な女だし！　そもそも誰だかわからないおまえの特別になったつもりもないし！　こんな意味不明な手紙押しつけてないで、堂々と姿を現しなさいよ、この腰抜け！　几帳面《きちょうめん》な字に向かい、心の中で悪態《あくたい》をつく。

「さやか、そろそろメシ」

「あ、うん。わかった、いま行く！」

ダイニングから聞こえた彰一の声で我に返る。そして返事をしながら便箋《びんせん》を封筒に入れてソファの隙間に隠す。

早足で飛び込んだダイニングには美味《おい》しそうな匂いが漂《ただよ》っていた。

「あ、イクラ丼！」

「正確にはサーモンとイクラの二色丼だけどな」

もしかしなくても昨夜話していたメニューだ。

「麦茶、注《つ》いでおいてくれ」

「りょーかい」

彰一はなにかを取りにキッチンへ向かった。

ダイニングテーブルの端に空《から》のグラスがふたつと、うっすら結露《けつろ》している麦茶のピッチャーがあった。

「おい！　さやか！」

焦《あせ》ったような大声に驚いて振り向くと、彰一が私を凝視《ぎょうし》している。

「なに？　どうしたの？」

「おまえ、それ……新手の嫌がらせか？」

彼の視線をたどって、手元を見ると……

「え？　ええっ!?　あれ？　なんで？」

なぜか私の手には麦茶のピッチャーじゃなくて、醤油《しょうゆ》さしが握《にぎ》られていた。しかも、いましもグラスに注がれる状態。

「なんでって俺に聞くなよ。疲れてるなら、さっさと飯食って早く寝ろ」

私の手から醤油《しょうゆ》さしとグラスを奪った彰一が、不機嫌そうに眉根を寄せる。

「う、うん」

短い返事をして、私はおとなしく席に着く。……思ったよりも、あの手紙に動揺してるみたいだ。差出人はここの住所を知っていた。気味が悪い。

「さやか？」

真向かいに座った彰一が、もの言いたげな顔で私の名前を呼ぶ。

「あの手紙に嫌なことが書いてあったんじゃないのか？　それともなにかほかに困ってることでもあるのか？　俺に隠し事しようなんていい度胸だ」

彼に打ち明けたらスッキリするかもしれない。けど、この謎の過保護発言を連発してくる彰一にそんなこと言ったら、家から一歩も出るなだの、実家へ戻れだの言われそう。

気に入ったこの家に住んで、素敵な店長のいる可愛い店で働いて、休日には趣味の油絵に没頭する。誰にも咎《とが》められない自由で気ままな生活。それを取り上げられるのは嫌だ。

「ううん。なんでもない。今日のごはんも美味《おい》しそうだね！　いただきまーす！」

ことさら元気に言ったら、彰一はそれ以上追及してこなかった。

「どうぞ召し上がれ。秋なら筋子《すじこ》を醤油《しょうゆ》漬けにするんだけどな。いまは時期じゃないからでき合いのものだ」

「え、イクラ、自分で漬けるの？」

「ああ。意外と簡単だし、美味《うま》いぞ？」

へぇ、そうなんだ。

この三日でエプロン姿にはようやく慣れたけど、毎日毎日驚かされてばかりだ。本当にこれが何百年も続く本家の跡取り？　正真正銘の御曹司だなんてちょっと信じられない。

「彰一がこんなに料理上手なんて意外」

「お前が知らなかっただけで、昔から料理は得意だ」

と呆《あき》れたように笑う。

たしかに私は彰一の学生時代をよく知らない。中学から別々の学校だったし、顔を合わせるのは盆暮れ正月ぐらい。高校卒業後は彰一は留学していたし、藤園家の行事にも都合がつかないからって帰国しないときだってあった。

「わ！　馬鹿！　ストップ！　ストーップ！」

慌てて立ち上がった彰一が、私の手首を掴《つか》んだ。

いきなりなにするの、と睨《にら》み上げたら、焦《あせ》ったような顔で、

「今日のおまえ、本当におかしいぞ！　熱でもあるのか？」

と空《あ》いたほうの手を私の額に当てた。あっという間に頬《ほお》が熱くなる。いきなりそんな風に触れないでほしい。

「熱はないと思うけど？」

しどろもどろで答えながら俯《うつむ》くと、手元が視界に入り……

どうして私は二色丼に麦茶をかけようとしているのかな⁉

「あははは！　やだ。間違えちゃった！　止めてくれてありがと！」

彰一はまだ疑わしそうな顔をしていたけれど、それでも手を放してくれた。

「ほら、食べよ？　大丈夫、これでもう載せたり、かけたりするものないでしょ？」

急いでどんぶりにワサビを載せ、サーモンの切り身に醤油《しょうゆ》を垂《た》らした。麦茶もグラスに並々注《つ》がれてるし、これでもう、やらかす心配は無用！

「おまえなぁ。そういう問題じゃないだろ」

彰一は呆《あき》れたように深々とため息をついた。

「……やっぱり明日から送り迎えする」

「な、なに言ってんの！　通勤するのに送り迎えしてもらうとか、そんな人いないよ？」

「いるいないの問題じゃない。――まぁいい。話は食事のあと、ゆっくり……な？」

「え～。今日は食後に、少し絵を進めたかったんだけどなぁ」

「話が終わったあとで描けばいいだろ？　もしくは明日の朝、早起きするとか」

コイツ！　私が朝弱いの知ってるくせに！


夕食後、リビングに場所を移してくつろいでいると、

「あ。言い忘れてたが、沙智子さんの許可を取っといたぞ。清川《きよかわ》さんにも連絡済みだ」

と、唐突《とうとつ》に言われて、一瞬なんのことかと首を傾げた。けれど、すぐさま店長のレアちゃんを預かる件だと思い至った。清川さん、というのは店長のことだ。

「明日、朝一番でここに寄るそうだ。その足で空港に向かうって」

「そっか。ねぇ、本当によかったの？　彰一って……その……犬、苦手でしょ？」

「そんなもの、とうの昔に克服してるっての。俺だっていつまでもガキのままじゃないからな。それよりおまえの肘《ひじ》――傷、残ったんだな」

左肘《ひだりひじ》にある古い傷痕《きずあと》を、無意識のうちに触っていたらしい。この傷は幼いころ、彰一と遊んでいたときにつけたものだけど、別に彼のせいってわけじゃない。

私の動作に気づいた彰一が私の腕を取った。少し切ない顔をしながら、長い指先で私の古傷をなぞる。

途端《とたん》、胸が痛みを伴うほどドキンと跳ねた。

「や、やだ。これは、その、彰一のせいじゃないし！　ただのかすり傷だったんだけど、かさぶたが気になって剥《む》いちゃったからさ、それで痕《あと》が残っちゃっただけ。やっちゃダメだってわかってるのに、ついつい剥《む》きたくなるよね！　それで流血してお母さんにめちゃくちゃ叱《しか》られたよ」

変になった雰囲気をぶち壊そうと思ってわざと明るい口調で言ったのに、空回りしただけだった。

「あのとき、俺がもっと強かったら……」

伏《ふ》せられたまつ毛が、暗い影を目元に落とす。苦しそうな彼の表情に息が苦しくなる。

「こんな傷、全然目立たないし、いったい何年前のことを蒸し返すのよ。彰一って意外とくよくよ悩むタイプなんだね……あは、あははは」

笑って誤魔化そうとしたのに、全然効果なし。

「あのとき、約束したのにな。結局、なにもできないままだ」

なにかがキケン。本能的に悟った私は、どうにか話題を変えられないかと目まぐるしく思考を巡らせた。

「あ、そうだ！　ねぇ、なんでお店まで押しかけてくるの！　もう！　びっくりしたじゃない！」

彼の手を強引にほどきながら、唇を尖《とが》らせた。

「買い物なんて絶対に嘘でしょう？」

「さあね」

彰一の目が少しだけ和《やわ》らいだことにホッとしつつ、なにも気づかないふりを続ける。

「またそうやってはぐらかそうとする！　いくら私でもそんなに鈍くないよ。甘く見ないでくれたまえ」

「そう？　じゃあ、俺がどうして店に行ったかはわかる？」

言いながら、彰一は私の横に来る。

「きゃっ！」

彰一はすかさずソファの背もたれに両手をつき、囲い込んできたのだ。しかも私の足を挟み込むように至近距離に立っていて――これじゃ逃げるに逃げられない。

どうして、こんなことになったのだろう？　おかしい。

自分の置かれている立場をいまいち理解できず、恐る恐る視線を上げると、触れるほど近くに彰一の端整《たんせい》な顔があった。彼の目はぞっとするくらい真剣で、かすかに笑みの形に上がった唇には、目が釘づけになるくらいの艶《つや》が滲《にじ》んでいた。

「かっ、からかいに……来たんでしょ？　しょ、彰一ってさ、ほら意地悪じゃない？」

落ち着いて答えたいのに、どもるわ、声はかすれるわで、動揺しているのが丸わかりだ。胸はドキドキうるさいし、顔は火が出そうに熱いし、背中は冷や汗ダラダラ。

「本当にそう思う？」

「そ、そ、それ以外になにがあるの？」

冗談はよしなさいよ！　って彼を蹴り飛ばせたらいいのに、実際に私ができたのは、彼の肩に両手をついて押し戻そうと力を込めるだけ。しかも意外と彼の力が強くてびくともしない。それどころか逆に手を取られ、両手とも背もたれに押しつけられてしまった。動きを封じられた悔《くや》しさと、身動きが取れない不安に体が強張る。彰一を怖いと思った。

「お前が悪いんだ。昨日、清川さんのことすげえ褒《ほ》めてたから。格好いいとか、尊敬してるとか、憧《あこが》れてるとか……その、好きだ、とか」

「え？　え？　彰一？」

「……男かと思うだろ」

気まずそうに視線を逸《そ》らせ、小さな声で呟《つぶや》いた。

「店長が男だったらなんなの？」

正直に聞いてみた。考えてもわからないから、本人に聞くのが一番でしょう？

彼は驚いたように目を見開いたあと、きつく眉を吊り上げた。

「この……鈍感！」

「わ、悪かったわね、鈍感で！　それでも、彰一みたいに、なに考えてるかわかんないよりはマシでしょ！」

「俺がなにを考えてるか、本当にわからないのか？」

私の言ったことがますます彼を苛立《いらだ》たせたのか、目に剣呑《けんのん》な光を浮かべてますます顔を近づけてくる。ちょっとでも動いたら鼻先がくっついてしまいそうで、身じろぎひとつできない。

そんな私とは対照的に、彼は余裕綽々《よゆうしゃくしゃく》といった体《てい》で物騒《ぶっそう》な微笑《ほほえ》みをたたえている。口元は笑っているのに目が全然笑っていなくて、とても危険な気がした。彰一は、どちらかといえば品のいい顔立ちで、野性的な匂いはまったくしない。少なくともいまのいままではそう思っていた。なのに、いま私を見下ろしている彼は、粗野《そや》と表現してもいいくらい危《あや》うくて荒《すさ》んだ雰囲気をまとっている。

返事を間違えたら、今度こそ取り返しのつかないことになってしまう予感がした。そう思うと答えるのが怖い。でもいつまでも黙っていたら、それはそれで彰一がしびれを切らしてなにか起こりそう。落ち着こうと唾を呑み込むと、喉《のど》はやけに大きな音を立てた。

「わかってたら、こんな状況にはなってないと思うんだけど」

「なるほど。それはそうだ」

力なく笑い、それから彼は黙り込んでしまった。

しばらくすると、苛立《いらだ》ちを含んだ視線を私に向ける。

「…………あ～、くそっ！」

そして、さらに私に顔を近づけてきた。もう、鼻先は完全に触れ合ってしまっている。

「じゃあ、俺の考えてることを教えてやるよ。……もう少し長く耐えられると思ったんだけどな。俺、意外とこらえ性《しょう》がないのかもしれない」

こらえ性がないって、なにを我慢していたの？　意味を量《はか》りきれず、私は続きを待った。

でも、予想に反して次の言葉はなかった。なにか言おうとして口をつぐんだあと、彼は視線を彷徨《さまよ》わせた。

「彰一？」

名前を呼ぶ声が酷《ひど》くかすれた。もしかしたら、至近距離にいる彼にさえ届かなかったかもしれない。

答えのかわりに、彼の顔がさらに近づいてきた。近すぎて焦点が合わない。

——次の瞬間、唇に温かくて柔らかいものが触れて、すぐに離れた。触れたのは一瞬だったのに、触れられた場所が酷《ひど》く熱い。

「なっ……！」

「好きだから嫉妬《しっと》したに決まってるだろ。好きだよ、さやか。昔からずっと」

本当は『なにするの！』と抗議したかったのに、彼の言葉に驚いて、私は口を『な』の形に開けたまま固まった。

……いま、とても不可解な言葉を聞いた気がする。

これは聞き違いに違いない。最近、聞き違いが多くて困る。さて。じゃあ、正しい言葉を推測しなきゃ。『あきだよ、さやか』って……いまは秋じゃないし。『かきだよ、さやか』……いや、だから、いまは秋じゃないから柿はないよ！　『さきだよ、さやか』、『たきだよ、さや』……もう意味不明——

「おい、なにか言えよ」

訝《いぶか》しげに尋ねられて、はっと我に返った。現実逃避は言葉の通りただの逃避で、いくら没頭《ぼっとう》しても状況は好転しない。両手は掴《つか》まれたままで、彼の顔はいまだ至近距離にある。まっすぐ見下ろしてくる視線に晒《さら》されて、息が苦しい。

「さやか？」

答えを誘うように、低い声がするりと耳に流れ込む。いままで聞いた中で、一番甘い声だった。でも、なにを言えばいいかわからなくて、視線を彷徨《さまよ》わせることしかできない。

「あ……あの……」

言いたいことはたくさんあるのに、言うべき言葉は手をすり抜けるように次々消えていく。

「信じられない？　じゃあ、もう一回行動で示そうか？」

耳元でささやいて、また顔を近づけてくる。逃げる間もなく、今度はさっきより少し長く唇が触れ合う。かすめるようなさっきのキスと違って、彰一の熱や唇の感触が生々しく伝わってくる。

唇から彼の熱がじわじわと広がって、全身を侵食されてしまうんじゃないか。そんな考えが頭をよぎって不安になった。それと同時に、いっそ侵食されてしまいたいと思う気持ちも湧《わ》き起こる。相反する気持ちに挟まれてますます混乱は酷《ひど》くなっていく。

少しだけでもいいから、考える猶予《ゆうよ》が欲しい。

「んっ……！」

彰一の唇から逃げるために顔を背《そむ》けて言葉を紡《つむ》ぐ。

「しょー、いち、待っ……」

「俺が本気だってわかった？」

獲物を前にした捕食者のように目を細める。薄い笑みを浮かべているけれど、目の奥に荒々しい焦燥《しょうそう》が見え隠れしている。少なくとも私にはそう見えた。小さいころからよく知っていると思っていた彼が、突然見知らぬ人に感じられる。

「嘘、でしょ」

「嘘じゃない。ずっと昔からおまえが……おまえだけが好きだったんだ」

言い終わるか終わらないかのうちに、また唇を塞《ふさ》がれた。

「んんんっ！」

見開いた私の目に映るのは、彰一の長いまつ毛。

近すぎて焦点の合わない目でじっと見ていると、彼は私の視線に気がついたのか、ふっと目を開いた。視線が絡むと、愛《いと》おしむように優しく目を細める。そこに滲《にじ》んだ色香に、気持ちがぐらりと揺れた。

こんなの反則だよ。抗《あらが》いようがないじゃない。

いくら嫌っても、結局のところ私にとって彼は――特別なんだから。

そんなことを考えて上《うわ》の空《そら》になっていたため、引き結んでいたはずの唇が少し緩《ゆる》んでしまった。

その隙をついてキスが一段と深くなる。下唇を熱い舌でゆっくりとなぞられて、痺《しび》れに似た感覚が背中を走った。

「んんっ！」

抗議の声はくぐもった呻《うめ》きにしかならなかった。

逃げたくて顔を逸《そ》らそうとしたのに、さっきと違って叶《かな》わない。キスが深すぎて動けないのだ。

次いで、彼の指が私の頤《おとがい》にかかり、それこそまったく身動きできないくらいに固定されてしまった。

息継《いきつ》ぎの仕方がわからなくて苦しいのに、その苦しさがぞくぞくした愉悦《ゆえつ》を呼び覚ましていく。

こんなの変だ。おかしい。

混乱する心と裏腹に体だけが熱くなっていくなんて。

このままキスに翻弄《ほんろう》されていたら、自分を保っていられなくなりそう。

「んっ！　んーっ」

いつの間にか解放された両手を使って彰一の肩や胸を叩いてみたけれど、まったく効果はない。

キスは少しずつ、でも確実に私を溶かしていく。

「んっ……あ……」

止まらないキスのせいで敏感になった下唇を甘噛みされ、体がビクンと跳ねた。

頤《おとがい》を掴《つか》む彼の指が、まるで『よくできました』と言うようにゆっくり動く。その指の感触にさえ、ぴくりと反応してしまう。

彼の思い通りにことが進むのが悔《くや》しいのに、もっと先を欲しいと思ってしまう自分もいて……いつの間にか私は、彼を叩いたり押し戻そうとするのをやめていた。

私が大人しくなるのを待っていたかのように、彰一の手が背中に回った。大きな手のひらがゆっくりと背中を上下する。触れらているところが熱い。熱くて、熱くて、苦しい。

キスの角度が変わるたび、濡れた音が耳へ届く。

彼に触れられるのは嫌じゃなかった。嫌どころか、むしろ……。霞《もや》がかかったような頭ではやめてほしいのか、やめてほしくないのかわからなくなっていた。

ただ、心を置き去りにして高ぶっていく自分の体と、彰一の強引さが怖かった。

「や……離し……」

「ダメだ。離さない」

息継《いきつ》ぎの隙をついてようやく口にした希望は、すげなく却下された。それ以上なにも話すなということなのか、即座に口を塞《ふさ》がれてしまう。

背中をゆっくり撫《な》でていたはずの手は、いまや腰のあたりをなぞっている。

その間も彰一は私の下唇を食《は》んだり、舌でなぞったり――。そして私の唇が緩《ゆる》む瞬間を見計らって、中にまで侵入してくる。

くちゅ、ぴちゃり、と聞くに堪《た》えない音が次々と耳に流れ込んできて、身もだえるほど恥ずかしい。どのくらいそうして貪《むさぼ》られていたのか――気がつけば全身から力が抜け切っていた。いまにも崩れ落ちそうで、無意識に彼の腕にすがってしまう。

「あ……はぁ……はぁ……」

ようやく呼吸が楽になる。

「好きだ、さやか」

荒い息を繰り返す私の耳元で彼は、そうささやく。その言葉は濡れたような熱を含んでいて、私の頭をさらに痺《しび》れさせた。

「好きなんだ。どうしたらいいのか、自分でもわからないくらい」

耳朶《じだ》を甘噛みされると、体の奥のなにかが疼《うず》いた。

「あ……っ！」

耐え切れずに背を反《そ》らせると、逃がさないと言いたげに彼の腕が背中に回る。

彼の唇は耳朶《じだ》を離れて、頬《ほお》を撫《な》で、もっと下へと下りてゆく。そうして、喉《のど》のあたりを軽く噛む。

「は……、あ、やめ……てよ」

荒い息の合間に、自分でも恥ずかしくなるくらい上ずった声が漏《も》れた。

「嫌だ」

喉《のど》元から顔を上げ、私を見上げる彼の目は熱っぽく、目元がうっすらと赤く色づいている。滴《したた》るような艶《つや》に、私は見てはいけないものを見た気がして目を逸《そ》らした。

「いまさらやめる気はない。嫌なら、全力で抗《あらが》えよ」

そうしたら、止まれるかもしれないから——ささやいて、彼はまた私の首筋に顔を埋《うず》めた。緊張に冷えた肌を熱い舌が這《は》う。背中をぞくぞくした感覚が駆け上がるから、なんとかしたくてぎゅっと目をつぶった。けれどそれは逆効果で、肌を這《は》うヌルヌルした彼の舌の感触が鮮明になっただけ。

「ん……やぁ、ん」

あられもない喘《あえ》ぎが口から漏《も》れてしまった。それに気をよくしたのか、彰一が笑う気配がした。変な声を出させられたのだけでも悔《くや》しくて恥ずかしいのに、それを喜ぶような態度に腹が立った。

「は、離してよ！」

覆《おお》い被《かぶ》さってくる彼の肩を何度も叩いたけど、一向に離れてくれない。多少は痛いはずなのに、怯《ひる》む様子もない。このぐらいの抵抗は織り込み済みだとでも言いたいわけ⁉

全力で抗《あらが》ったらやめるって言ったくせに！

どうしようもない苛立《いらだ》ちで、涙が滲《にじ》んだ。

熱い舌の刺激に混乱しながら、それでも彼を引き剝《は》がそうともがいていると、彼の唇が首筋を挟む。柔らかい触れ方なのに、なぜか異常に不安を感じて体が硬直した。

「え……な、なに……？」

突然チクリとした痛みが生じた。

「痛っ！　え、あ……？」

はじめて感じる類《たぐい》の痛み。まるで肌をきつく吸われるような……？

「俺のしるし、ついた」

顔を上げて嬉しそうに笑う彼の表情で、キスマークをつけられたんだと確信した。

「彰一！」

とっさに首筋に手を当てようとしたけれど、途中で彰一に手首を掴《つか》まれてしまってできない。

「隠すなよ、せっかく綺麗についたのに」

「やっ！　離しなさいよ！」

もがいても手は拘束《こうそく》されたまま。強く握《にぎ》られている感じはしないのに、彼の手は頑強《がんきょう》で逃げられそうにない。

彼はついた痣《あざ》を誇示《こじ》するように、そこへもう一度口づける。熱い舌先がちろちろとそこを這《は》い、くすぐったさに全身が粟立《あわだ》った。

そして、舌はさらに下へ下へと下りていく。

はじめは私に覆《おお》い被《かぶ》さるような体勢だったはずなのに、彼はいつの間にかソファの前にひざまずき、座っている私の膝の間に体を割り込ませている。片手は腰に回し、もう片方の手は私の右手を拘束していて……身じろぎひとつ満足にできないほど密着していた。

「あ……や……いやぁ……！」

「そんな弱々しい抵抗じゃ止まれない。もっと本気で抗《あらが》えよ。頼むから」

切なそうに目を細める。

腰に回っていた手が私のシャツの裾《すそ》から背中へ入り込み、ブラのホックをするりと外した。

「ひっ⁉」

情けない悲鳴《ひめい》が口をつく。

「ほら、もうあとがないぞ？」

私の抵抗を誘っているようにも、揶揄《やゆ》しているようにも聞こえる。でも、薄い笑みを貼りつけた彼の顔からは、どっちなのか読み取れなかった。

そんなに簡単に抗《あらが》えるんだったら、とうの昔に蹴り飛ばしてるって。それができないから困ってるんじゃない。

熱くなった頬《ほお》よりもさらに、目が熱くなってきた。まずい、こんなときに泣きたくないのに。もっと理性的にならなきゃ。子どもじゃないんだから、泣き喚《わめ》いてなんとかしてもらおうなんてしたくない……

「上《うわ》の空《そら》か？　余裕だな。俺のことしか考えられないようにしないとな」

妖《あや》しい魅力に満ちた顔で言われ、状況を忘れて一瞬見惚《みと》れてしまった。

彼の手がゆっくりと背を這《は》い、同時に顔がまた近づいてきた。

赤い痣《あざ》が浮いているだろう場所から胸元へと下りてゆく。少し湿《しめ》り気《け》を帯《お》びた唇が肌を滑《すべ》り、時折熱く濡れた舌に舐められる。

「ん……やあ……しょ、いち……待って、よ」

途切れ途切れの懇願《こんがん》はあっさり無視された。そして彼の指が、そろりと私のお腹を撫《な》でる。次いで見せつけるようにゆっくりと指先が上へ上へ這《は》い上がる。

彼の指を避《よ》けようとしたけれど、身じろぎ程度では抵抗にもならなかった。胸の膨《ふく》らみを持ち上げられると、強張《こわば》った喉《のど》から「ひうっ！」と引きつった悲鳴《ひめい》が漏《も》れた。少し触られただけで、私の体は過剰とも言える反応を示す。これ以上進んだらどうなっちゃうんだろう？

「しょ、いち……お願いだから……止まって」

「俺にこうされるのは嫌か？」

胸元から顔を上げ、彰一は私を見上げて尋ねる。『こう』と言いながら、私の胸に置いた手を動かされ、とうとう涙がこぼれた。

嫌とか、そういう問題じゃないのに！

なのに彰一はわかってくれない。そもそも、わかろうともしていない。

心が置き去りのまま進んでいってしまうのは酷《ひど》く怖かった。自分で決められず、流されるなんて嫌だ。ちゃんと自分の意思で決めたいじゃない。

どうしてわかってくれないんだろう？　もどかしすぎて苦しい。

「さやか、好きだ。絶対おまえを大切にする。だから……」

「やめて！　それ以上聞きたくない！」

止められない苛立《いらだ》ちと悔《くや》しさに心を任せた結果――

パシン！　と鋭《するど》い音が響いた。

同時に、手のひらがじんじんと痛む。

「……あ……」

少し横を向く彰一の頬《ほお》が赤くなっている。自分がなにをしたのか、数瞬遅れて理解した。

私、彼の頬《ほお》を叩いたんだ……

彰一は驚いたように目を見開いたあと、ホッとしたような自嘲《じちょう》するような不思議な顔つきになった。その顔を見たら胸に詰まっていた言葉が堰《せき》を切って飛び出す。

「わかんない！　わかんないよ、全然！　本気ってなに？　好きってなに？　そんなの全部嘘なんでしょう⁉　お得意の意地悪でしょ？　そういうのやめてよ！　私だって傷つくんだよ⁉」

そうだよ。ずっとずっと、そうだった。期待するたびに裏切られて、彼の言葉に傷ついて、何度も悲しい思いをしてきた。

私も彰一が好き——なんて言ったら『冗談に決まってるだろ、馬鹿なヤツだ』って笑うんじゃないの？

「違う！」

「だったら、なんで私の言うことに耳を貸してくれないの⁉　なんでいつも強引なの⁉　私、いま、待ってって言ったよ？　やめてって言ったよ？　どうして？　ねぇ、どうして⁉　本当は全部嘘なんだよね！　ただ私をからかって、嘲笑《あざわら》ってるだけなんでしょう⁉」

言いたいことを思い切り言ったら、体中から力が抜けた。

「さや、か……」

彰一は夢から覚めたような顔をして、私から体を離す。

その隙に私は乱れた服を整えて、ソファから立ち上がり、彰一と距離を取った。背中には廊下へ続くドアがある。これならすぐに逃げ出せる。

「あ……。俺……」

呟《つぶや》く彼の顔は、自分のしたことを信じられないと思っているように見えた。

「俺、歯止めが効かなくて……ごめん」

勢いよく頭を下げられて、面食《めんく》らった。まさかそんな反応が返ってくるとは思わなかったから。

「あ、えっと、その……」

「さやか……」

彰一が身じろぎしたのを、近づいてくるんじゃないかと勘違いした私は、肩をびくっと跳ねさせて一歩後退した。その様子を見た彰一は何か言いたげにしたあと、無言でうなだれた。

体のあちこちに、彼の触れた感触が残っている。ドキドキと胸が高鳴っていて、しばらくはなにをしても収まりそうもない。

「ごめん。いまは混乱してて頭が働かないから……。明日になったらきっと冷静になれる……と思うんだ。だから……」

とりあえず全部明日に丸投げしてしまおう。そう。きっと明日には……全部なかったことにしてしまえる。それが一番いい。

「じゃ、お休み！」

へたり込んでしまいそうな体を叱咤《しった》して、二階の部屋まで一気に走った。ばたんと音を立ててドアを閉め、そのままずるずると座り込む。

「……馬鹿みたい」

『出て行って』の一言が言えなかった。言えばきっと彰一は出て行っただろう。約束も説得もなにもかも終わりにして。

なのに、言えなかった。

「もう、なんなの……最低」

自分をなじってるのか、彰一をなじってるのか、言ってる私自身にもわからない。

「嫌い。大っ嫌い」

わざと口に出してみた。

――本当に大嫌いならよかったのに。それなら、こんな気持ちにならなくて済んだのに。

五　手紙の主は……

夢を見た。まだ彰一と私が仲良しだったころの――

『強くなるから！　強くなって、今度はボクがさやちゃんのこと守る！』

大粒の涙をぽろぽろこぼしながら、ショウちゃんが言った。

『もう絶対、さやちゃんを傷つけない……だから……』

その後の言葉は嗚咽《おえつ》になってしまって聞こえなかった。

『大丈夫。私、平気だよ？　こんなの全然痛くないよ。ほら！』

土ぼこりがついた腕をぶんぶん振って、元気だとアピールした。擦りむいた左肘《ひだりひじ》は痛かったけど、でも彼を泣かせてしまったことのほうが一大事だった。

大丈夫、痛くない、平気——と繰り返しても彼は泣きじゃくったまま。

そのうち異変に気づいた大人たちが駆けつけた。その人数の多さにびっくりしながら『野良犬に襲われた』と告《つ》げたところ、おじさんたちは血相を変えて犬の捜索《そうさく》に走った。

その場に残されたのは、ショウちゃんと私、それから本家の家政婦のキミ代《よ》さんと、私の母の四人。

無傷だった彼は家政婦のキミ代さんに連れられて家へ、肘《ひじ》やら膝やらを擦り剥《む》いた私は『念のため』と強引に病院へ連れて行かれた。

キミ代さんにつき添われてとぼとぼと帰る彼のうしろ姿がやけに切なくて。私は大声で彼の名前を呼んだ。

『ショウちゃん！』

立ち止まった彼がゆっくりと振り向いて、泣きはらした赤い目で私を見た。

『ショウちゃん、また明日遊ぼ？』

彼は小さく頷《うなず》いた。それからキミ代さんに促《うなが》されて、ふたたび歩き出す。それきり彼は私のほうを一度も振り返らなかった。

まさか、それが彼と遊んだ最後の日になるなんて思いもよらず——

ちょっぴり泣き虫だったけど、でも彼はまぎれもなく私の王子様だった。

『さやちゃん』

柔らかな笑顔で私の名前を呼ぶ。そのたびに嬉しくて仕方がなかった。

『さやちゃんと遊ぶのが一番楽しい』

そう言われると、胸がドキドキした。

当時の私は、男勝《おとこまさ》りで髪も短く、真っ黒に日焼けしていた。男子たちに交じって虫を捕まえたり、釣りをしたり、野山を駆け回るのが大好きで、イタズラしては大人たちに叱《しか》られて。

なぜ物静かなショウちゃんと私のウマがあんなに合ったのか、いまだによくわからない。けれど、とにかく私たちはよく一緒に遊んでいた。もっとも、本家の跡取りというのは大変らしく、彼は小さいころから色々な習い事をしていたので遊べる時間は限られていた。小さなころはわからなかったものの、あの当時どれだけショウちゃんが大変だったのか、いまならわかる。

優しくて、物知りで、彼が思いつく遊びはことごとく面白くて、とにかく特別な友だちだった。

『ショウちゃんのことは私が守る』――そんな風に思っていたところもあって、彼が乱暴な誰かに絡まれているのを見つければ相手に食ってかかり、困っているのを見れば助けた。

――初恋だった。なのに……

彰一と私は、いったいどこで間違っちゃったのかなぁ。

私たちはどうして、あのときの仲良しのままでいられなかったんだろう。

＊　＊　＊

目覚めは最悪だった。

そんなに泣きじゃくったつもりはないのに、朝起きると目が腫《は》れていて上手く開かない。それに、たっぷり眠ったはずなのに寝不足のときみたいにだるいし、頭には霞《もや》がかかったみたいだ。

「あー……だるい……」

呟《つぶや》いたらますます体が重くなった気がした。

とはいえ、いつまでも寝てるわけにもいかない。今日は朝イチで店長がレアちゃんを連れてくるはずだから、それまでに身支度《みじたく》を整えておきたいもの。仕方ない。起きよう。

重い体を引きずるようにベッドから降りた。

時計を見ると、まだ時間に余裕がある。昨日お風呂に入りそびれちゃったし、シャワーでも浴びようかな。

支度《したく》を整えて部屋を出た。その途端《とたん》に憂鬱《ゆううつ》な気分が増す。

——どんな顔をして彰一に会えばいい？　でもきっと彰一だって気まずいに違いないし、ここはそう、お互いさまってやつだよ！　……と思うことにした。

いつも通り、階段の踊り場で立ち止まってステンドグラスを眺めて、それから一気に階段を駆け下りる。するとキッチンから焼き鮭の香ばしい匂いが漂《ただよ》ってきた。今日の朝ごはんは和食らしい。

意を決して覗《のぞ》き込んだキッチンに彰一の姿はなかった。拍子《ひょうし》抜けしながら、ここにいないならリビングかなとあたりをつけて、リビングへ回る。

リビングを見てみると、ローテーブルの前に立ち尽くしている彼の姿があった。こちらに背を向けているから表情はわからない。彼の向こうに見えるソファを見た瞬間に、昨夜の記憶が蘇《よみがえ》りそうになったけど慌てて打ち消す。

「おはよう、彰一！　そんなところに突っ立ってどうしたの？」

ことさら明るく元気な口調を意識して声をかけた。

彼はうなだれていた頭を上げ、ゆっくりと私のほうへ振り向いた。体ごと振り向いたので、うしろ姿だけではわからなかった手元も見えた。

しまった！

顔に出さないように気をつけながら、私は内心で大いに歯噛みした。

彼の手にあるのは昨日受け取ったあの手紙だ。読んだ直後にごはんだと呼ばれたから、慌ててソファの隙間に突っ込んだんだった。いまのいままで忘れてた！

「おはよう、さやか。ところでこれはなんだ？　昨日おまえ宛に届いた手紙だよな？　どうしてそれがソファの隙間に挟まってるんだ？」

「え？　や、やだ、うっかり隙間に落ちちゃった……みたい？　拾ってくれてありがと」

笑って誤魔化しちゃえ。ついでに手紙を取り返せれば、こっちのものだ。けれど彼の手から取ろうとした瞬間、彼が手を高く上げたので空振りする。

「ちょっと！　彰一！　返してよ」

「嫌だね。これは誰からの手紙だ？」

「誰だっていいでしょ。別になんの変哲もない手紙だよ？　彰一が気にするようなことは……」

ぴょんぴょん跳ねても、手紙には届かない。身長差が恨《うら》めしい。

「そうか。なんでもないのか。なら、俺が読んでも支障はないな？」

「えっ！　そ、それはダメ！　人の手紙読むなんて最低だよ！　返してってば」

正論を盾《たて》に批難しても、彼は怯《ひる》まない。

「この手紙を受け取ってから、おまえは様子がおかしい。昨夜の時点で薄々感じてたが、今朝、ソファに乱雑に挟まっているのを見つけて確信したよ。この手紙は、おまえにとって厭《いま》わしいものなんだろう？　違うか？」

違わない。名推理でございます。

どうしよう。打ち明けちゃったほうがいいのかな？　きっと彰一ならなんとかしてくれるだろう。でも、彼に頼っていいの？　視線を彷徨《さまよ》わせながら迷う。

だいぶ長い間悩んでいるのに、彰一は呆《あき》れるどころか根気強く私の答えを待っている。

「言っても怒らない？」

「場合によるな」

そんなこと言われたら、話す気が失《う》せるじゃない。

「じゃあ言わない」

「……わかったよ。怒らない。約束する。とりあえず座れ」

指し示されたのは、あのソファ。やっぱり昨夜のことを思い出しちゃって、顔がかっと熱くなる。

「え、あ、すわ、すわ、座るの⁉」

私がどもっていると彰一は顔を曇らせ、次の瞬間、勢いよく頭を下げた。

「本当に悪かった！　もう昨夜みたいに襲ったりしないから、とりあえず座れ」

「お、おそっ⁉」

あ、そうか。私、襲われたのか！　混乱しっぱなしでよくわかっていなかったよ！

っていうかさ、最初のころ『いきなり襲うほど飢《う》えてない』とかなんとか豪語《ごうご》したくせに！

「嘘つき！」

「……悪かった」

しゅんとする彼の左頬にはひっかき傷が一本、盛大に走っていた。かさぶたの周りが赤く腫《は》れあがっている。昨夜、叩いたときに爪で引っ掛いてしまったみたいだ。

謝ったほうがいいのよね？　そう思って傷に触れようと指を伸ばしたら、彰一は驚いたように身を引いた。

「痛い？」

「いや……。それより、手紙のことを聞かせてほしい」

戸惑った目をした彼は、本当に昨夜のことを後悔しているように思えた。

彰一はローテーブルを挟んで真正面に腰を下ろした。膝に肘《ひじ》をついて身を乗り出し、私の話を一字一句聞き漏《も》らさないつもりみたいだ。

「あんまり時間もないから、手短に話すね。実は……」

彰一に、いままでのことを洗いざらい話した。彼の顔は見る見る険《けわ》しくなっていき、最終的には魔王化した。私の頭の中にはシューベルトの『魔王』がふたたび鳴り響く。

「おまえ、いますぐ店やめろ」

「やだ！」

地の底を這《は》うような低い声に内心びくびくだけど、ここははっきり言っておかないと。

「じゃあ、解決するまで家に引きこもれ」

「無理！」

「あんまりわがまま言うと監禁《かんきん》するぞ」

「それ犯罪！」

間違ったことは言ってない！　なのに、彰一は残念なものを見るような目をして、肩を竦《すく》めた。

「わかった。じゃあ、こうしよう。差出人については俺が調べてみる。じきにわかるだろうが、それまでにどのくらい時間がかかるかわからない。その間おまえの身は絶えず危険に晒《さら》されるわけだ」

「そんな大げさな……」

茶化そうとしたら、ぎろりと睨《にら》まれたので慌てて口をつぐんだ。

「俺がいる間は俺か、もしくは俺のボディーガードがおまえを守る。問題は俺の休暇が終わったあとだ。そのときまだ解決していなければ、誰か女性のボディーガードを雇《やと》っておまえにつける。それでいいな？」

「う……はい」

嫌だなんて言ったら取って食われそうだ。大げさだと思う気持ちは変わらないし、面倒なことになったなぁとしか考えられないけれど、でも彰一の心遣いはありがたいので素直に受けておこう。

「おまえな、やっぱり少し危機感薄いぞ？　一か月に一度程度だった手紙が突然二日連続で届いて、しかも文面が荒くなってる。これは相手が焦《じ》れてる証拠だ。なにしてくるかわからないんだぞ？」

「なにしてくるか……」

「ああ、そうだ。とにかく用心するに越したことはない。今日は遅番だったな？　俺が車で送るし、帰りも迎えに行くから。仕事が終わったら電話しろ。絶対にひとりで帰ろうなんて思うなよ？　いいな！　絶対だぞ！」

彰一の話を聞いているうちに段々不安になってきた。

「わかった！　絶対ひとりで帰ってきたりしない！　任せて！」

なにが任せてなんだか……と自分に突っ込みを入れたけれど、彰一はそんなことは気にしてないようで、満足そうに頷《うなず》く。

「よろしい。じゃ、朝メシにするか。おまえの支度《したく》が整ったら言え。そしたら味噌汁と鮭、温め直すから」

「うん」

お腹は現金なもので、『朝メシ』と聞いただけでぐぅっと鳴った。

＊＊＊

「じゃあ、よろしくお願いします。商談が早く終わったら日帰りにするつもりですが、もし長引いたら……そのときは一晩お世話になります」

「はい。お預かりします。お気をつけて」

深々と頭を下げる店長に彰一が答える。

レアちゃんは、私の腕の中で大人しくしている。実はいままでも何回か会ったことがあって、仲良しなのだ。

「大丈夫ですよ、店長。レアちゃん、いい子ですし。——大人しく待ってられるよね？」

するとレアちゃんは「わん！」と元気な返事をしてくれる。可愛い！　自然に頰《ほお》が緩《ゆる》んじゃう。

「ほら、レアちゃんも大丈夫だって言ってますよ」

「そうね。じゃ、そろそろ行くわね。レア、大人しく待っていてね？」

「わん！」

またまた元気な返事をするから、三人で顔を見合わせて噴《ふ》き出した。ひとしきり笑ったあと、店長は車で去り、家には二人と一匹が残った。

「じゃ、そろそろお家に入ろうか？」

私はレアちゃんを抱いて、彰一はお泊りセットもろもろと、店長特製の分厚いレアちゃんお泊りマニュアルを持って家に戻った。昨日の今日であんな分厚いマニュアルを作っちゃうなんて、店長すごい。

リビングまで抱いていって床に下ろしてみたら、しばらくあちこち探検《たんさく》していたけれど、落ち着くところを見つけたらしく座り込んだ。

その間に彰一はお泊りセットを開封して、マニュアル片手に環境を整えている。

「レアちゃん、とりあえず落ち着いたみたい。なにか手伝うことある？」

「いや、特にない。おまえは今日、昼メシ食ってから出勤だろう？　メシができたら呼ぶから」

「ん。じゃあ、しばらくアトリエにこもっててもいいかな？」

元犬嫌いの彰一とレアちゃんをふたり――正確にはひとりと一匹――きりにして大丈夫かな？　ちらりと思ったけど、けっきょく彼の言葉に甘えることにした。

彰一が来てから、アトリエに足を運ぶのははじめてかもしれない。これまでは毎日最低でも一時間はここにこもっていたのにね。

久々に入ったアトリエには、いつもと同じ油絵の匂いが満ちている。

広めの机の上には、パレットや筆や絵の具。机の横には描きかけの絵を立てかけたイーゼルと、丸椅子《いす》がひとつ。

いま描いている絵はアトリエの窓から見える庭の風景だ。

換気のために掃き出し窓を開けると、美しい木の葉の重なりが目に入ってくる。豊かな木々、黒々とした岩、日の光を明るく跳ね返す白玉砂利《しろたまじゃり》。あちこちに木の影が落ち、風に揺れる梢《こずえ》の間から木漏《こも》れ日が降り注《そそ》ぐ。なんて清々《すがすが》しい光景だろう。何度見ても飽きない美しさに、いつものようにため息をつく。

「さて、描きますか！」

背伸びをひとつしてから、エプロンを身に着け、イーゼルの前へ立った。丸椅子《いす》は置いてあるけれど、私は描くときはあまり座らない。右手に筆を、左手にパレットを持つと、心が落ち着く。すぐに周りの音は聞こえなくなり、世界には私と、庭と、キャンバスしかなくなる。

＊　＊　＊

「……か。……やか」

どこかで誰かの声がした。

まったく無音だった世界に、ゆっくりと音が戻ってくる。集中が切れたしるしだ。名残惜《なごりお》しくて、集中が切れてもキャンバスに色を乗せ続けていると――

「そろそろ気づいてくれてもいいんじゃないか？」

今度ははっきり聞こえた。

振り返ると、苦笑いとも微笑《びしょう》ともつかない笑みを浮かべた彰一が、ドア枠にもたれてゆるく腕組みをしている。

「やだ、いつからそこにいたの」

「けっこう前から」

窓から入った風が、彼の黒髪をさらさらとなびかせている。

「声かけてくれればよかったのに。レアちゃんは？」

「さっきまで一緒にボール遊びしてたんだが、疲れたみたいでいまは寝てる」

「そっか。彰一って本当に犬嫌い克服したんだね」

区切りのいいところまで描いてしまいたくて、キャンバスに顔を戻した。集中して描きたいところはもうすでに終わっているし、話しながら微調整をしてゆく。

「おまえがそうやって絵を描いてる姿、好きだな」

世間話のような口調でとんでもないことを口にするから、うっかり筆を落としそうになったじゃない！

「なに馬鹿なこと言ってるの。褒《ほ》めたってなにも出ないよ？」

「出なくていいさ。本当にそう思ってるから口にしてるだけだ」

慌てふためく私とは対照的に、彰一は穏やかな調子を崩さない。眩《まぶ》しそうに目を細めながらこちらを見る姿が少し寂しそうに見えた。

「そうやってまっすぐ打ち込んでる姿、おまえが自分で思っている以上に綺麗だぞ」

どういう風の吹き回し!?　と突っ込みたいのに開いた口が塞《ふさ》がってくれない。ぽかんと口を開けたまま彼の顔をまじまじと凝視《ぎょうし》するけど、当の本人は素知らぬ顔で先を続ける。

「おまえのいる場所だけ澄《す》んで見えるんだよ。凛《りん》としていて、近寄りがたいのに、目を逸《そ》らせない。こういうのを『魅《み》せられる』っていうんだろうな」

自嘲《じちょう》に似た微笑《びしょう》を浮かべて、彼はふっと視線を床に落とした。そこには風に運ばれてきたらしいヘリオトロープの花がひとつ落ちていた。あめ色の床に、鮮やかな紫の花。彰一はその花を長く繊細な指先で拾い上げた。愛《いと》おしむかのように手のひらに載せて、じっと眺めている。

違うよ。綺麗なのは彰一のほうだ。意地悪で、尊大なもの言いしかしない暴君《ぼうくん》で、からかってばっかりで、本心も言わないし、なんか最近やけに世話焼きで不気味だけど、でも彰一のほうがずっとずっと綺麗だよ。本当は昔からそう思ってた。

なにかトラブルが起きたとき、率先《そっせん》してクラスをまとめてたのも、苛《いじ》められたクラスメートを庇《かば》って上級生と対決したのも、当時は認めたくなくて無視してたけど、やっぱり格好よかったよ。

いつもクラスの中心にいたのに、時々ふっと遠い目をしてたのも知ってる。すごく寂し気に見えたから、なにを考えてるのか知りたくて仕方なかった。でも声をかけたらまた意地悪されるんじゃないかって思って、傷つくのが怖くて、ただ見てるだけだった。

中学校に上がってからだって、会うたびに目で追っていた。『嫌いだから気になるだけ』。そう自分に言い訳していた。

親戚の集まりで見かけたとき、周りの大人たちと対等に渡り合っていた彼の姿は大人びていて近寄りがたく、もう完全に住む世界が違うのだと実感させられて……

そうだよ。私はずっと彰一に『魅《み》せられ』ていたんだ。そう思い至ったら、いままでの葛藤《かっとう》や、不安や、混乱がスッと消えて、心が収まるところに収まった気がした。ああ、なぁんだ。すごく簡単なことだったんだ――

「さやか？」

不思議そうな声音で名前を呼ばれて我に返った。いつもの私なら、彼に褒《ほ》められた場合、照れ隠しのために切れるか、イタズラを疑って毛を逆立てるかしかしないから、いまの態度を訝《いぶか》しんだんだろう。

「ううん。なんでもない。お世辞《せじ》言えるくらい大人になったんだなあって思っただけだよ、ショウちゃん」

最後の名前の呼び方はわざとだ。昨夜のことも、いまのことも、そうやって全部茶化してしまいたかった。

「まだ俺の言うことを冗談だと思ってるのか。まったく往生際《おうじょうぎわ》の悪いヤツだ。――まぁいい。そういうことにしておくか。いまは、な？」

まっすぐ見つめてそう言う。最後の「いまは、な？」を一音ずつ区切るように強調するから、脅《おど》されているような気分になった。あははは、と笑って誤魔化してみたものの、あまり効果はないように思う。

「そろそろ昼メシにしたいんだが、区切りはついてるか？　それとも、もう少しかかるか？」

「大丈夫。いま行く！」

筆とパレットを机に置き、急いでエプロンを外した。

「ねぇ、今日のお昼はなに？」

「昨日、豚バラ肉のブロックが特売でな。おまけにここのキッチンには圧力鍋がありました。この二つが意味するものは？」

「もしかして、角煮？　豚の角煮⁉　めっちゃ大好物なんだけど！」

目を輝かせて答えると、彼は「正解」と言いながらにやりと笑った。

「さやか、今日は遅くまで仕事だから、ガッツリ食べないと体がもたないだろ」

「うわぁ、嬉しい！　ありがとう」

ごはんのことなら素直に答えられる。

すると隣を歩いていた彰一が急に立ち止まった。どうしたんだろう、急に。ふと見上げると少し赤い顔をして、口元を片手で覆《おお》っている。動揺しているように見えるのは気のせい？

「彰一、どうしたの？」

と顔を覗《のぞ》き込んだら、空《あ》いているほうの手で思いっきりデコピンされた。

「痛いじゃない！　なにするの！」

痛む額を押さえながら食ってかかったけど――

「突然変なこと言うおまえが悪い！」

と返されて、ぎゃんぎゃん吠《ほ》え合う喧嘩《けんか》になった。声がうるさかったのか、レアちゃんが目を覚ましたけれど、他愛もない言い合いに呆《あき》れたのか、「ふぁ～あ」と大きな欠伸《あくび》をしてまた寝てしまった。

＊＊＊

結局、私たちの言い合いは「いただきます」の挨拶《あいさつ》を契機《けいき》に収束を迎えた。毎回思うことだけど、今度のごはんも美味《おい》しくて、美味《おい》しくて、美味《おい》しかった！

食べ終えるとちょうど、出勤時間になっていた。

いままで全然知らなかったんだけど、彰一は近くの短期賃貸マンションを借り、そこに自分のボディーガードを待機《たいき》させているらしい。車も、そのマンションの地下駐車場に置いているってことで、今日の出勤と帰宅はそのボディーガードさんが運転手をしてくれるようだ。後部座席に彰一、私、ケージに入ったレアちゃんが乗り、前の席は二人のボディーガードが乗っている。――運転しているのが木戸田《きどた》さん、助手席に座っているのが羽田《はだ》さんと自己紹介を受けた。

なんだか物々しくて、私ひとりのためにここまでしてもらうのは申し訳ない気分だ。でも、それを口にすると彰一がめちゃめちゃ怖い顔で睨《にら》んできそうだし、黙っておく。

もしかして、彰一が毎日食材の買い出しに出かけるときも、ふたりに同行してもらっているんだろうか？　いや、それはそうだよね。出かけるときに同行してもらわないんだったら、彼らをわざわざ家の近くに待機《たいき》させたりしないもんね。

スーツを着た厳《いか》ついお兄さん二人を従えて、スーパーの売り場を物色する彰一の姿を思い浮かべて微妙な気持ちになる。目撃したほかのお客さんたち、すごくびっくりしたろうなぁ。

なーんてことを考えているうちにお店に到着。

「仕事が終わったらすぐ連絡すること。いいな？」

くどいくらい念を押してくる。

「わかってる。ちゃんと連絡するから心配しないで！　木戸田さん、羽田さん、ありがとうございました！　レアちゃん、またあとでね～」

木戸田さん&羽田さんはかっちりした目礼を、レアちゃんは元気な「わん！」の一声を返してくれたので、車に向かって手を振って離れた。彼らは私が施設の通用門に入るまで念のため待機《たいき》してくれるらしい。あまり待たせても申し訳ないので、小走りで向かった。

「おはようございます！」

顔見知りの守衛《しゅえい》さんに挨拶《あいさつ》をして門を通る。

「おはよう、藤園さん。今日は彼氏に送ってもらったのかい？」

「あはは！　やだなぁ、彼氏じゃないですよ。親戚です、親戚！　ちょうどいま遊びに来てて」

笑い飛ばすと、もうおじいちゃんと言って差《さ》し支《つか》えない年代の守衛《しゅえい》さんは「そうかい、そうかい」と好々爺《こうこうや》らしい笑みを浮かべる。

「この時間に出勤ってことは、今日は閉店までかい？　珍しいねえ」

「今日は店長が出張なんで、変則的な勤務なんです」

通常は店長が朝一番で出勤して店の鍵を開けるけど、今日は一番の古株で店長の信頼も厚い椎名《しいな》さんが早番で入ってくれている。

私の勤める『モン・エトワール』は店長以下、椎名さんと私、その他数名のアルバイトで構成されている小さな店だ。事務仕事は店長、椎名さん、私の三人しかできないので、店長が出張のときは必然的に椎名さんか私のどちらかが開店作業を行うことになる。今日は私がレアちゃんを預かる関係で、椎名さんにお鉢《はち》が回ったのだ。

「おはようございます！　――って。あれ？」

事務所のドアを開けて元気よく挨拶《あいさつ》したのに、中には誰もいない。今日はアルバイトがひとり入ってるはずだから、椎名さんはバックヤードに詰めてるはずじゃ？　なんて考えていたら――

「あら。さやかちゃん、早かったのね」

と椎名さんが倉庫からひょっこり顔を出した。

「椎名さん！　力仕事なら私がやりますから。無理しちゃダメです！」

「大丈夫よ、このくらい。今日ね、大きめの荷物が届く予定なの。だから先にスペースを作っておこうと思って」

椎名さんはまくりあげたブラウスの袖《そで》を戻しながら、上品に微笑《ほほえ》む。うしろでゆるくひとつにまとめられた髪は、手入れがゆき届いていて艶々《つやつや》と美しい。華奢《きゃしゃ》な体を上品なブラウスと膝丈スカートに包んでいる。そんなに細い体なのに、まったく弱々しさを感じさせないのは、ピンと伸びた背筋と、いつも穏やかな笑みを浮かべているためだろうか。お子さんたちはもうみんな独立したと聞いたことがあるけど、とてもそんな歳には見えない。

「もしかして、ガーゼケットですか？　この前、店長が発注したって言ってましたけど」

「そうそう。ガーゼケットがひと箱、タオルケットがひと箱。それから……ベトナムからビーズ刺《し》繍《しゅう》のミュールも届く予定なのよ」

少なくとも三箱か。それもふた箱は確実に大きい。彼女の言う通り、倉庫にスペースを開けておかないとあとで大慌てする羽目《はめ》になりそう。

「昼前から順に届くと思ってたんだけど、この分だと夕方、一気に来そうねぇ」

「そうですね」

引き継ぎの時間にはまだ早かったけれど、椎名さんがアルバイトの子に呼ばれてお店のほうに出たので、かわりに私は倉庫で作業をはじめた。彼女の人徳のなせる業《わざ》か、お店に出るとお客様に次から次へと声をかけられるので、しばらくは戻ってこないだろう。

「さぁて。ちゃちゃっとやっちゃいますか！」

髪が邪魔にならないよう、ゴムで結《ゆ》わえて作業開始。

そんなに中身が残っていない段ボールをつぶし、中身はほかの箱に移し替えて、一目でわかるように箱の側面と上蓋《うわぶた》に品名を書く。それを三度繰り返せば立派にスペースが確保できた。意外と簡単に終わったので、達成感に包まれつつ額の汗をぬぐった。

さ、これであとは荷物の到着を待つばかり。ついでと言ってはなんだけど、出し入れが激しすぎてへたりはじめた段ボールをガムテープで補強してみる。

「あ。あらら。切れちゃった」

ガムテープの芯《しん》を片手に呟《つぶや》いた。あいにく事務所の中を探しても代わりのテープは見つからず、逆にセロハンテープのストックも心許《こころもと》ないことに気づいてしまった。いまのうちに買ってきちゃおうかな。気づいたときに買っておかないと、あとで後悔するかもしれないしね。そう思って私は財《さい》布《ふ》の入ったリュックサックを背負い、お店のほうへ顔を出した。

「椎名さん、私、ちょっと買い物行ってきますね。事務所のセロハンテープとガムテが残り少なくなってるので……」

「ありがとう。気をつけて行ってらっしゃい」

店内をぐるっと見渡すと、ちょうどお客様はひとりもない。

「お店の中を通っていいですか?」

こっちから行くほうが、ほんのちょっとだけ百円ショップに近いのだ。

それを熟知してる椎名さんは、苦笑いを浮かべ「どうぞ」と手で促《うなが》してくれた。

お店の外に出ると、いつも通りの平日の昼下がりだ。客は多くも少なくもない。適度に人がいて、だからちょっとホッとした。これだけ人目があればおかしなことなんて起きないはず……なーんてね。彰一の心配症が伝染していたらしい。

無事……というのも変だけど、百円ショップで目当てのセロハンテープとガムテープを購入し、いそいそと店への道のりを急いだ。

途中、画材屋さんの前を通るんだけど……。うわぁ! なんてことだ! セールしてる!

「ちょ、ちょっとぐらいいいかな……いやいやいや! ダメだよ! 勤務中だよ!」

お店の前で百面相《ひゃくめんそう》していたら、顔見知りの店長さんが苦笑いしながら出てきた。

「やあ、藤園さん。仕事中？」

「こんにちは！　店長さん、今日からセールなんですか!?」

「うん。一週間やってるから、帰りにでもゆっくり見てってよ。――これね、試供品でもらったんだけどさ、ちょっと藤園さん使ってみない？」

店長さんの手には黄色と青、二本の油絵の具が載っていた。

「え！　いただいちゃっていいんですか？」

「どうぞ、どうぞ！　藤園さんにはいつも贔屓《ひいき》にしてもらってるからね。あとで使った感想を聞かせてくれたらありがたいかな」

「はい！」

「引き留めちゃってごめんね。じゃ、お仕事頑張って」

にこやかに手を振る店長に、もう一度お礼を言ってその場を離れた。

手の中の小さいチューブはまだ使ったことのないメーカーのものだ。

なんとなくいつも同じメーカーのものばかり使っちゃうけど、たまには冒険してみたいし、もらえてラッキー！　帰ったら早速使ってみよっと。そう思いながら、ホクホク顔でポケットへしまう。

腕時計を確認すると、引継ぎ時間まであと十五分以上もある。お店まではあと一分もかからない距離だから、余裕で戻れるね。

そう思い、歩調を緩《ゆる》めたところで、

「藤園さん！」

と背後から呼ばれた。声のしたほうを振り返ると、ひとりの男性が立っている。

「あ。田川さん！」

「やぁ。どうも」

人のよさそうな笑みを浮かべながら、軽く手を上げる。

「買い出し？」

「ええ。ちょっと」

この前、田川さんがそうしたように、私もレジ袋をちょっと上げて、おどけた仕草で肩を竦《すく》めた。

「ああ、テープか。なくなると大変だ」

クスクス笑う彼に「そうなんですよね」と相槌《あいづち》打つ。

「あれ？　藤園さん、どうしたの？　怪我《けが》？」

彼はふっと真顔に戻って、自分の首筋をトントンと指しながら尋ねてきた。

今日の私はそこに絆創膏《ばんそうこう》を貼っているのだ。誰かさんが変な痕《あと》をつけたせいで！

ああああああ！　それはいま、一番聞かれたくない質問！　でも逃げるわけにもいかないので、

「昨夜、虫に刺されちゃったみたいで。起きたら掻《か》きこわしちゃってたから、絆創膏《ばんそうこう》貼ったんですよ。ちょうど衿《えり》が当たる位置だから痛がゆくて。困っちゃいますよねぇ！　あはははは」

と笑って誤魔化した。

「あんまり酷《ひど》いようなら早めに皮膚科を受診するといいよ。痕《あと》が残っちゃったら大変だ」

「そうですね。ちょっと様子見て、悪化しそうなら病院に行ってみます」

親切なアドバイスまでもらっちゃって、良心が痛む。

「うん。そうしたほうがいいと思う。嫁入り前の大切な体なんだし、大事にしないとね」

「嫁入り……ですか？　当分、いやだいぶ先の話ですね。あははは」

当たり障《さわ》りのない答えを返すと、なぜか田川さんは驚いたように目を丸くした。

「お見合いの話とか、来てるんじゃないの？」

「え！　よくわかりましたね。すごい！　そうなんですよ、実は実家の母がうるさくて……。この前もお断りしたばっかりなんですよ」

「それは……大変だったね。ちょっと会ってみようかな、とは思わなかったの？」

田川さんはモテるだろうし、お見合いには縁がなさそうだ。だから興味あるのかな？

「え、ええ。私、まだ結婚する気なんて全然ないので。そんな気持ちでお会いしても相手に失礼だと思うんです」

「――君は律儀《りちぎ》なんだね」

褒《ほ》められて悪い気はしないので照れながらお礼を言ったら、彼はにっこりと微笑《ほほえ》み返してくれた。

「引き留めちゃってごめんね。モン・エトワールさんに用事があって、藤園さんの姿が見えたから声かけちゃったんだ」

「うちに用ですか？　なにかありました？」

お向かいさんとはいえ、お店をオープンしてる間に行き来することなんてほとんどないから、ちょっと気を引き締《し》めた。うちのお店、なんかしちゃったのかな……

「うちの店にモン・エトワールさんの荷物が間違って届いちゃったんだ。受け取ったのがまだ新人で、宛名をちゃんと確認してなかったみたいで開けてしまって……」

「そうだったんですか。こちらこそご迷惑をおかけしちゃってごめんなさい！」

申し訳なさそうに頭を下げる彼に、慌てて手を振った。待っていた荷物はお向かいさんに届いていたらしい。

「いや、その場で気がつかなかったうちが悪いんだから、気にしないで。あとでそちらに持っていきます。いつごろなら都合がいいかな？」

「そんな！　いま取りに行きますから。――ちょっと台車を持ってきますね」

店に駆け戻ろうとしたら、田川さんから「待って！」と声がかかった。

「台車ならこれを使えばいいよ」

彼の足元には台車がひとつ。いまのいままで台車を持ってたことさえ気づかなかったなんて、ちょっと気まずい。

「あ、じゃあ、お借りしてもいいですか？」

「どうぞ。っていうか、その……ごめんね、実はうちも今日たくさん荷物が届いたんで、バックヤードに置いておけなくて。すぐにモン・エトワールさんに持っていこうと思ったんだけど、結構な人数のお客さんが入ってて忙しそうだったから、声かけられなくてね。とりあえず、車に避難させてあるんだ」

「それなら私、駐車場まで取りに伺《うかが》います！」

田川さんはクスクスと笑い出した。わけがわからなくて困っていると、彼は笑いを収めて「ごめん」と謝った。

「台車があるとはいえ、荷物はそれなりに重たいし、僕が運ぼうと思ってたんだけど。藤園さんって本当に律儀《りちぎ》だなぁと思ってさ。笑っちゃってごめんね。気分を害したかな？」

「いえ。大丈夫です」

答え方がわからないので、ごにょごにょと返事をした。

「じゃあ、お言葉に甘えて、一緒にお願いしてもいいですか？　実はね、君の手前、大見得切ってひとりで運ぼうと思ってたけど、やっぱりあの荷物はひとりではちょっと大変なので」

「はい！　どのあたりですか？」

「東ゲートの先の駐車場。ちょっと遠いんだけどいいかな？」

モールで働く人のマイカー通勤は認められていて、駐車スペースも大まかに決められている。具体的にはモールから遠いところ。近い場所はお客様のためのものなので、店員や社員は使っちゃダメなことになっている。東ゲートの駐車場と言えば、一番大きい。当然のことながら関係者の車はその広大な駐車場の一番向こう側だ。荷物の量を考えると、ちょっと気分が落ち込むね。

「もちろん、いいに決まってます」

遠くてやだなぁと思う気持ちは押し殺して、にっこり笑って答えた。

＊　＊　＊

モールに近い場所はそれなりに車が停まっているけれど、ちょっと離れるとがらんとしていて、それ以上離れると今度は関係者の通勤用の車でびっしり埋《う》まっている。そんな駐車場に台車の車輪の、ガラガラという音がやけに大きく響く。

土日は駐車場がほぼ埋《う》まるくらい混雑するけれど、郊外のショッピングモールの平日なんてまあこんなものだ。

少し前を行く田川さんは黒いＳＵＶにまっすぐ向かっていく。おそらくそれが彼の車なんだろう。前向き駐車してあるので、リアゲートがこちらを向いている。荷物を出しやすくて助かるなぁと考えている間に、彼はポケットを探って車のキーを探し出した。ピピッと電子音がして、ランプが光り、ロックが解除される音も続く。

その後、キーをポケットに戻して、彼はなぜか台車をたたみはじめた。

「え？」

いまから使うのに、どうしてしまっちゃうんだろう？

「じゃあ、行きましょうか」

私を振り返り、にっこり笑う。自然な言い方だったのでうっかり頷《うなず》いてしまいそうになったけど、違和感に思わず一歩後ずさった。

頭の中で警鐘《けいしょう》が鳴る。おかしい。変だ。これは危険なんじゃないか。

「行く？」

「そう」

聞き違いであってほしいと思いながら聞き返したというのに、彼は当然とばかりに肯定した。

「藤園さん？　どうしたの、急に。顔が青いけど、具合でも悪い？　大丈夫？」

心配そうに眉根を寄せる様子はいたって普通で、だから余計に怖かった。

開けられたリアゲートの向こうに見える車内は三列目のシートが折りたたまれていて、大きなカーゴスペースになっていた。残念ながらそこに荷物はない。

しまった！　と思ってもあとの祭りだ。体が強張《こわば》って上手く動かないけど、ここで動かなかったらもっとまずいことになる。動け。動かなきゃ。無理やり足を動かして走り出す。とにかく人がいるところへ。一番近いのは――ショッピングモールだ。

「藤園さん⁉」

焦《あせ》ったような声が背後で聞こえたけど、知ったことじゃない。無視して一目散《いちもくさん》にモールへ……！

途端《とたん》、足に予想しなかった衝撃があり、気がつけばアスファルトの上に転がっていた。

足払いされて転んだんだ。そう理解したときはもうすでに遅く、私は彼に腕を掴《つか》まれて立たされていた。腕を掴《つか》む手にはかなり力が込められているようで、我慢できないくらい痛かった。

「あんまり手間をかけさせないでくれるかな？　次、こんなことしたら――」

冷たい声が耳元でささやく。

私はごくりと生唾を呑み込んだ。その音が彼にも聞こえたのか、ふっと笑う気配がした。

「次、こんなことしたら、刺すよ？」

「なっ！」

「君に傷をつけるのは不本意だけど、仕方ないよね。言うことを聞かない君が悪いんだから」

私の手をうしろでひとつにまとめあげた彼は、私の背後にぴったりと寄り添っている。

「さ、早く車まで戻って」

軽く押されたけれど、足を踏ん張ってとどまった。途端《とたん》、首にひやりとしたものが当てられた。

顔を動かさないように目だけを動かして下を見ると、彼の手に握《にぎ》られたナイフの木製の柄《つか》が見える。あの木製の柄《つか》の反対側には刃が……そこまで考えて本格的に自分に危機が訪れていることを理解した。足がガタガタと震えて、歯の根が合わず、奥歯がカチカチとうるさく鳴った。

「どうしたの？　少し痛い目を見たほうがお利口《りこう》さんになるのかな？」

首に当てられた刃がほんの少し横に引かれ、熱に似た痛みが生じた。

「っつ！」

我慢できないほどの痛みではなかったけど、怖気《おじけ》づいて呻《うめ》き声が漏《も》れてしまった。すると背後の男が満足そうに、ふんと鼻を鳴らす。それが悔《くや》しくて唇を噛んだ。

それからまた軽く体を押されて、仕方なくのろのろと歩き出す。一縷《いちる》の望みをかけて目だけを動かして周りを見回した。けれど、間の悪いことに人影ひとつない。

「残念だね。この時間、このあたりはほとんど人がいないんだよ」

そんなこと私だって知ってる。知ってるけど、万が一を望んだっていいじゃない。

けれど、私の願いとは裏腹に、事態は彼の望むとおりに進んでいる。

私は突き飛ばされるようにリアゲートから車の中へと押し込まれ、彼のしていたネクタイで両手を体の正面でひとまとめに縛られてしまった。

「少し窮屈《きゅうくつ》かもしれないけど、すぐだから我慢してね。君がもっと大人しくしてくれていたなら、ちゃんと助手席に座ってもらったんだけど」

リアゲートに手をかけてゆっくりと閉める彼は、上機嫌に笑っていた。

「君が悪いんだよ」

そう言い残して、ドアは閉まる。怖くて、悔《くや》しくて、泣きたかった。彰一の言うことを大袈裟《おおげさ》と馬鹿にして、話半分にしか聞いてなかった自分の愚《おろ》かさに呆《あき》れた。

高ぶる感情のままにパニックを起こして、喚《わめ》いて、わんわん泣いてしまいたかったけれど、ギリギリで留まった。冷静にしていればいつかチャンスが来るかもしれない。

――きっと彰一が助けに来てくれる。店に戻らない私を不思議に思った椎名さんが家に電話してくれれば、彰一が私になにかあったとわかってくれる。大丈夫。まだ、望みはある。もうちょっと頑張ってみよう。

揺れる車内で、私は彰一の顔を頭に思い浮かべながら、何度か深呼吸を繰り返し、助かるための方法を考えはじめた。

縛られているから、手はまったく使えない。

そして、とことん運が悪いことに、今日はいつものバッグじゃなくて、リュックサックで通勤してしまった。背中に背負ったままだから、中身を出すこともできない。

何度か試してみたけど、やっぱりリュックの口に手は届かないし、サイドのファスナーにも届きはしない。スマホも武器になりそうななにかも、探すのは無理のようだ。

次に彰一に会えたら――いや、絶対会えるって信じてるけど――ちゃんと謝って、お礼言って、それからもっと素直になろう。素直になって、自分の気持ちを打ち明けて、それから、それから……

「ちょっとごめんね」

リアゲートが唐突《とうとつ》に開き、田川さんが顔を覗《のぞ》かせた。目的地についたのかと思ったけれど、どうも彼の様子が変だ。私を下ろそうとせず、かわりにリュックをごそごそと触っている。

「な、なにを……」

「ああ、あった。あった。これだよ」

満足そうな彼の手には、私のスマホが握《にぎ》られていた。

「それ！　私のっ！」

「こんなもの、もういらないでしょう？　ＧＰＳで居場所を探られても面倒だし」

言うが早いか、彼は私に見せつけるようにわざとらしく手を開いた。彼の手のひらをスマホが滑り落ち、カランと硬い音がする。私のところからは見えないけれど、道路に落ちた音だろう。

「なにするの！　ちょっと！」

怒鳴《どな》っても彼はうすら笑いを浮かべるだけだ。

「女の子がそんな乱暴な言葉を使っちゃいけないなあ」

なんて笑いながら、道路に落ちたスマホを何度も何度も踏む。そのたびにガッ！　ガッ！　と酷《ひど》い音がして、たとえ見えなくても確実に破壊されているのが想像できた。

機械類には疎《うと》いので、スマホも最低限の設定しかしていないし、ＧＰＳがどうとかよくわかってないけど、携帯があれば彰一ならなんとかして私の居場所を突き止めてくれるんじゃないかと淡い期待をしていた。けど、もう望みは断たれた。

悔《くや》しいけれど、壊されてしまったものは戻ってこない。気持ちを切り替えて、せめていまどのあたりなのか情報を掴《つか》もうと彼の背後を見てみたけれど、大した目印もなかった。路肩の白線はひび割れてところどころ薄くなっている。ガードレールはなく、歩行者と車をわけるのは一本の白線だけだ。アスファルトの外側はうっそうと茂る草むらで、その先は林。だいぶまっすぐな道で、向こうまで同じ風景が広がっている。道路の反対側も同じく草むらと林しか見えず、私の見える範囲には民家のひとつもなかった。

ショッピングモールから十数分で、こんな道になるのはどの方面だろう？　少なくとも私の家がある方角ではないはずだ。

「そろそろ出発するよ」

うんざりするような猫なで声で言いながら、彼は草むらに向かってなにかを蹴るような仕草をした。おそらく破壊したスマホを捨てたのだろう。

「もう少し我慢してね」

私は彼の言葉を無視して、無言のままそっぽを向いた。怖がっているのを知られたくなかったし、なにより彼の顔を見たくなかった。

しばらくすると、ばたんとドアが閉まる音。それから二、三十分ほど走っただろうか。また車が止まった。サイドブレーキを入れた音がしたので、停車ではなく駐車したのだろう。

「お待たせ。ちょっと大変かもしれないけど、車から降りてくれるかな？」

床に転がっている私を起こして座らせると、彼は私の顔を覗《のぞ》き込んだ。

「ここ、どこですか」

「ここ？　僕の家だよ。ほかのどこに君を連れて行くって言うの？」

苦笑混じりに言われて、「ふざけるな！」と怒鳴《どな》りたくなる衝動を必死でこらえた。

「ひとりで降りられます。触らないで」

私を抱えようとするから、体をよじって彼の手から逃れた。また、なにかされるかもしれないと頭の隅で思ったけど、嫌悪感のほうが勝った。

「そう？　じゃあ、ゆっくりでいいから、慎重《しんちょう》に降りてね。怪我《けが》をしたらいけない」

脅《おど》しのため、首に切り傷をつけた男がなにを言うか。

リアゲートに向かっていざると、膝がちょっとヒリヒリする。さっき転んだときに擦りむいたのかもしれない。スカートやショートパンツじゃなく、今日は丈の長いパンツでよかった。膝が出ていたらもっと悲惨《ひさん》なことになっていたかも。

＊＊＊

「ようこそ、我が家へ」

家の前まで着くと、彼は芝居《しばい》がかった仕草で軽く頭を下げる。気障《きざ》だけど少し茶目っ気もあって、普段だったらついつい頬《ほお》を緩《ゆる》めてしまいそうな姿だったけれど、いまではもうただ気味が悪いとしか思えない。なまじ整った顔をしているだけに、その不気味さに拍車がかかっている。

「どう？　君の家はとても素敵だけれど、僕の家だって美しいだろう？」

彼が手で指示した家は、家というより『屋敷』と呼ぶにふさわしい佇《たたず》まいだった。前庭から玄関へのアプローチは整然としており、家屋も古くはあるものの荒《すさ》んだ印象はない。それどころか、長い年月に磨かれて、造りの美しさに深みが加わっている。彼の言葉を肯定するのは嫌だったけれど、確かに彼の言う通りだ。

「君の住むあの家も欲しかったんだけどなぁ。あの可憐《かれん》な家には君がよく似合うから……。でも、ここだってきっと気に入るよ。だからなんの心配もしないで楽しんで？」

上機嫌に言っているけれど、私の耳にはその半分も入ってきていない。

私が立っているのは前庭の一角に建てられたガレージで、いままで乗せられていたＳＵＶのほかにも数台の車が停まっている。彰一の家には及びもしないけれど、彼が裕福であることは見て取れた。

「疲れただろう？　中で休もう」

「……嫌だと言ったら？」

「できることなら君自身の意思で入ってほしいけれど、ね。ダメなら……」

「力ずく？　さっきみたいに？　――いいわ。自分で歩くから。気安く触らないで」

めいっぱいの虚勢《きょせい》だ。

「なかなか気が強い。いいね。ますます気に入ったよ」

気に入られるためにやってるんじゃないんですけどね！

私は自分から一歩を踏み出した。手を縛られたままなので、歩くにもバランスが取りにくい。つまずかないように一歩一歩慎重に歩く。

のろのろと歩いてもいつかは玄関ポーチについてしまうもので、彼に促《うなが》されて家の中へ入った。

入って、しまった。もう二度と外には出られないんじゃないかという気持ちが湧《わ》き起こってくるのを慌てて打ち消す。そんな不吉なこと考えちゃいけない。イタズラに不安を煽《あお》るだけだから。

中に入ると、玄関ホールの豪奢《ごうしゃ》さに驚きを隠せなかった。

「うわぁ……」

感嘆《かんたん》のため息が口を突いてしまう。

二階までの吹き抜けのホールには、年代を感じさせるシャンデリアが下がり、目の前の階段には柔らかそうな緋色《ひいろ》の絨毯《じゅうたん》が敷かれ、正面の踊り場には大きな油絵がかかっている。森の中に出る泉、そしてそのほとりで家族らしき人々が幸せそうに遊んでいる姿が描かれている。誰が描いたものなのかはわからないけれど、やけに惹《ひ》かれる絵だった。

「あの絵、気に入った？　僕もとても気に入ってるんだ。これからいつでも好きなだけ眺められるよ。だから、今日のところはそれくらいにして、あちらのガーデンルームでゆっくり話をしよう。僕に聞きたいことがたくさんあるんじゃないのかな？」

彼に案内されるまま廊下を進み、リビングルームらしき部屋に通される。リビングルームの一部が庭のほうへ張り出しており、その部分は天井から足元までガラス張りになっている。降り注《そそ》ぐ陽光が眩しい。

「一番奥のソファに座って待っていてくれるかな？　僕はお茶を淹《い》れてくるから。ああ、そうだ、くれぐれも逃げようなんてしないこと。それが身のためだ」

意味深なことを言い捨てて去る。そんなことを言われるとなおさら逃げたくなるけれど、彼のことだからそれを見越してなにかを仕掛けていそうだ。庭に出たらトラバサミが……とか、獰猛《どうもう》な番犬が……とか。ものすごくあり得る。

とはいえ、おとなしくしているのは癪《しゃく》なので、せめてもの抵抗くらいはしておきたい。ソファのうしろに回り、庭に面したガラス扉の鍵を外す。うしろ手じゃなくて、前で縛られたのは不幸中の幸いだった。

「大丈夫。なんとかなる。きっと、大丈夫」

小声で自分自身を叱咤《しった》していると、遠くからかすかな足音が聞こえた。ヤツが戻ってきたようだ。

私は慌てて扉から離れた。

ソファに腰をかけようかという瞬間、リビングのドアが開き、なんとも中途半端な格好で目が合ってしまった。

一瞬驚いたように目を見開いていた彼だが、次の瞬間、楽しそうに笑う。

「逃げ出せなくて残念だったね！」

どうやら彼は、いま私が立ち上がったものだと勘違いしたらしい。訂正する義理はないので、そのまま話を合わせた。

「大きなお世話よ」

彼は笑いを収めると、目の前のテーブルにトレイを下ろした。カップやソーサー、ティーポットなどを手際《てぎわ》よく用意していく。

「ごめんね。君は紅茶より緑茶が好きなんだよね？　あいにくいま、緑茶は切らしてしまっているんだ。本当は今日、君を連れてくる予定じゃなかったからね。もっとちゃんと用意を整えてから迎えたかったのに、なぁ」

半分、独り言のような彼の言葉に引っ掛かりを覚えた。本当なら今日は連れてくる予定じゃなかった？　じゃあ、この誘拐《ゆうかい》は行き当たりばったりだったってこと？

「どういうこと」

「君の身が危険だったから。わかるでしょう？」

「わかるわけないでしょ！　だいたい一番危険なのはあなたでしょうが！」

「嫌だな。とぼけちゃって。あの男――藤園彰一って言ったかな？　どうして彼は君の家にいるの？　それ、虫刺されなんて嘘でしょう？　それは彼がつけたものだ。違う？」

違わない。

「君がそんなものをつけているから、もう一刻の猶予《ゆうよ》もないと思ったんだ。とっさに考えた計画にしては上出来でしょう？　なんせ君のほうからホイホイついてきちゃうんだものね」

傲慢《ごうまん》な顔でクスクス笑う。人のよさそうな笑顔の下に、こんな本性を隠してたなんて。そしてそれを見抜けなかった自分も腹立たしかった。

「うるさいっ！」

自分自身への憤《いきどお》りも込めて吐き捨てた。目を逸《そ》らしたら負ける。そんな気がして、根性総動員で視線は逸《そ》らさない。

「そんなに睨《にら》まないでほしいなぁ。僕ほど君を愛している人間はいないよ。どうして気づいてくれないのかなぁ。『ローレライ』は君のための店なのに、ちっとも来てくれないし。手紙を渡しても無反応だし。挙句《あげく》あんな男を家に連れ込むなんて、君はどれだけ僕を振り回せば気が済むのかな」

まるでワガママが過ぎる恋人を、優しくたしなめるような口調だ。

「手紙って……自転車のカゴに入ってた、淡藤色《あわふじいろ》の封筒の？」

「そうだよ。あの色は君をイメージして選んだんだ。繊細で品がよくて、君にぴったりだ」

気味の悪い手紙の送り主がはっきりしてよかった……この状況は全然よくないけれど、彼以外には変態がいないとわかってほっとする。

「ねぇ、藤園さん。僕はね、店を経営してみたくて『ローレライ』を作ったんじゃないよ。あそこに並べている洋服は全部、君に似合うと思って選んだものなんだよ。君が家に来てくれたから、もうあの店はいらないな。毎日通うのも面倒だし、ずっと君と一緒にいたいし、誰かにあげちゃおうか。ねぇ？」

無邪気《むじゃき》に顔を覗《のぞ》き込んでくる。

その様子が恐ろしすぎてカタカタと膝が震えた。膝同士がぶつかって痛い。

「そんなに震えて……。もしかして寒かった？　日差しが強いから冷房をきつめにしたんだけど」

私の震えが寒いからだと信じて疑ってもいないみたいだ。

「いま冷房を緩《ゆる》くするけど、室温が上がるまで時間がかかると思うから、それまではこれでも羽《は》織《お》っていて」

リビングのソファに折りたたんで置いてあった布を取り上げる。広げられたそれは繊細なレースをあしらったショールで、彼は得意げに広げて見せた。

「秋物の試作品なんだ。君によく似合うと思うよ」

「触らないで！」

私の肩にショールをかけようとする彼から逃れるため、ソファの端からもう一方の端へと移動した。彼は両手にショールを持ったまま、きょとんとした顔をし、それから気を取り直したようにまた仮面のような微笑《びしょう》に戻る。

「大丈夫だよ。君がいいと言ってくれるまで触れたりしない。無理強いなんてしないよ、あの男みたいには、ね」

私が必死に取った距離をたった一歩で詰めて、彼は私の肩にショールを載せた。

「ほら、やっぱりよく似合う。これからはもうそんな無粋《ぶすい》な服は着ないでほしい。君にはもっと繊細で、華やかで、優雅《ゆうが》なものが似合うよ」

彼の目は私を見ているんじゃない。彼の脳内に住み着いている、彼が理想とする『藤園さやか』を見ているんだ。そう理解したら絶望的な気分になると同時に、怒りも湧《わ》いてきた。

「もう僕以外の誰の目にも君を触れさせたりしない。君はこの家でずっと暮らすんだ。絵を描くのが好きなんだよね？　好きなだけ描けばいい。描くのに飽きたら庭を散歩したり、昼寝したりしよう、一緒に。なんの心配もいらないよ。煩《わずら》わしいことは全部、僕が片づけてあげる」

歌うようにささやく彼の言葉には、なにひとつ惹《ひ》かれない。逆に嫌悪感が募《つの》っていくだけだ。

「あの男より、ずっと君を幸せにできるよ」

嘘だ、嘘だ。こんな手枷《てかせ》をつけてくるくせに！　――私はコイツが大っ嫌いだ。

彼を逆上させて刺されたら困ると思ったので、これまで大人しくしていたけれど、そろそろ限界だ。あともう少しなにか腹立たしいことを言われたら、あっけなくキレちゃいそうだ。

「家柄だってそうだよ。藤園に負けない」

その後は、華族の血がどうだとか、このあたり一帯の土地はどうだとか、延々と自慢話が続いたけど、私は聞いちゃいなかった。沸々《ふつふつ》と湧《わ》く怒りを抑えることで、頭がいっぱいだったから。

「……だからね、君と会ったのは、何年か前の祝賀パーティーでね。モン・エトワールで働く君を見かけたときは、まさに運命だと思ったね。偶然にしては、あまりにもでき過ぎてる」

彼の話は留まるところを知らない。自分の話に酔っていて、私が聞いてないことなんてどうでもいいのだろう。

上《うわ》の空《そら》ながらとりあえずわかったことは、いつかのパーティーで私を見かけた――沙智子おばさまに代理をお願いされたり、両親に同行してパーティーに出たことは何度もあるから、たぶん本当のことだろう――そしてそのパーティーのあと、近所で働いてる私を見かけて運命だと勘違いしたと。それでうちの店の前にわざわざお店を出したと。

「馬鹿馬鹿しい」

ぽろっと本音が漏《も》れた。

「あなたおかしいよ。好きだとか運命だとか言うけど、全部独《ひと》りよがりじゃない！　私のことが好き？　ふざけないでよ。私のことをなにも知らないくせに！　あなたが好きだと言うのは、私じゃなくて、あなたが勝手に思い描いた『藤園さやか』で、そんな人間この世には存在しないの！　さっきあなた、家柄がどうとか言ってたよね？　私がその手の話題を嫌ってるってことも知らないなんて、私を全然見てない証拠よ！」

「君は……いったい、なにを言ってるのかな？」

「わからない？　そう。わからないんだ。可哀想だね」

……あー、やっぱり我慢ならない！　こうなったら、全部ぶちまけてしまえ。あとのことは、そのとき考えればいいや。

「あなたはどうあがいても、絶対、彰一に勝てない」

「なん……だと？」

「あなたは彰一に勝てないと言ったの。確かに彼は意地悪だし、強引だけどね、でもね、彼はありのままの私を好きって言ってくれたんだよ。あなたなんかが敵《かな》うわけないじゃない！」

「黙れ」

それまで饒舌《じょうぜつ》だったのに、彼は一転して地を這《は》うような低い声で短く吐き捨てた。

でも、いまさらそんなことで止まれない。刺される覚悟なんてできてはいないけど、大人しく言うことを聞く気もない。

「な、なによ！　図星だから怒ってるんでしょう！　さ、刺したければ刺せばいい。そんなことで私が言いなりになると思う？　見くびらないで！　私に触れていいのは彰一だけなの！　あなたなんか……」

「黙れ！　黙れ！　黙れ、黙れ、黙れ！」

下を向いて地団駄を踏みながら喚《わめ》いていた彼が、ゆっくりと顔を起こした。乱れた前髪が目元に影を作り、その奥からギラギラ光る目が私を見ている。狂気を孕《はら》んだ眼差《まなざ》しに一瞬怯《ひる》んだ。けれど、すぐ気を取り直して睨《にら》み返す。

「そんな風に睨《にら》んだって無駄だよ。残念だったね。あなたの理想の女性はこの世にいないから」

「――だったら、作ればいい」

「え？」

予想外の答えが返ってきたので虚《きょ》を衝《つ》かれた。作る？　なにそれ？

「僕が好きな君がこの世にいないと言うのなら、君になってもらえばいい。君が僕の理想する姿になるまで手加減しないから覚悟して？　どこまでそうやって強がってられるか楽しみだよ」

饒舌《じょうぜつ》さを取り戻した彼は、さもおかしくてたまらないと言いたげに哄笑《こうしょう》した。静かな部屋に笑い声が呪いのようにこだまする。

――反抗はここまでかもしれない。もうダメだろうか。

諦《あきら》めと、これから起こるだろうことに対する恐怖が湧《わ》き起こった。歯の根が合わなくなるのを、なけなしのプライドで我慢する。奥歯に力を入れ過ぎたらしく、ぎり、と歯が鳴った。

拳《こぶし》を強く握《にぎ》りすぎて、手のひらに爪が食い込んで痛い。でも、これからこの痛みよりずっとずっと痛い目に遭《あ》うのかもしれない。

――ダメだ、弱気になったら負ける。いつか心が折れるかもしれないけど、それは少なくともいまじゃない。

まだ諦《あきら》めちゃダメ。

怖がって後ずさろうとしている体《てい》で身をねじりつつ、彼に気づかれないよう服のポケットに手を入れた。不自由な体勢だから、中を探るのも一苦労だ。

なにかない？　なにか……彼に少しでも反撃できるなにかは……

焦《あせ》りと緊張で汗が滲《にじ》む指先に、なにかがコツリと当たった。少しひんやりとした感触。これはなに？　その物の輪郭《りんかく》をなぞって確かめる。

あ！　もしかして！

「君が悪いんだよ。全部、君のせいだ。本当はこんなことしたくないのに、僕にこんなことをさせるのは君だ。君が……君が……」

焦点が合わない目で、うわごとのように繰り返す。ゆっくりとこちらに向かって伸ばされた指を避けるようにのけ反《ぞ》るけれど、彼の指が私の体にかかるまでそう時間はかからないだろう。

正気を失ったような彼の様子が不気味で、体が震える。目をつぶって、顔を背《そむ》けたい。けど、負けられない……！

「君が悪いんだ……。ん？　ポケットをごそごそして、なにを企《たくら》んでいるんだい？　君はつくづくいけない子だ」

そう言って彼が手元を覗《のぞ》こうとした瞬間――

「誰がお前の言いなりになんてなるかっ！」

手にした油絵の具を思いっきり彼の顔めがけてぶちまけた。もちろんポケットの中でキャップは外してある。

「うわっ!?」

反撃を予想していなかったらしく、彼は腕で顔をかばいながらうしろによろめいた。

やった！　画材屋の店長さん、ありがとう！　本来の目的に使えなくてごめん！

「よくも……やりやがったな」

それほどのダメージにはならなかったのか、顔についた鮮やかな絵の具を袖《そで》でぬぐいながら、すごい形相《ぎょうそう》で睨《にら》んでくる。

まずい！　早く逃げないと！　さっき開錠《かいじょう》しておいた庭側のガラス扉から……と考えを巡らせたそのとき、背後でガラス扉が開く音が響いた。

間髪《かんはつ》を容《い》れずに、なにか白いものが一直線に飛んできて、彼の顎《あご》にクリーンヒットした。

パコーン！　と、とてもいい音がして、彼は見事にひっくり返る。

「えっ？　えええ!?」

何事！　なにが起こったの!?

驚いて振り返ると――

「彰一!?」

信じられない思いで、唐突に現れた彰一の姿を見つめた。怒りにぎらついた眼差《まなざ》しだけで、人ひとりぐらい簡単に射殺《いころ》せそうだ。

「黙って聞いてりゃ、ペラペラと勝手なこと抜かしやがって！」

空気をビリビリと震わすような大音声《だいおんじょう》。もう二度と聞けないかと思っていた声が、次から次へとガラの悪い言葉を紡《つむ》いでいく。

「俺の女に手ぇ出すなんていい度胸だよな？　田川くん？　覚悟ぐらいできてんだよな？　あぁ？」

名家のお坊ちゃまとは思えない迫力のあるセリフに、時と場を忘れてぽかんとしちゃった。驚いたのは私だけでなく田川もだ。（ここまで酷《ひど》いことされたんだもの、さんづけなんてしたくない！）

「しょ、彰一……？」

恐る恐る声をかけると、彼は黒い笑みを浮かべて、

「遅くなって悪かったな。助けに来てやったぞ、有難く思え」

なーんて言う。いつもと変わらない俺様っぷりに、張りつめていた気持ちが一気に緩《ゆる》んだ。

「もぉ！　遅いよぉ」

「悪い悪い」

肩を竦《すく》める彰一のすぐ横には、さっき車で送ってくれた彰一のボディガードの木戸田さんがいた。

彼は隙のない仕草で田川に近づいていく。逃げきれないと悟ったのか、田川は尻餅をついた姿勢で肩を落としてうなだれた。いまのいままであれほど圧倒的だった存在が、とても矮小《わいしょう》に見える。

「ねぇ、彰一。さっき……なに投げたの？」

「ん？　レアと遊ぶのに使ってた骨型オモチャ。慌てて家を出たから、尻のポケットに入れっぱなしになってた。……木製だから、いい音したな」

なんてニヤリと笑う。

おまえもか！　おまえもたまたまポケットに入ってたもので戦ったのか！

彼と自分の奇妙なシンクロに苦笑が漏《も》れた。

偶然の産物にやられた田川は、顔やら服を黄色に染めているし、顎《あご》は赤く腫《は》れている。『大人っぽくて格好いい』なんて騒がれてた人とは思えないほど、情けない格好だ。だからといって、哀《あわ》れだと思う気持ちは微塵《みじん》もないけど！

「さやかちゃん、間に合ってよかった！」

「え!?　椎名さん!?」

開けっ放しになっていたガラス扉の隙間から、優雅《ゆうが》な足取りで入ってくるのは椎名さんだ。

「どどどどど、どうしてここに？　危ないですよ！」

動揺しながらも諌《いさ》めたけれど、彼女はおっとりした態度を崩さない。

「あらぁ。そんなに危なくはないわよ。藤園くんも、ボディーガードさんもいてくれるんだもの。頼もしいわ」

なんてニコニコするけど、その大らかさ、とても場違いです！

「それにね。私、こう見えて結構強いのよ？」

なんておっしゃる。彼女の手には一振りの竹刀《しない》が握《にぎ》られている。よほど握《にぎ》り慣れているのか、あまりに自然なので気づかなかった！

「え、あ、そう、なんですか……すごいですね……」

意味のない相槌《あいづち》を打った途端《とたん》、椎名さんの目がギラリと光り、いつも笑みをたたえている唇が真一文字に引き結ばれた。どうしたのかと思うよりも早く、竹刀《しない》を振り上げて彼女が飛んだ。

「危ない！」

彼女がそう言い終わるや否《いな》や、銀色の物が虚空《こくう》を飛び、リビングの端に落ちた。カラカラと音を立てながら滑《すべ》り、家具に当たってようやく止まる。あれは……私を脅《おど》したときに使ったナイフ？

視線を椎名さんのほうに戻すと、手首をおさえた田川と、目を丸くして椎名さんを見る彰一の姿も視界に入った。椎名さんが竹刀《しない》で田川の手首を叩き、ナイフを落とさせたようだ。木戸田さんが素早い動作で落ちたナイフを拾い上げている。

「椎名さん、もしかして最強？　すげえな」

「だね……」

ポツリと呟《つぶや》く彰一に、私も全力で頷《うなず》いた。

「やだわ、最強だなんて。こんなおばさんをおだてても、なにも出ないわよ？」

上品マダムだと思っていた椎名さんが、実は最強かもしれないとは。人は見かけによらないというけど、それにしてもほどがあるでしょ。

「椎名さん、格好いい」

ポツリと呟《つぶや》いたら、私の手を縛っていたネクタイを解《と》いていた彰一が「だな」と短く頷《うなず》いた。

「ねぇ、彰一。私も剣道を習おうかなぁ？」

「ん？　それもいいんじゃないか？」

毒気を抜かれちゃって、感動の再会にしては冷静というか、全体的に締《し》まらない感じになったなぁ。なんて、ふざけたことを考えていたら、遠くからパトカーのサイレンが聞こえてきた。

「ったく。いまごろかよ、遅ぇな！」

「そんな言い方しないのよ」

忌々《いまいま》しそうに舌打ちする彰一を、椎名さんがたしなめた。

「だって、さやかの一大事に」

「だって」とか言ってる！　唇を尖《とが》らせて拗《す》ねる様子は、まるで子どもみたいだ。そういえば、椎名さんってどことなく、本家のお手伝いさんのキミ代さんに似てるなぁ。そうか、彰一はこのタイプに弱いんだ！　新しい発見に口元が緩《ゆる》む。

「……意外と元気そうでよかった」

ふっと真顔に戻った彰一がそんなことを言うから、一気に現実へと戻されてしまった。

「来てくれてありがとう。信じてたよ、来てくれるって」

えへへと笑ったら、途端《とたん》に彼の胸に抱き竦《すく》められた。

「無理して笑うな」

耳の中に直接流し込もうとするかのように、彼は耳のすぐ側でささやく。そんなことをされたら私の強がりなんてあっけなく吹き飛んでしまう。

「……彰一ぃ。怖かった。怖かったよ！　すごく怖かった！」

もう止められなかった。我慢していた涙が、ぽろぽろと流れ出す。

「携帯壊されちゃって、もうダメだと思ったけど、彰一なら来てくれるんじゃないかって。ずっと待ってた！」

「怖い思いさせて悪かった。また約束、守れなかったな」

彼が言う約束って、遠い昔にしたあの約束？

——強くなるから！　強くなって、今度はボクがさやちゃんのこと守る！

泣きながら、それでも強い目をしてそう言ってくれた五歳のショウちゃん。

約束が守れなかったなんて、そんなことはない。だって、私はいま、彼に守られて温かい胸の中にいるんだもの。

「違うよ、ショウちゃん。ショウちゃんが約束を守ってくれたから……だから私はここにいるんだよ？　ショウちゃん、ありがとう。大好き。ずっとずっと昔から、大好き」

彼の胸に頭をつけて、シャツの端をぎゅっと掴《つか》んだ。離れたくない、という気持ちを込めて。彰一は私の言葉には答えず、そのかわり苦しいくらいにギュッと抱きしめてくれた。

心地いい腕の中で、周りが騒がしいことには気がついていたけれど、顔を上げる気にはなれなかった。

おそらく到着した警官に、木戸田さんたちが田川の身柄を引き渡しているんだろう。もうこれで脅威《きょうい》は去った。許す気は一切ないから、たぶん彼は刑事告訴されることになるだろう。

でも、正直言ってそんな先のことは考えられなかった。ただ、ただ、安心して眠ってしまいたかった。今日の出来事は、私のキャパシティをゆうに超えている。

「お、おい、さやか⁉」

彰一の焦《あせ》った声を聞いたのを最後に、私の意識はものの見事にブラックアウトした。

六　こじれた恋がほどける日

「わあ〜。富士山、近ーい！」

どうしてこうなった。

そもそもここはどこですか。

突っ込みどころは多々あれど、まずは窓から見える雄大な景色を無心で堪能《たんのう》することに決めました。

「はしゃぐのもいいが、とりあえず座って休め」

呆《あき》れたような声が肩越しに届いた。

「んー」

振り返った室内は景色に負けない優雅《ゆうが》さだ。これは……どう見てもスイートルーム。

私も藤園家の端くれなので、この手の部屋に入ったことは何度かある。だから耐性《たいせい》はあるはずなんだけど、泊まるのははじめてで、ちょっと緊張する。

調度品を壊したらどうしようとか、絨毯《じゅうたん》にコーヒーこぼしたら弁償《べんしょう》ものだぞ、とかそんなことばかりが頭に浮かんでは消える。おとなしくしていよう。そう、借りてきた猫のように！

そんな風に私は緊張しているのに、彰一はまるで自分の家にいるかのようにソファに座ってくつろいでいる。

「ねぇ、彰一。ここ、藤園系列のホテルじゃないんじゃない？」

「当たり前だろう！　そんなバレバレの手、使うはずないだろ。それより体調は大丈夫か？　病院からここまで強行軍《きょうこうぐん》だったろう？」

「ん。大丈夫だよ。至って元気！」

彰一は信用できないって顔つきで、私をじーっと見た。

「なによ、その目。本当に問題ないってば。もー！　少しは信じてよ」

「信じてないわけじゃ……」

唇を尖《とが》らせてぷいと横を向く彼を見て、苦笑いが漏《も》れた。まったく、心配性なんだから！

田川邸でうっかり気絶したあと、私は市内の病院に運び込まれて数日間入院していた。大した怪《け》我《が》もなかったけど、念のためってことで。

入院中は、刑事さんが事情聴取《ちょうしゅ》にもやってきた。現れたのは、いかにもって感じの眼光鋭い男性二人組。簡単な自己紹介のあと聴取《ちょうしゅ》を受け、とにかく彼を許す気はないこと、告訴が必要ならその覚悟もあることを告《つ》げた。

もう脅威《きょうい》は去ったんだし、平気だと思っていたけど……話しているうちにまたあのときの恐怖とか怒りが蘇《よみがえ》って、握った拳《こぶし》が震えた。

私の様子に気づいた彰一が助け舟を出してくれて、その日の聴取《ちょうしゅ》はそれで終わりに。彰一が私の代わりに刑事さんと名刺を交換したり、今後の連絡先なんかを伝えたりしていたから、色々な手続きを彰一がしてくれているのかもしれない。自分のことだから、きちんと自分でしたほうがいいと思うものの、まだうまく頭が働かない。だから、しばらくは彼の優しさに甘えさせてもらうことにした。

病院ではこんな風に過ごし、体調面での経過は良好だったのですぐに退院が決まった。

退院したら元の生活に戻れると思っていたけれど、事態は私が思うより、ちょっとだけ複雑だったらしい。

病室（彰一が手配したから、言うまでもなく特別室だった。一日いくらかなんて怖くて聞けなかったよね！）で目が覚めてすぐ、こんな話を聞かされたのだ。

加害者が由緒正しい家の当主で、被害者が私——藤園の人間——だったことで、少し騒ぎになっている、と。

『マスコミに騒がれてどうのこうのって言うわけじゃないんだが……ただ、その……』

『ああ、うん。なんとなくわかる』

お見舞いと称してやってくるお上品な野次馬《やじうま》レディたち。

あと、あり得るのは、藤園がどのくらい怒ってるのか確かめたい人たちね。田川家と縁続きだということで、自分までとばっちりを受けるんじゃないかと心配してご機嫌伺《うかが》いにくる人々。

『加えて、今回はまだあるぞ』

『え、なに？』

『田川のヤツ、意外とモテたらしくて、アイツを信奉《しんぽう》している女性が何人もいるらしいんだ』

『へー！』

確かに彼は女性に好まれそうな顔をしてるし、資産家だし、そんな取り巻きがいてもおかしくはない――かもしれない。私の中で彼は、いまやただの気持ち悪い変態なので、彼にキャーキャー言う人の気持ちは全然わからないけど！

『彼が逮捕されたのをおまえのせいだと思い込んで、逆恨《さかうら》みする者がいないとも限らない。そういう輩《やから》が一番危険だ』

恋は盲目《もうもく》って言うしね。時として人は突飛《とっぴ》な行動に出ることがある。今回のことで嫌というほどわかったので、彰一の言葉を一笑《いっしょう》に付《ふ》すことはできなかった。

『だからしばらく家には帰らないほうがいい。部屋を手配したから、悪いがそこにいてくれないか？』

『――うん』

そんなわけで、私は現在、彼の手配したスイートルームにいるのでした！

彰一にすすめられるまま隣に座ると、さも当たり前のように肩を抱かれた。車の中でもそうだったからか、私自身もそれが普通のことのように思えて、当然のように彼にもたれかかる。肩に感じる体温は心地よく、午後の気だるさと相まって動きたくなくなってくる。

ずっとこのままでいたいなぁ、なんてね。思ってからひとりで照れる。

「ねぇ、彰一。聞きたいことがたくさんあるの」

「んー？　まぁ色々あるだろうな」

なんせ入院している最中は「体に障《さわ》るから」とかなんとか言って、あまり教えてくれなかったんだもん。

「でもさ、それより先に聞いてほしいことがあるの。言ってもいい？」

「ああ」

多少は居住《いず》まいを正したほうがいいかなと思って身を起こしたのに、即座に肩を抱かれて元の通りに戻ってしまった。

「どうしたんだ？　そんなに改まる必要なんてないだろう」

「え、えっと……」

ガシッと掴《つか》まれちゃったので、今度は脱出不可能っぽい。ちらっと見上げると、彰一はニヤリと笑いながら私の顔を覗《のぞ》き込んでくる。

「あー……あのね。その……」

いざとなると、なんて切り出したものか迷う。

「彰一？」

「ん？」

どうした？　と目で問いかける彼をじっと見つめ返した。

言ってしまっていいのだろうか。やめようか。

でも、もう一度会えたら絶対に言おうって決心してたんだから、ここで怖気《おじけ》づいちゃダメだ。言ってしまえ。言わずに後悔するより、言って後悔したほうが百倍も千倍もマシだ。

「色々ありがとう。いままで素直になれなくてごめん。——大好き」

彰一は大きく目を見開いて固まっている。

「大嫌いだって言いながら、ずっと気になってて、嫌いきれなくて、だから余計腹立たしくて。それってさ、ずっと好きだったってことだよね。彰一ってば強引だし、ワガママだし、傍若無人《ぼうじゃくぶじん》な暴君《ぼうくん》で……」

「散々な言われようだな。いいところがない」

それまで呆然《ぼうぜん》としていた彰一が、ぽつりと呟《つぶや》いた。

「話は最後まで聞いてよ！　これから褒《ほ》めるんだからっ！」

気を取り直して、もう一度話しはじめる。

「あのとき——田川に捕まったときに気づいたの。どんなに俺様でも、彰一は私の選んだことを頭から否定したりしない。いつも私の意思を尊重してくれてるって」

緊張しきった頭では上手く整理できないけど、それでも想いが伝わるように、言葉を選ぶ。

「でね。わかっちゃったんだ。私、やっぱり彰一が好き——わわわっ！」

突然、抱き竦《すく》められた。

「俺もおまえが好きだ。どうしようもなく好きなんだ」

力いっぱいぎゅっとされて息が苦しい。

「……でも、おまえを守りたいと思っていたのに、俺が現れたことでこんな目に遭《あ》わせてしまった。俺は自分が許せない」

違うよ。彰一のせいじゃない。

アイツは遅かれ早かれ、なにか仕掛けてきたはずだ。

「そんなこと言わないで。彰一のせいじゃないよ」

彼の背中に手を回して、ポンポンと軽く叩く。

「助けにきてくれて嬉しかった。格好よかったよ。武器は骨のオモチャだったけどね！」

と茶化すと、ふっと笑う気配がした。同時に彼の腕の力が緩《ゆる》む。

うん。そうやって肩の力を抜いてよ――そんな気持ちを込めて、彼の背をゆっくりと撫《な》でた。

「あのとき、おまえがアイツに啖呵《たんか》切るのを聞いたよ。格好よかった。怖いだろうに、まっすぐにアイツを睨《にら》みつけてさ」

「絵の具ぶちまけたり？」

「あれはすごかったな。まさかあんな反撃するとは思わなかった。惚《ほ》れ直したよ」

「絵の具に？」

気恥ずかしくてまたおどけたら、おでこにおでこを軽くぶつけられた。ちょっと痛い。でもなんだか嬉しい。

「馬鹿。茶化すなよ。――それに引き換え、俺はいつも後手《ごて》に回ってばっかりだ。本当に馬鹿だよな」

おでこをくっつけたまま自嘲《じちょう》する彼の顔が切なくて、胸がきゅっと痛んだ。どうしたら自分を責めるのをやめてくれるんだろう？

「正直言ってさ、俺もおまえを閉じ込めてしまいたいって思ったことは何度もあるよ。もしかしたら、俺も田川みたいにおまえを監禁《かんきん》してたかもしれない。俺とあの野郎の違いってなんだ？　変わらないんじゃないか？　そう思ったら怖くなった。俺はいつかおまえをあんな目に遭《あ》わせてしまうかもしれない……って俺のおまえに対する想いって、屈折《くっせつ》してるよな」

「それは……相当こじらせてるわね。っていうのは冗談。大丈夫だよ。彰一はあんなヤツと同じになんてならない。絶対に」

彰一の首に腕を回して思いっきり引っ張ると、油断していたらしく彼はあっさりと体勢を崩した。彼の頭を胸にギュッと抱き込んで、頬《ほお》を寄せる。

どうしたら彼の不安を取り除けるのかわからなくて咄嗟《とっさ》にした行動だったけど、きっとこれで間違ってない。

「さやか⁉」

「彰一はね、ちゃんと『私』を見てくれる人だもの。アイツとは全然違う。同じだなんて思うのは、自分自身への冒瀆《ぼうとく》だよ。冗談でも言わないで。次、言ったら……」

「言ったら？」

「問答無用で、みぞおちに一発！」

緩《ゆる》く握《にぎ》った右手を彼のみぞおちにそっと当てたら、彼は大げさに顔をしかめたあと、楽しげに笑った。

「一発、か。痛そうだな」

「あれ？　一発じゃ足りない？　なんなら二発でも三発でも彰一の好きなだけ——」

「一発でいい！」

しばしの沈黙のあと、ほぼ同時に噴き出した。そうしてひとしきり笑い合い、やがて穏やかな沈黙が訪れる。

それを破ったのは彰一の独り言じみた一言だった。

「——限界」

困ったように眉根を寄せながら、ソファの背にもたれかかっていた体を起こす。

「なにが？」

と尋ねると、彼は決まりが悪そうな顔で、髪をくしゃっとかきあげた。乱れた髪が額に影を落とす。それがなんともセクシーでドキッとしてしまう。

「ちょっと、な」

そう言って彰一は私の肩から手を離した。

「悪いな。少し外の空気吸ってくる」

大きなため息をひとつ落とし、立ち上がる。私は離れたくなくて、縋《すが》るような気持ちで彼の手首を掴《つか》んだ。

「さやか」

聞きわけのない子を諭《さと》すような口調で、名前を呼ばれる。

「手、離せよ」

「嫌だ」

「あのなぁ。自分を押さえる自信がなくなったから頭冷やしてくるんだよ。わかったら、離せ」

「彰一こそ、わかってない」

そう言って私も立ち上がり、目を見開く彼の襟首《えりくび》を掴《つか》んで、ぐいっと引き寄せた。

そのまま、彼の唇に自分のそれを押しつける。色気のないキスかもしれないけど、私にとっては精一杯の意思表示だ。

ずっとそのままでいることはできなくて、早々に唇を離したけれど彼はまだ呆然《ぼうぜん》としたままだった。

「この前の仕返し。これでおあいこだよね？　私、やられっぱなしは性《しょう》に合わないの」

イタズラっぽく笑って見上げる。

彼はいまの出来事が信じられないとでも言いたげな顔で自分の唇を指でなぞっていたけれど、私が笑うと一瞬遅れてからニヤッと笑い返した。

「よーく知ってる。で、おまえも知ってるだろう？　俺が理性を吹き飛ばす寸前だってこと。わかってて煽《あお》ったんだろう？　悪いヤツだ」

「好きな人に触れたいと思うのは悪いこと？　私は彰一に触れていたいし、触れられたいよ。彰一は？　……んっ！」

答えのかわりに熱い唇が落ちてきた。強引で荒々しいキスに、一瞬噛みつかれたんじゃないかと錯覚《さっかく》する。

でもそれは怖いというよりも被虐的《ひぎゃくてき》な喜びを呼び覚ました。体の奥に熾火《おきび》のような熱が生まれる。

この前はキス初体験だったので、驚きが勝ってなにもできなかったけれど、今回は合わせた唇の隙間から上手く息を継《つ》げた。けれど、それは予想外の事態ももたらして……

そう。私が息継《いきつ》ぎできると確認した彰一は、なかなか唇を離してくれないのだ。

この前のキスは、私に配慮《はいりょ》した初心者向けのものだったことを思い知らされた。と、同時に、今日の彼にはあのときみたいな遠慮はないのだとわかった。嬉しいような怖いような、複雑な気持ち。

でも、そんなことを思っていられたのも最初だけで、キスが深くなるにつれて思考は溶けていった。そして体の奥に灯った熱は次第に大きくなっていく。

いつの間にか口腔《こうこう》に侵入していた彼の舌は、快楽へ誘《いざな》うよう淫靡《いんび》に私の舌に絡む。熱くてぬるぬると蠢《うごめ》くそれに舌の表面を舐め上げられて、くらっと眩暈《めまい》がした。甘く生々しい刺激に怖気《おじけ》づいて私の舌が縮こまると、宥《なだ》めるように下唇をなぞられる。

彼の激しい動きが緩《ゆる》やかになったことに油断していると、たちまち舌を吸い上げられた。

「ん……っ！」

鼻にかかった甘ったるい声が止められない。

それだけで充分居《い》たたまれないのに、絡まった舌がくちゅくちゅと濡れた音を立てて追い打ちをかけてくる。

「あ……もう……」

「もっと、だ。さやか」

音《ね》を上げることも許されなくて、いやいやと緩《ゆる》く首を横に振った。すると彰一は喉《のど》にゆっくりと指を這《は》わせた。

「ふっ……あぁ……」

ぞくぞくとした感覚が背筋を這《は》い上がってきて、全身がふるっと震える。

「もっと応《こた》えてくれ」

「わ……かんな……」

「俺の真似《まね》をすればいい。ほら、口を開けて」

「んんっ」

彼の舌に翻弄《ほんろう》されて、気がつけばぎこちなく応《こた》えはじめていた。口腔《こうこう》に滑《すべ》り込む彼の熱い舌に恐る恐る自分のそれを重ねれば、逃がさないとでも言うように柔らかく絡みつく。

「は、う……んっ」

流し込まれる唾液を嚥下《えんげ》しきれず、口元から喉《のど》を伝って胸元へと滑《すべ》り落ちてゆく。雫《しずく》が肌を伝う感覚はまるで彼の舌でなぞられているようだ。お腹の奥がキュンと切なく疼《うず》いて、思わず腰を揺らしてしまった。

かすかな刺激にさえ反応してしまう自分の体が恥ずかしくて身を固くすると、彼の手が宥《なだ》めるように腰を撫《な》でた。その優しい手つきに安堵《あんど》を覚えるのと同時に、体の奥がむずむずする。

「あ、んっ……あ……」

鼻や口から漏《も》れる自分の吐息《といき》が甘えを含んでいて、耳を疑いたくなった。こんないやらしい声を彰一にも聞かれているなんて……

居ても立ってもいられなくて、力の入らない手をなんとか動かして彼の肩を掴《つか》んだ。軽く力を込めて、彼の体を押し戻す。止まってほしいと言う私の気持ちは伝わったようで、彼の動きが止まった。

そうして、名残惜《なごりお》しそうに唇がゆっくりと離れていく。彼と私の間に銀に光る糸が渡り、次の瞬間ぷつりと消えてなくなった。

「どう……した？　さやか」

少し上気した頬《ほお》、つややかな色が滲《にじ》む目で尋ねてくる。

小さな笑みを刻む彼の唇は、お互いの唾液が混ざり合ったもので濡れている。私の唇もあんな風になっているの？

酷《ひど》く淫《みだ》らな気がして、胸がドキドキして苦しい。同時に、お腹の奥にむず痒《がゆ》いような衝動が湧《わ》いた。膝をこすり合わせてなんとか耐えようとしたけれど、上手くいかない。

「ぁ……ふ……」

突然起こった情動に動揺して声が漏《も》れた。

恥ずかしくて俯《うつむ》きたいのに、彰一の指は私の顎《あご》をしっかり捕らえている。きっと私はいま、すごく情けない顔を晒《さら》しているんだろうなぁと頭の隅で考える。

彰一はそんな私を満足げに見下ろしながら「どうした？」ともう一度ささやいた。

「ん……ちょっと……ちょっとだけ……待って」

「俺とこういうことするのは、嫌か？」

かすれた声で尋ねる。私は彼を安心させたくて、彼の頬《ほお》を手で覆《おお》った。

「違う……の」

「じゃあ、なんだ？」

私の次の言葉を待つ彼の唇は少しだけ開いていて、艶《つや》めかしく光っている。それを見たら、胸がドキンと大きく跳ねた。

ああ、やっぱり私はいま彼が欲しい。どうしようもないくらい、狂おしいほど彼とひとつになりたい。

「も、これ以上……立ってられな――きゃっ⁉」

最後まで言い終わらないうちに、彼に抱き上げられる。そしてそのまま寝室まで運ばれたのだった。

＊　＊　＊

自分で言っておいてなんだけど、展開が急過ぎじゃない⁉

「本当にいいんだな？」とか、そういう一言くらいはあってもいいと思うんだけど！　無言って、さすがに不安になるんだけど！　なんて心の中で思っている間に、私はふかふかのベッドに横たえられていた。

ぼすっと勢いよく下ろされるんじゃなくて、壊れ物を扱うような繊細さでゆっくりと下ろしてくれた。

――ああ、もう。彰一はずるい。なんでこんなときに、こんな風に優しくするの。強引さと優しさに翻弄《ほんろう》されっぱなし……

抵抗するなんて、到底無理だ。いや、抵抗しようなんて気持ちは、とうになくなってしまっている。いまここで私の全部を暴《あば》いてほしい。奪ってほしい。そして、誰にも見せたことのない私を、もしかしたら私さえ知らない私を知って欲しい。

それと同時に思う。私も彰一を知りたい。彰一を肌で感じて、この目で見て、記憶にしっかりと焼きつけたい。彼を独り占めしてしまいたい。

「ねぇ……彰一……」

私に覆《おお》い被《かぶ》さって深いキスを繰り返す彼に、キスの合間に尋ねた。

「なん……だ？」

私と同じぐらい息が上がっている彰一が、途切れがちに答える。

「後悔、しない？　私とこうなること」

「するわけないだろ！」

と即答された。

「俺がどれだけ長い間、おまえが欲しくて焦《じ》れてたか知らないだろう？　知ったらきっと、おまえは呆《あき》れる」

呆《あき》れることなんて絶対ないんだけどな。

への字に引き結ばれた唇が可愛くて、指先で触れてみる。思ったよりずっと熱くて、柔らかい。しっとりと湿《しめ》った感触が心地よくて何往復かなぞっていたら、いきなり指を舐め上げられた。

「やっ！　なにを……んんんっ！」

唇よりさらに熱い舌が、指の付け根から指先へ滑《すべ》る。そして指先を軽く甘噛みし、今度は隣の指の付け根に舌が絡み指先へ……。爪にぞろりと絡んだあと、指全体を口に含む。

ちゅぱ、ぴちゃ、と指をねぶる淫靡《いんび》な音が耳を犯《おか》す。

「あっ……やぁ……」

見せつけるようになされるその行為の合間、彰一は艶《つや》を含んだ眼差《まなざ》しで私を見下ろす。恥ずかしいのに目を逸《そ》らせず、ただ彼の目を、舌の動きを、彼の口腔《こうこう》内に消えた自分の指を見ていた。

「んっ……あ……、も……やめ……」

身悶《みもだ》えながらそう言っても、彼は吐息《といき》で笑うだけ。

それどころか、やめてというたびに、ことさら音を立ててねぶられて……。恥ずかしさと、興奮とが入り混じって目に涙が浮かんでくる。

しばらくすると、彰一はようやく私の指から顔を上げて、嫣然《えんぜん》と微笑《ほほえ》んだ。

「俺は後悔しないよ。おまえこそ、後悔しないか？」

滴《したた》る蜜に似た甘い声は確認してるんじゃなくて、まるで誘っているように聞こえた。

「後悔なんてするわけないじゃない。全部、彰一にあげる。だから……だから……」

「だから？」

「私を彰一でいっぱいにして」

彰一とこんな風に肌を合わせる。その幸せで心をいっぱいに満たしたい。そうしたら、これからはもっと素直になれる気がする。

はじめての体験だし、ちょっと怖くもあるけれど、きっと彰一となら大丈夫。

「おまえ……どこでそんなイヤらしい誘い方覚えたんだよ！」

「えっ⁉」

歯ぎしりが聞こえてきそうな苦々しい顔をされて驚いた。なにがイヤらしいの⁉

「イヤらしい⁉　え、ご、ごめん、私、こういうの疎《うと》くて。……なにか間違ったこと言った？」

「ああ、いや、悪い。いいんだ。わかってる。俺が勝手に下世話な勘違いしただけだから」

困ったように頬《ほお》を掻《か》く。なんて答えればよかったのかわからない。けど、せっかくのいい雰囲気をぶち壊しちゃったのはわかった。

「ごめん」

素直に謝った途端《とたん》、クスクスという忍び笑いが落ちてくる。その声はあっという間に近づいて、耳に触れるか触れないかのところで止まった。くすぐったさと、体内の熾火《おきび》を煽《あお》るようなぞくぞくした感覚が生まれて、無意識に肩をすぼめた。逃げを打とうとしたけれど、彰一の手と厚い胸に阻《そ》止《し》されてしまう。ベッドに縫《ぬ》い留められて、逃げ場はなくなった。

「謝るなよ」

耳もとでささやかれるたび、体がビクリと跳ねる。

「ん……あ……や、くすぐった……」

耐えられなくて頭を動かすと、彰一は満足そうに笑った。その吐息《といき》がまた耳をかすめて、過剰に反応してしまう。

「無意識とはいえ、何度も何度も容赦《ようしゃ》なく煽《あお》ってくれた、その責任はきっちり取れよ」

腰が砕けそうになるくらい甘いささやきは、とても不穏な空気を孕《はら》んでいた。

「お、お手柔らかに、お願いします」

「さて。どうだろうな？」

私のささやかな願いは、彼の忍び笑いにかき消されてしまった。

そうして彰一は、話は終わりとばかりに私の耳朶《じだ》を軽く甘噛みする。その瞬間、痺《しび》れに似た甘い戦慄《せんりつ》が走り、体が一段と激しく跳ねた。

「んっ！　やぁ……ま、待って……」

頼んでも彼は甘噛みをやめない。それどころか、耳にわざと息を吹きかけたり、舌で舐め上げたりしてくる。ぴちゃぴちゃと濡れた音がダイレクトに流れ込んできてたまらない。耳の中まで舐められているみたいだ。

「はっ……あ、んっ……んんっ！」

ゾクゾクした感覚が次々に襲ってくる。お腹の下のほうがきゅんと疼《うず》いて、なにかを期待するように収縮するのが感じられた。

「そんなにこれ、気持ちいいのか？」

「んっ！　あ……はぁ……言わないで……そんな……」

「恥ずかしい？」

こくりと頷《うなず》くと、彼は意地悪さを発揮《はっき》して、さらに激しく音を立てて耳朶《じだ》を舐め上げた。

「んーっ！」

ぴちゃぴちゃと響く水音が、私の声さえかき消す。

耳朶《じだ》を舐められただけで、どうしてこんなことになっちゃってるの？

びくびくと体が跳ねて、胸や腰を彰一に押しつけているみたいな格好になってしまう。なんだかねだっているようで恥ずかしい。そんなことしたくないのに、体は言うことを聞いてくれない。

「いまからそんなに感じてて、おまえ、この先どうするんだ」

彰一の言う通りだ。

「おまえがどんなふうに乱れて、どんなふうに啼《な》くのか、楽しみだ」

「やっ！　そんなこと……っ！」

身をよじろうとする私を難《なん》なく押さえつけて、彼は右手で私の胸を服の上からまさぐった。

「強がり言って。可愛いな」

嬲《なぶ》るような口調で追い詰めるくせに、体を這《は》う手つきは優しい。胸からお腹、腰のあたりを撫《な》で回す。

優しすぎる手つきは逆にいやらしく思えて、衣擦《きぬず》れの音にさえ反応してしまう。

「んっ……あ……」

たまらなくて、切ないため息が漏《も》れた。

布越しに感じる彼の手のひら。以前、強引に触られたときよりも、今日は何倍も気持ちいい。

もどかしいくらいの繊細さで撫《な》で上げられるたびに、体が熱くなっていく。吐き出す吐息《といき》にさえ、熱がこもりはじめた。

「しょー……いち……」

なんとかしてほしくて、彼の名前を呼びながら服の裾《すそ》をぎゅっと引く。

返事はなかったけれど、そのかわりに彼の唇が、舌が、徐々に下へと移動をはじめた。頤《おとがい》をなぞり、首筋をゆっくりと舐め上げる。肌を滑《すべ》るその感触が生々しくて、言葉じゃ表せないくらい気持ちいい。

「あつ……い……」

舐められたところは濡れて冷えているはずなのに、熱く感じられた。

「嫌か？」

「ちが……っ。気持ちいい……のっ」

正直に答えると、彰一はふっと低く笑った。その吐息《といき》が肌にかかって、またゾクリと背筋が痺《しび》れる。

次の瞬間、彰一の唇が首筋の一点をかすめた。この前、彼がキスマークをつけた場所だ。それを唐突《とうとつ》に思い出してしまって体が無意識に固まった。

「ごめん」

ぼそりと彰一が呟《つぶや》く。

すぐにはなんのことかわからなかったけれど、しばらくして思い至る。

……ああ、そっか。彰一はキスマークがあの事件の発端だったかもしれないと思っているんだ。

彰一に負い目なんて感じてほしくないし、引きずって欲しくない。だから恥ずかしかったけれど、思い切って言う。

「また、痕《あと》、つけてよ」

「さやか？」

「キスマークって独占の証《あかし》なんでしょ？　私は彰一に独占されたいんだけど。……ダメ？」

驚いた顔で私を見上げる。余裕を失った戸惑い顔に、胸がざわめいた。

「私もあとで彰一につけていい？」

「やられっぱなしは性に合わないって？　いいぞ、どこにつけても」

にやりと笑う顔が艶《なま》めかしくて、私のほうが狼狽《うろた》えてしまった。

「本当にいいんだな？」

首筋近くでしゃべるから、熱い吐息《といき》が肌にかかった。

「もちろん」

答える声は上擦《うわず》ってかすれている。緊張を見透かされているようで、喉《のど》がごくりと鳴った。

その直後、チクリと小さな痛みが首筋に走った。そのままきつく肌を吸い上げられる。

「んんっ」

声が漏《も》れたのは怖かったからでも、痛かったからでもない。唇が触れたところから広がってゆく、ぞくぞくした感覚をこらえきれなかっただけ。

けれど彰一はそうは思わなかったようで、私の肩に置かれた彼の手が揺れた。

「やっぱり、嫌か？」

「違う……のっ……すごい、ゾクゾクして…………たまらないの」

そう言うと、一度は離れようとした彼の手がふたたび力を取り戻して、肩をしっかりと掴《つか》んだ。

「もっと、つけていいか？」

彰一は、いましがたつけたばかりの赤い痕《あと》のあたりを、なぞるように舐める。ぴちゃり、と濡れた音が立って、まるで肉食獣に捕らえられた獲物のような気分になってくる。

食べられてもいい。なにをされてもいい。彰一になら――そんな被虐的《ひぎゃくてき》な悦《よろこ》びが湧《わ》いて、肌が粟《あわ》立《だ》った。

「いっぱい……つけて」

彰一が望むだけ、たくさん。

「いい子だ。胸の開いた服なんて着られなくなるくらい、たくさん刻みつけようか」

想像しただけで、胸がきゅんと痛み、体の奥がちりちりと炙《あぶ》られた。

いつの間にか、半分以上はだけられていたブラウス。むき出しの肩は少し冷えているけれど、彼が触れている場所だけ熱い。

「さやか……」

ときおり呟《つぶや》きながら、少しずつ唇が下へと下りていく。あちこちで止まっては音を立て、花びらを散らしている。

彼の不埒《ふらち》な唇が次に止まったのは胸元。左の膨《ふく》らみの付け根あたりに触れて、軽く食《は》まれる。それだけで腰が跳ねた。恥ずかしいと思う暇もなく胸にチクリと痛みが走って、意識がそちらに向く。

「ん……！　んんっ」

ひときわ大きく、ちゅ、と音を立てて吸われる。

「さやか」

名前を呼ばれて下を向くと目が合った。強い眼差《まなざ》しで見つめられ、目が逸《そ》らせない。そんな私の様子に満足したらしく唇の端を上げた彼は、見せつけるように赤い花びらをゆっくりと舌でなぞった。

淫靡《いんび》に笑う彼の側には二つの膨《ふく》らみ。いつの間にホックを外されていたのか、ブラは緩《ゆる》んで下に引き下げられていた。中途半端に頂《いただき》まで露出《ろしゅつ》している。

「やっ！　恥ずかし……」

なんていやらしい眺めなんだろう。くらりと眩暈《めまい》がした。

どうしようもなく恥ずかしい。ぎゅっと目をつむり、唇を噛んだ。

「噛むな。傷がつく」

噛みしめた唇にそっと指が触れ、何度も輪郭《りんかく》を往復する。

「だって……」

「ダメだ。こんなに可愛くて色っぽい唇に傷なんてつけるな」

片頬《かたほお》を器用に上げて意味深に笑う。答えに窮《きゅう》して視線を泳がせている間に、彼はまた私の胸元へ顔を埋《うず》めた。

そうして舌を滑《すべ》らせて、時々イタズラでも仕掛けるかのように、強く吸い上げたり、軽く歯を立てる。

「あっ！　あああんっ……それ……」

「さやか……さやか……可愛いな、こんなに感じて」

「やっ、言わな……んっ……は、あ……」

まるで酩酊《めいてい》しているかのように、くらくらした。

彼がたどったあとには朱がたくさん散って、まるで左の胸だけに花びらが降り注《そそ》いだよう。けれど、それだけ執拗《しつよう》に嬲《なぶ》るのに、なぜか硬く尖《とが》って存在を主張している頂《いただき》には全然触れてくれない。

刺激がほしくて、そこはジンジンと疼《うず》いているのに。

もう片方の右の膨《ふく》らみは、いつの間にか彼の手に弄《もてあそ》ばれていた。大きな手で揉まれる感触に、はじめは戸惑ったけれど、すぐに快感に変わった。

右の膨《ふく》らみには彼の手、左には彼の唇。両方に与えられる刺激に、頭がぐちゃぐちゃだ。

「すごいな、さやか。もうこんなに硬く尖《とが》ってる」

意地悪な爪が頂《いただき》の先端を軽く引っ掻《か》いた。

「あんっ！」

鋭《するど》い疼《うず》きが体を駆け巡って、無意識に腰が揺れていた。

「いい反応。そんなに気持ちいいんだ？」

「あ……だめぇ！　それ、だ……め……、っん！」

いいオモチャを見つけたと言いたげに、彰一は胸の先端を嬲《なぶ》る。指の腹で円を描きながらこねたり、指でつまんだり、ねじったり。

中途半端に脱がされたブラウスのせいで、腕は緩《ゆる》く拘束《こうそく》されたような状態になっている。これでは自由に体を動かせない。そのもどかしさが、さらに私を追い詰める。快感をどうにかやり過ごしたいのに上手くできない。結局、素直に快感を受け止めなければならなくて……

「あ、も……それ、やだぁ」

知らず知らずのうちに、泣き言が口を突く。

「そう？」

私が切羽詰《せっぱつ》まっているのを知っているはずなのに。彰一はくすりと小さく笑って、硬くなったその部分を押しつぶす。

「いっ……んん！　も……意地悪しないで……よ……」

「意地悪はしてないさ。おまえを気持ちよくしているだけだ。しっかり感じておかないと、あとがつらいからな」

「で、でも……」

戸惑っていると、彼の体が不意に離れた。近くに感じていた熱が消えた途端《とたん》、言いようのない寂しさが湧《わ》いてくる。と、同時に顔に影が差した。

なんだろう？　と視線を上げると、彰一は私の上にまたがったまま、自分のシャツを脱ぎ捨てた。

「彰一⁉」

「そろそろおまえの肌を直《じか》に感じたい」

目が合うと、にっと不敵な笑みを浮かべた。

均整《きんせい》のとれた体、筋肉が作り出す陰影は深い。照明を背にしているため、体の輪郭《りんかく》が淡く金色に光っている。彼の素肌を目撃するのはこれがはじめてじゃないけれど、恥ずかしさが先に立って、まっすぐには見られない。

彼が上半身を脱いだってことは、私も脱いだほうがいいのかな？　なんて心配が湧《わ》いてくる。けれど、体を起こそうにも私の上には彰一がいるので身動きできない。服脱ぐからどいて、なんて雰囲気ぶち壊すようなこと言えないし……

「またなにか余計なこと考えてるだろ？」

揶揄《やゆ》する声さえ、蜂蜜《はちみつ》のように甘い。

「そんな……んっ」

そんなことない、と返そうとしたけれど、彰一の唇に阻《はば》まれた。ずるい。これじゃあ、返事もできないじゃない。

「余計なことは考えるな。考えるのは俺のことだけにしてもらえないか。じゃないと……」

そこまで言うと、彼は私の肩に触れるだけのキスを落とした。彼の唇が熱い。

「あつっ……」

体をよじって熱から逃げようとする私の背中に、彼の右腕が滑《すべ》り込んだ。そして上体を持ち上げられる。少し背を浮かせた姿勢は、つまり彼へ向かって胸を突き出すような姿勢でもあって恥ずかしい。

「や、ちょっと、待って」

焦《あせ》る私をよそに、彰一は視線を絡ませたまま、ちょうど谷間のあたりに口づけた。その動作は、まるで『待つつもりはない』と言っているみたい。

「嫉妬《しっと》で優しくしてやれなくなりそうだ」

ようやく唇が離れたと思ったら、物騒《ぶっそう》なことをこぼして笑う。なのに、身構えるのではなく、お腹の奥がずくんと疼《うず》いた。

「ち、が……うっ……」

ほかのことを考えてたんじゃない。

「なにが違う？」

緩《ゆる》んだブラの間から、ふたたび彼の長い指が侵入してきた。彼の手が膨《ふく》らみに触れて、ゆっくりと指に力がこもる。やわり、とゆっくり揉みながら、硬くなった頂《いただき》をかすめていく。触れるか触れないかの微妙な感触に、鳥肌が立つ。

「あ、やぁ、それ……」

体はびくりと跳ねたがるけれど、組み敷かれているせいで思うように動かない。そのもどかしさが、余計に劣情《れつじょう》を煽《あお》る。

「さやか？」

答えを促《うなが》すように名前を呼ばれても、一瞬、なにを聞かれていたのか思い出せなかった。彼から与えられる快感に溺《おぼ》れはじめていて、思考があやふやになっていたのだ。

「え？　あ……」

少しぼんやりしたあと、ようやく思い出した。

「なにを考えていた？　答えろよ」

彰一が優しい声で、けれど意地悪にささやいた。

正直に答えない限り、この状態が続きそうだと思い、素直に答えることにした。

「あ、のね。私……はじめてだから、わからないの」

こんなことを言ったら、やる気満々みたいで引かれるかもしれないと不安になる。

「だ、から……その……自分で服脱いだほうがいいのかな、とか……」

「なんだ。そんなことを悩んでいたのか」

彰一は晴れやかな顔で「馬鹿だなぁ」と言いながら、私の髪を優しく撫《な》でた。

「こういうときはな、俺に任せておけばいいんだよ」

口を歪《ゆが》めて不敵な笑みを浮かべる彼は格好いいけど、どこか怖い。

そうして彼はまた胸への愛撫《あいぶ》を再開した。

右胸には彼の左手が伸び、円を描くように揉みしだかれた。それに加えて、彼の唇が硬くなった左の頂《いただき》をいきなり食《は》む。さっきから触ってほしくてじんじん疼《うず》いていたそこに、いきなりそんなことをされてはたまらなかった。

「っつあ!?」

電撃のようにびりっと体を駆け巡る鋭《するど》い痺《しび》れ。ただ息を詰まらせて、体を硬直させるしかなかった。それでも耐え切れなくて、悲鳴《ひめい》のような声が出る。

「あ、ん……んん！　や、やぁ……やだ…………ふ、あっ！」

軽く食《は》まれたり、舌で転がされたり、軽く歯を立てられたり。彼の舌と唇は、私の制止の声なんてお構いなしに胸の先端をいじる。そのたびにどんどんと湧《わ》いてくる甘い感覚に、体は何度も跳ね、思考もまとまらず、ただ快感に翻弄《ほんろう》されるだけになっていた。

煽《あお》られて、どんどんと深みへはまっていくような感覚だった。体の奥が熱くなっていくし、お腹の奥のほうもじりじりと強く痺《しび》れていく。

体中が熱くて、苦しくて、切ない。

それを私に与えているのは彰一で、その熱を鎮めてくれるのもまた彼しかいない。

震える指先で彼の腕を掴《つか》むと、私の汗なのか、それとも彼の汗か、しっとりと湿《しめ》り気《け》を帯《お》びていた。

「しょーいち……助け、て……もう……」

それですべて理解してくれたのか、彼は私の胸から顔を離して私を見上げた。

その目は照明の光を受けて、ギラギラと妖《あや》しく光っている。

「もう、なんだ？　まだまだ、これからだろう？」

それまで胸を苛《さいな》んでいた右手がそろそろと這《は》い、スカートに覆《おお》われた腰を撫《な》でた。それからまたゆっくりと下へ下りてゆく。膝丈のスカートの裾《すそ》から侵入し、今度は上へと戻ってくる。

「あ……、ま、待って……」

「待てない」

「んっ！」

太腿《ふともも》を這《は》う彼の指は、感触を確かめるかのようにゆっくりだ。手の動きに合わせてめくれ上がるスカートの感触が生々しく伝わってくる。

ぞくぞくして、内腿《うちもも》がひとりでに震えてしまう。

自分がいまどんな格好をしているのかと想像するだけで、羞恥《しゅうち》で泣きたくなる。ブラウスは着ている意味をなさないほどはだけ、その下につけているブラも意味をなしていない。スカートだって下着が見えるほどめくれ上がっているに違いない。いままで夢中で気がつかなかったけれど、照明だって明るい。

そんな姿を見られているのかと思ったら、いてもたってもいられなくて体が震えた。

「彰一……カーテン、引いて。暗くして？」

「嫌だ」

「恥ずかしいよ」

「そんなこと、すぐ気にならなくなる」

すげなく答えながら、彼の顔は徐々に下へ下りはじめた。みぞおちを通り、腹部を滑《すべ》り……

このままではまずい。でも、膝を閉じたくても、彼の体が足の間に割り入っているから、膝を閉じることはできない。

右の膝裏《ひざうら》に彼の左手がかかり、そのままひょいと足を持ち上げられてしまった。抵抗しているけど、全然力が及ばない。

持ち上げられたせいで露《あら》わになった右太腿《みぎふともも》の内側に、彰一はそっと唇で触れた。

「あっ！」

ちくりと走る痛みは一瞬だったけれど、キスマークがつけられたことは見なくてもわかった。

「さすがにここは痕《あと》がつきやすいな。柔らかい」

独り言のように呟《つぶや》いて、いましがた口づけた箇所のすぐ隣にまた口づけを落とした。今度はキスマークはつけなかったようで、痛みはない。

「吸いつくような肌だ」

添えられた手が、感触を確かめるように内腿《うちもも》を撫《な》で上げる。その感触がたまらなくて、自然と腰が揺れてしまう。

「感じやすいんだな、さやかは」

「っつ！　だ、だって……」

「可愛いよ。もっといっぱい感じてくれ」

キスはだんだんと上にずれていく。まさか、そんな……と、思っているうちに、とうとう彼のキスは足の付け根にまで到達した。

「や！　彰一、やめて！　そんなところ……ひゃあ!?」

顔を近づけないで。離れて。そう言いたかったのに、途中で嬌声《きょうせい》へと変わった。彼の指が下着の上から、亀裂《きれつ》をなぞったからだ。

生まれてはじめて感じる衝撃に、背が弓なりに反《そ》った。体が弛緩《しかん》したあとも、余韻《よいん》で腰のあたりがふるふると震える。

「すごいな。濡れてる——びしょびしょだ」

彼がしゃべるたびに、吐息《といき》が肌にかかる。その柔らかい刺激にぞくぞくした。彼が口にした言葉に、酷《ひど》く恥ずかしくなる。なのに、体がどうしようもないほど切なく疼《うず》いて止まらない。

「は……やぁ……やだ……それ……」

次々と与えられる快感に、頭がついていかない。体も思うように動いてくれない。

「ほら、ここ。わかるか？」

彼の人差し指が、亀裂《きれつ》のちょうど中心あたりを軽く引っ掻《か》いた。

「ひっ！　あ、あ……な……ん……？」

「下着の色が変わるほど濡れてる」

割れ目を開くように指先を左右に動かされるたびに、むずむずとした感覚がそこを襲う。

彰一はのけ反《ぞ》る私の体を押さえつけながら、小刻みに指を動かし続ける。

「ああっ！　や、やぁ、んっー‼」

下着の奥から、くちくちと小さな音が聞こえた気がした。

彰一とこうなることを望んだのに、どうしても怖気《おじけ》づいてしまう。怖い。けど、やめたくない。

やめたいけれど、やめたくない。

もう少し待ってほしいと訴えるつもりで彼の手首を掴《つか》んでも、頭を押し戻そうとしても、抵抗はあっさりかわされてしまう。

「やぁ……なの……しょ……いち」

「どうして？　なにが嫌なんだ？」

「怖いの。気持ちが……追いつかない、から……もっと、ゆっくり、して」

顔を上げた彰一と視線が絡む。彼は起き上がって、私の顔の近くへと体をずらした。そして抱きしめてくれる。彼の熱が体を覆《おお》うとそれだけで、不安が和《やわ》らいだ。

「怖い？　いい解決法がある。知りたい？」

夢中で頷《うなず》くと、彼は吐息《といき》で笑った。

「怖いなんて思う暇もないくらい気持ちよくなればいい」

「なっ！」

「だってそうだろう？　怖いのは理性が残っているからだ。そんなもの邪魔だ。なくていい」

言うなり体を起こして、私を見下ろす。まじまじと見つめられて、いま自分がどんな格好をしているか思い出した。慌てて腕で胸を覆《おお》う。

「隠すなよ。エロくていい眺めなんだから」

にやりと意地悪に笑われて、顔がかっと熱くなる。

「しょ、彰一！」

「そう怒るな。怒ってる顔も可愛いが、いまはもっと違う顔が見たい」

切れ長の目がスッと細まる。獰猛《どうもう》な肉食獣の眼差しに、体が小さく震えた。

「これはそろそろ邪魔だな」

独り言のように呟《つぶや》きながら、私のブラウスに手をかける。彼の言う『これ』は私の服のことのようだ。愛撫《あいぶ》で溶かされた体は動かすのが億劫《おっくう》で、彼のなすがままになっていたら瞬《また》く間に服を脱がされてしまった。気がつけば一糸《いっし》まとわぬ姿でベッドに横たわり、彼の目に晒《さら》されている。たとえようもない恥ずかしさに身を竦《すく》めている私とは正反対に、彰一は楽しそうだ。無言で見下ろされるのは居心地が悪いし、少し不安になってくる。どこか変なんじゃないかと思うと心配でたまらない。

「彰一……？」

恐る恐る声をかけると、彼ははっとして答えた。

「あ、ああ。悪い。あんまりおまえが綺麗だから見惚《みと》れてた」

「おっ……お世辞《せじ》なんていらない」

「お世辞《せじ》なわけないだろ。おまえ、俺がどれだけ我慢してるかわかってないよなぁ。まぁ、いいけど。――ゆっくり、な?」

彼の言う『ゆっくり』がなぜか不穏なものに聞こえた。自分で言い出したことだけれど、やっぱり言わないほうがよかったかも、と少し後悔する。

「綺麗だ、さやか。隠さなくていい」

そう言いながら肩先に触れた手は、ゆっくり下へと下りてゆく。腕をなぞり、腰を撫《な》でたあと、下腹部へと進む。

「ん……しょう、いち……ぃ……」

全身を愛撫《あいぶ》する彼の手。繰り返される睦言《むつごと》。切なくなるくらい嬉しい。

足の付け根に触れた彼の指が、繊細な指使いでそこをなぞる。ゆっくり前後に往復するのに、中心の亀裂《きれつ》にはなかなか触れない。

――気持ちいい。でも、もどかしい。

「気持ちいい?」

何度もなぞられるうち、ひとりでに腰が揺れていた。それを揶揄《やゆ》された気がして、気恥ずかしかったけれど、否定もできなくて唇を噛む。

「意地っ張り。もっと素直になっていいのに」

喉《のど》の奥で笑って、彼は私の頬《ほお》をぺろりと舐めた。

「なぁ、もっと気持ちよくなりたくない?」

「……あ……」

誘う声は甘くて、抗《あらが》えない魅力に満ちている。

「我慢するな。感じるままに声を上げたり、動いたりすればいい。——そういうおまえを見たい」

いままで焦《じ》らすように周囲を愛撫《あいぶ》していた指が亀裂《きれつ》を撫《な》で上げた。くちゅり、と水音が響く。

「ひ……あっ、ん……」

「すげえ濡れてる。わかるか？　ほら、こんなにぬるぬるだ」

そんな淫《みだ》らなことを口にしながら、彼は指に愛液を絡みつけるように円を描いた。そのたびに、ネチャ、クチュ、と粘度の高い水音がする。

「やあっ！」

「もっと気持ちよくしてやる」

低く淫蕩《いんとう》なささやきに、不安と期待が入り混じる。下腹部の奥がきゅっと収縮して、体の中からなにかがジワリと流れ出すのがわかった。

それは、そこに指を置いている彰一にも丸わかりだったらしい。熱いぬめりがこぼれ出した瞬間、彼は喉《のど》の奥でクッと低く笑った。

「本当に可愛い」

「ふっ……あ……」

恥ずかしくて、泣きたくなる。

彼の指は感触を楽しむようにゆっくりと亀裂《きれつ》を前へとたどり、隠れた肉芽《にくが》に触れた。

「ん！　ああああっ!?」

電流のような刺激が体を走り抜け、爪先がピンと伸びたまま硬直する。

「いい反応だ」

円を描いて動く指が、敏感な芽をゆっくりと押しつぶした。

「あ、あ、ああっ……ん」

絶え間なく襲う鋭《するど》い刺激に自然と腰が浮き、びくびくと痙攣《けいれん》を繰り返す。口から漏《も》れるのは、短い吐息《といき》と、切羽詰《せっぱつ》まった嬌声《きょうせい》だけ。

「あっ、あっ……あー……っ」

「そう、それでいい。素直になれ」

緩慢《かんまん》に蠢《うごめ》く指先は優しいのに意地悪だ。私を置き去りにするほど性急ではないけれど、でも容赦《ようしゃ》なく弱いところを刺激してくる。体が切なく疼《うず》くし、息は苦しくて、未知の感覚に眩暈《めまい》がする。しばらく快感に翻弄《ほんろう》されていたけれど、なにかがせり上がってきそうになると、彼は肉芽《にくが》への刺激をやめてしまった。

「やっ！　え……どう、して……？」

「前ばっかり弄《いじ》っていたら、こっちが可哀想だろう？　こんなに蜜をこぼしてるのに」

恥ずかしい水音をたてながら、じわじわと亀裂《きれつ》をなぞる。何度も繰り返されるうちに、疼《うず》きに耐えられなくなってくるし、耳に届く水音も大きくなっていった。

さっき彼が口にした『ゆっくり』の意味が、ようやくわかった気がする。休憩《きゅうけい》しながらゆっくり高まってゆくんじゃなくて、徹底的に焦《じ》らすという意味だったのか。それじゃ、もどかしくてつらい。そういう意味じゃなかったのに、という恨《うら》みがましい気持ちが生まれるけれど、それもすぐに快感の波に押し流されてどこかへいってしまった。

くちくち、といやらしい音を立てて入り口付近を弄《もてあそ》ばれると、お腹の奥が期待でキュンとする。

なのに、彼の指は素知らぬ風に遠ざかり、前に息づく芽を苛《さいな》む。

それを何度も繰り返されて、とうとう耐えきれなくなった。

「しょ、いち……しょー……いちぃ……もぅ……」

しっとりと汗ばんだ彼の腕に手を添えて、もう限界だと訴えた。

「どうした？」

そう尋ねる彰一の頬《ほお》も少し上気している。

「もう、ダメぇ……お願いだから……」

けれどまだ羞恥心《しゅうちしん》が勝って口に出せない。

触って。もっと奥を……

「お願いだから……なんだ？」

低く笑って彼は私の耳朶《じだ》を甘噛みする。

どうしてほしいか口に出さなければ、絶対にこれ以上進まない。そんな言外の意味がありありとわかる口調だった。いつも以上に意地悪だ。でも、悔《くや》しいことに抗《あらが》えない。

「さやか」

子どものワガママを窘《たしな》めるような口調で名前を呼ぶ。

「ほら。言って。言えばすぐに」

——おまえの望むとおりにするから。

直接脳内に流し込もうとするかのように、耳元でささやく。

ああ、ダメだ。もう堕《お》ちる。

「もっと……もっと奥まで……おね、がいっ」

入口をくちくちと嬲《なぶ》っていた彼の指が一本、ぬるりと隘路《あいろ》に侵入する。充分すぎる愛撫《あいぶ》のせいか痛みはなかったけれど、はじめて感じる異物感に「ひっ！」と喉《のど》が鳴った。

「痛いか？」

尋ねられて、違うと首を横に振る。

彼の指は決して強引ではなかった。ゆっくりゆっくりと奥へ進んでいく。

「んんん！　あ、ん……ふ、あ……」

部屋に響くのは、私の嬌声《きょうせい》と荒い息、そして、一番熱くなっている箇所から漏《も》れる水音だけ。恥ずかしいと思うのに、声を殺す余裕はなかった。

「おまえの中、熱くて柔らかくて……たまらないな」

彼の長い指が奥まで届き、中の壁をこする。そうされるたびに、じわじわした快感が少しずつ奥へ溜《た》まっていく。

「あ……ああ……んっ……ぃあ……っ」

肉芽《にくが》をいじられたときの鋭《するど》い快感とは、まったく違う快感。雷に打たれたような快感も怖いけれど、少しずつ溜《た》まっていく快感はもっと怖いんじゃないかと本能で感じていた。

溜《た》まった快感が溢《あふ》れたら、そのときはもう取り返しがつかない気がする。そう思った瞬間、ふるりと背中が震えた。

知りたいけど、知るのが怖い。けれど、彰一がくれる快感なら、やっぱり知りたい――

そんな葛藤《かっとう》を続ける私を見下ろす彼と視線が絡んだ。

「み……見な……で、恥ずかし……」

「俺は、感じてるおまえを見たい。そういうイヤらしい顔、ゾクゾクする」

端整《たんせい》な顔を淫靡《いんび》に歪《ゆが》ませて言われたら、たまらない。言葉に追い詰められて、体内に埋《う》まった彼の指をぎゅっと締《し》めつけていた。おかげで私自身も彼の指をさらに生々しく感じる羽目《はめ》になる。

「あ、あ……んっ。やぁ、気持ち……いっ……ん！」

ぐちゅぐちゅと音を立てて攻める指はいつしか複数になっていた。いつ増えたのか気がつかないほど快感に溺れている。

「きついぐらい吸いついてくる。指が食いちぎられそうだ」

熱い息には感嘆《かんたん》が混ざっているように聞こえた。

「早くおまえの中に入りたいよ」

「入って……よ……」

なかば反射的にそう返していた。

早く彼自身がほしい。彼を受け入れてみたい。彼を受け入れる悦《よろこ》びを知りたい。彼自身で満たされたい。

「彰一と……ひとつに、なりたい……」

恐る恐る言うと、彼は怖いくらい真剣な顔で私を見下ろした。

「本当に、いいのか？」

低い声で聞かれて、頷《うなず》く。

「後悔、しないな？」

なにをいまさら、と突っ込みたくなるようなことまで口にする。

「彰一の……馬鹿ぁ……意地悪、しない……で？」

驚いたように目を見開いたあと、彼は嬉しそうに破顔《はがん》した。晴れやかなのに、色気が滴《したた》るほど滲《にじ》んだ笑みに、胸がドキドキと早鐘《はやがね》を打つ。

「ああ、そうだな。悪い」

そう言って彼は体を起こした。指を抜くのを名残惜《なごりお》しむように腰のあたりを撫《な》でられて、

「んっ……」と小さな声が漏《も》れる。

「もうここから先は止まってやれないぞ？」

そう言いながら準備を終え、私の上に覆《おお》い被《かぶ》さってきた。

「やめてなんて……絶対、言わない」

彼の顔を引き寄せて、私から唇を重ねた。絶対に大丈夫。拒《こば》んだりしない。そんな意味を込めて。

「敵《かな》わねーな」

彰一は困ったように眉根を寄せて呟《つぶや》いたかと思ったら、また唇を重ねられた。

「んっ……ふ……」

彰一の熱い舌が私のそれに絡まる。奥に逃げようとすれば追いかけてきて、引きずり出そうとする。そうやって導かれて、恐る恐る彼の口腔《こうこう》に舌を伸ばした。舌先が唇を越えた途端《とたん》、激しく吸われて絡めとられた。

「んー！　んんんっ」

食べられてしまいそうなほど激しく吸われ、なぞられ、そして軽く歯を立てられる。

息苦しさと快感に頭がぼうっとして、むずむずした快感が下腹部に湧《わ》いた。耐えられなくて太腿《ふともも》を閉じようと足に力を入れた途端《とたん》、散々いじられて濡れたそこから、くちゃりと音がした。

「んっ……！」

恥ずかしくて頬《ほお》がかっと熱くなる。どうか、彰一には聞かれていませんように。と、思ったけれど……どうやらやっぱり彼の耳にも届いていたらしい。濡れそぼったそこを指でひと撫《な》でし、吐息《といき》で笑った。

「ここ……すごいな」

「はぁ……んっ……やぁ、そんな……」

「さやか」

欲と熱が混じった声で名前を呼ばれると、それだけで下半身が疼《うず》いた。

両の膝裏に彼の手が回って体を折り曲げられ、秘部が露《あら》わになる。彼のものを受け入れやすい体勢だとわかっていても、恥ずかしさに息が詰まる。

「力を抜いてくれ。でないと、つらいぞ？」

「う……うん。頑張る」

どうしたら力を抜けるのかわからなかったけれど、落ち着きを取り戻したくてとりあえず深呼吸をしてみた。

「そう。いいね、深呼吸はいい手だ」

彰一に褒《ほ》められながら、二度三度と繰り返す。

自分でもわかるぐらい潤《うるお》ったそこに、熱くて硬いものが触れた。押しつけられるたびにクチクチと卑猥《ひわい》な音が立つ。ソフトすぎる刺激はもどかしくて、焦燥《しょうそう》で胸がじりじりする。

私の中から溢《あふ》れた液を塗りつけるように何度もこすり合わせたあと、隘路《あいろ》の入り口にぴたりと宛《あて》がわれる。

覚悟していても緊張はしてしまうもので、喉《のど》の奥から「ひぅ……」と小さな声が漏《も》れた。

ぐ、ぐ、と力強く押し入ってくる。

「ん！　あ……あああっ」

指で慣らされてほぐれていたけれど、それでも苦しかった。彼の楔《くさび》は指とは比べ物にならないほど大きい。

「あ……くぅ……おっき、い……っ」

狭いところを無理矢理に押し広げられる痛みと、圧迫感が体を苛《さいな》む。

逃げを打ちたくても、彼の手が腰を押さえつけている。

「くぅ……っ！　ん……はっ……あ、くるし……」

息を上手く吸えなくて、まるで陸に上がった魚のようだ。

「さやか……さやか……落ち着け、ちゃんと息をしろ」

繰り返しささやかれて、だんだんと落ち着きを取り戻す。

彰一は、私が落ち着くまで動かずにじっと待っていてくれた。そして私が落ち着いたのを見計らってまた動き出す。

その強引さは、すぐに弱音を吐きたがってしまう私にとっては嬉しかった。

「しょ……い、ち……っ……あ……んぁ……好き……」

汗の滲《にじ》む彼の背に腕を回して、ぐっと引き寄せる。それがいま、私にできる精一杯の意思表示だった。

見上げた彼の眉は切なげにひそめられている。

「しょー、いち？　つらい……の？」

「つらくは……ないな」

口の端を上げて笑う。

「おまえの中、気持ちよすぎて気が抜けない」

少し余裕を失っているような眼差《まなざ》しと、上気した頬《ほお》、滲《にじ》む汗が艶《なま》めかしい。見たこともない彰一の顔。彼にそんな顔をさせているのが自分だと思うと、言いようのない嬉しさが込み上げてきた。

「うれ……し、い」

笑うと体の緊張が少しほぐれた。彼の楔《くさび》を包んでいた肉壁も少し和《やわ》らいだようで、彼がぐぐっと進む。

「んあっ！」

彼が奥に進むにつれて圧迫感はますます強くなる。

「はっ……んんんっ……あっ……あ……く……」

痛みは耐えられないほどじゃない。けれど圧迫感には耐えられなくて、喘《あえ》ぎが絶えず口を突いた。

「もう少し、だから」

宥《なだ》める彼の声に頷《うなず》く。

「だい、じょ……ぶ」

力の抜き方はなんとなくわかった。なるべく彼が進みやすいように体を楽に保とうと頑張ってみる。でも、ちょっとした刺激にびくんと跳ねちゃうから、なかなか思い通りにいかない。

「……全部入った、よ」

そう言って彰一が、深々とため息をつく。

「わかる？」

彼の先端が私の一番奥にあたって、少しだけ押し上げられている感じがした。

「んっ……」

頷《うなず》くと、彼はしっとりとした笑みを漏《も》らして、私の髪を撫《な》でる。それから額に張りついた髪を丁寧に払って、そこにキスを落とす。

「さやか、よく頑張ったな。大丈夫か？　痛みは？」

気づかわしげな目をした彼と視線が絡む。視界の端は霞《かす》んで彼しか見えない。

「大丈夫、だよ……彰一は？」

「俺の心配なんてするなよ」

困ったような苦笑いを浮かべる。だから『どうして？』と目で問うと、彼は小さなため息をついて、切れ長の目を細めた。

「つらいだろ？　そんなに気を回さなくていい」

「つらい？　違う……よ」

「違う？」

そう。違う。確かに体はちょっときつい。繋がってるところは引き攣《つ》れて痛いような気がするし、奥までぎちぎちに埋《う》められて苦しい。

でもそれ以上に、満ち足りてるから、つらくなんてない。

「すごく……幸せ」

彰一はまん丸に目を見開いて、それからまた困ったような苦笑いに戻った。

「まったく！　おまえは始末に負えない。それ、ものすごい殺し文句《もんく》だ。――さやか、愛してる」

「んっ……」

ささやかれた言葉に、頭より先に体が反応した。体の奥が甘く疼《うず》いて、下腹部にぎゅっと力が入る。そうして彼を呑み込んだ場所がひくひくと蠢《うごめ》く。

それと同時に、彰一は苦しげに顔を歪《ゆが》めた。

「くっ……！　はぁ……」

なにかをこらえるかのように短く呻《うめ》いたあと、長々とため息をつく。

「急に、締《し》めつけるなよ……」

「ご、ごめ……ん……でも……勝手に……動いちゃう、の」

答えている間にも、勝手に力が入ってしまう。

「っつ！　……悪い、そろそろ……限界、だ。動いていいか？」

返事のかわりに小さく頷《うなず》いた。

「つらかったら言え。もしおまえが嫌だと言っても、俺がやめなかったら……そのときは殴っても
いいし、引っ掻《か》いてもいい」

「そんなこと……しない。最後まで……して、ほし……」

「あんまり可愛いこと言うなよ」

「え？　あっ……ああっ」

中に埋《う》められていた楔《くさび》がゆっくりと抜かれていく。そうして抜けるぎりぎりで止まり、またゆっ
くりと奥まで進む。

同じリズムで繰り返されるうち、体が彼に慣れたようで最初ほどの圧迫感はなくなっていった。

「ん……あ……あ……」

奥を突かれるたびに、体の奥が熱くて仕方なくなる。もっともっと、なにかがほしい。ほしいのに『なにか』の正体はわからない。

「あ……んっ……もっと……しょー……いち……、もっと」

もっと何度も穿《うが》たれれば、その『なにか』がわかりそうな気がした。

「ああ、わかった。もっと、な？」

彼の動きが一段と激しくなった。すると繋がった部分から、グチグチとイヤらしい音がする。

「あああっ！　……んっ！　ふ、あ……」

揺さぶられ、最奥を叩くように楔《くさび》が深々と埋《う》まる。衝撃と呼ぶしかない感覚に喉《のど》がのけ反《ぞ》った。その喉《のど》に噛みつくようなキスが降る。

「あ？　……あーっ！」

繋がっているすぐ上の肉芽《にくが》を彼の指が這《は》い、押しつぶすしながら円を描く。中のもどかしい感覚と、その一点から湧《わ》き上がる鋭《するど》い快感に、頭が真っ白になった。

「やっ……なに、これ……おかしい、のっ……やぁっ！　んっ！　あっ……だめぇ！」

「いいんだ、さやか……っ……そのまま……素直に、感じればいい」

そう言って、激しい抽送《ちゅうそう》も、芽を弄《いじ》る指も止まらない。

「んーっ！　いやっ……あっ、あああああっ！」

一瞬で溜《た》まっていたものが弾けた。体がビクビクと痙攣《けいれん》を繰り返し、彼に抱え上げられている両足の爪先はピンと張って強張《こわば》る。

何度か痙攣《けいれん》を繰り返したあと、体中から力が抜けた。まるで糸が切れたマリオネットのようにぐったりと弛緩《しかん》する。

「は……あ……。いまの、な、に……？」

嵐のような一瞬のあとには、痺《しび》れるような余韻《よいん》とだるさが残った。

「イったんだよ」

「イった……？」

言葉の意味は知っているけれど、いま自分を襲ったそれと、イくと言う感覚が同じものだと信じられなくて一瞬悩んでしまった。

絶頂というのは気持ちが良くてそれが極まった状態だと思っていた。でもはじめて知った感覚は思っていたよりずっと鋭《するど》くて、強くて、荒々しくて、強引だった。

もちろん、嫌なものではなかったけれど。

「悪い、さやか。もう少し、付き合ってくれるか？」

「ん……だい、じょうぶ……。しょーいちにも……気持ちよく、なって……ほしい……」

すまなそうな声音に、私はうっとりと笑い返した。

体には力が入らなくてがくがくしているけれど、それでももっと彼と繋がっていたかった。

彰一の首に両腕を回して、引き寄せるように力を込める。彼は抗《あらが》わず、私の首筋に顔を埋《うず》めた。

吐息《といき》が首をかすめて、ぞくりとした快感が背を走る。絶頂の余韻《よいん》でびくびくと小さく痙攣《けいれん》を繰り返していた肉壁が、大きくうねって彼の楔《くさび》をきゅっと締《し》めつけた。

「んあっ⁉」

「くっ！」

私が嬌声《きょうせい》を上げるのとほぼ同時に、彼が息を呑む音が聞こえた。

「くそっ！　おまえの中、気持ちよすぎる。ダメだ、ごめん！」

「んあ！　あああああっ」

悔《くや》しそうなささやきと一緒に、荒々しく動きはじめた。

敏感になっていた体は、その刺激をまともに受けてしまう。次から次へと湧《わ》き起こる衝撃に翻弄《ほんろう》されて、すぐに理性は途切れた。

「んっ……あ、あああっ……はげしっ……」

汗が肌を滑《すべ》り落ちるのさえ快感に変わるほど、訳がわからなくなっていた。

「はっ……んんんっ……だめ、やっ……また……またきちゃ、うっ……」

耳に届くのは自分の喘《あえ》ぎ声と、繋がったところから湧《わ》くいやらしい水音、そして彰一の荒い息だけ。

「さや……かっ！　俺も……もうっ……」

「しょ……い……ちぃ……っ……んっ……あ、あ、あああああっ！」

ふたたび押し寄せてきたうねりに耐え切れなくて、背中が弓なりに反《そ》った。ふるふると震える体の中心、繋がったその奥が痙攣《けいれん》に合わせて収縮している。まるで呑み込んだものを放したくないと言っているみたい。

「……くっ！」

彰一が小さく低い声で呻《うめ》くと同時に、私の奥でなにかが弾けた。楔《くさび》が何度もどくどく脈打つ。私の中で彼が弾けたのだ。それが嬉しくて胸がいっぱいになっていたら――

「あ、あああっ」

小さな波が襲ってきた。

「っつ！　あんまり……締《し》めつけるなって」

苦しげに顔を歪《ゆが》めながら、それでも満たされたように笑う。

「で……も……止まらな……」

困惑する私を、彰一はそっと抱きしめてくれた。彼の荒い息が耳の側で聞こえる。

それから優しく髪を撫《な》でられて、徐々に体を支配していた荒々しい熱が引いていく。

「もう……大丈夫そうだな」

私が落ち着くのを見計らって、彰一は私の隣に寝転がった。

汗ばんだ体を絡めて抱き合うと、酷《ひど》く満たされた気持ちになる。彼の胸に頬《ほお》を寄せて目を閉じると、彼の鼓動が聞こえてくる。はじめは早鐘《はやがね》を打つようだったのに、だんだんとゆっくりになって、最後には一定のリズムにおさまった。

心地よい疲れに、だんだんまぶたが重くなっていった。

彰一はなにも言わず、ただ、優しい手つきで私の体をそっと撫《な》でる。私を労《いたわ》るその手が嬉しくて、不意に涙が滲《にじ》みそうになった。

「さやか、どうかしたか？」

「ううん。なんでもない」

彼に見つからないよう、彼の胸に顔を埋《うず》める。

「大好き」

気がついたら、そんなことを口走っていた。

「俺もだ。愛してる」

大きな手が、私の髪をそっと梳《す》く。

「ずっと俺の側にいてくれ」

「うん」

温かい彼の手。規則正しく刻まれる鼓動。彼の腕の中にいるのはとても幸せ。もう、ここから出たくない――そんなことを思ってしまうくらい。

「さやか、ちゃんと俺の話聞いてるか？」

「うん」

「じゃあ、俺の顔を見て答えろよ」

「それは……無理」

だって、こんなクシャクシャな泣き顔見られたくないもん。

「なんでだよ？」

「だってぇ……」

彼の胸にぐりぐりと額をこすりつけた。

「どうした、さやか。ほら、顔を上げろ。な？」

諭《さと》すような彼の言葉にも、ぐりぐりで応対。

「う……。やだ！　いま、すっごく情けない顔してるんだもん。見られたくないんだもん！」

「……仕方ないなぁ。おまえの可愛いワガママ、聞いてやるよ」

「かわっ⁉」

どこが可愛いんだか。彰一の思考回路はさっぱりわからない。

「愛してるよ、さやか。ずっと前から好きだったけど、いまはもう手がつけられないくらい愛してる。俺に愛されたのが運のつきだ。色々覚悟しておけよ」

物騒《ぶっそう》な告白は、蜜のように甘い声音だった。

「わ、私だって、彰一のこと愛してるんだからね！」

一度はこれ以上嫌いになれないってくらい嫌ったけど。

でもやっぱり好き。愛してる。

幼いころは私の王子様。

そしていまでは誰より愛しい――恋人。

七　私を溶かすチョコレート

眼下に広がる針葉樹《しんようじゅ》。その手前には整備された遊歩道があって、ホテルの利用者らしい人々がちらほら見える。

身の安全のためとはいえ軟禁《なんきん》生活を余儀《よぎ》なくされている私には目の毒でございます。

「いいなぁ。私も散歩したぁい」

ホテルの部屋の窓枠に頬杖《ほおづえ》をつきながら、ため息をつく。なにもしないでぼけーっとしているのは、たまにならいいけど、一日も満喫《まんきつ》すれば飽きがくる。二日目にして私はもうこの生活に退屈《たいくつ》していた。

「暇だぁ～」

穏やかな午後の日差しに照らされる森。外はきっと清々《すがすが》しい空気に包まれていて、ついでに野鳥の声も聞こえたりするに違いない。

「おまえなぁ。なんでここにいなきゃいけないのか、忘れたのか？　え？」

その声と同時に、両こめかみに痛みが走る。こめかみぐりぐりは冗談じゃなく痛い。

「いだだだ！　ちょっとやめてよ！」

お返しに肘鉄《ひじてつ》を食らわせようと思ったら、気配を察知したのか彰一は間一髪《かんいっぱつ》で飛《と》び退《しさ》った。

ち。残念。

「あっ……ぶねぇな！」

「先に仕掛けてきたのはそっちでしょ」

つん、とそっぽを向いて言い返したら、彰一は両手を軽く上げて「わかった、わかった」なんて苦笑いを浮かべる。そこは「わかった」じゃなくて「ごめん」じゃないのかな！　と反論したら、髪を思いっきりぐしゃぐしゃにされてしまった。

じゃれ合っているうちに、したいと思っていたことを思い出した。

「あ、ねぇ、モン・エトワールに電話していい？　あれからずっと休んでるじゃない？　いろいろ聞きたくて」

「ん？　ああ、いいぞ」

私の携帯は壊されちゃったし、まだ新しいのを買いに行くこともできないので、部屋の電話を使うしかない。

『はい。お電話ありがとうございます。モン・エトワールでございます』

涼やかで落ち着いた声が受話器の向こうから聞こえた。聞きなれた椎名さんの声だ。

「こんにちは。藤園です」

『あら、さやかちゃん？　どう？　体調は大丈夫？』

「はい。おかげさまで！　椎名さん、そちらはどうですか？　先週再発注したルームランプなんですけど……」

「ああ、刺繍《ししゅう》の入ったシェードの？」

「はい、それです。そろそろ届くと思うんですが……」

なんて感じで真面目に仕事の話をしていたら、彰一は明らかにホッとした様子で部屋を出て行った。よし、最大のチャンス到来！　この機会を逃がしてなるものか！

「椎名さん、すみません。いまって少し、お話しする時間はありますか？」

『ええ、大丈夫よ。休憩中《きゅうけいちゅう》だから』

聞きたいことはひとつ。あの日、どうやって椎名さんや彰一は田川の家まで助けに来てくれたのか、だ。

『彰一くんからはなにも聞いてないの？』

「ええ。ぜんっぜん教えてくれないんですよ。そんなことどうだっていいだろうって」

彰一は私が怖い目に遭《あ》ったことを早く忘れられるように気を遣ってくれているんだろうけど、気になって仕方ない。もうまったく怖くない、と言ったら嘘になるけど、これからもきっと彰一が守ってくれると信じられるから、それほど恐怖は感じていなかった。

『それじゃあ私から言うのは気が引けるわ』

「差《さ》し支《つか》えない範囲でいいですから、どうか！　あの日、椎名さんがしてくださったことだけで構いませんので！」

別室にいるとはいえ、彰一に聞かれちゃまずい。小声でお願いしていたら、電話の向こうからクスクス笑う声が聞こえた。

『じゃあ、差《さ》し支《つか》えない範囲で……ね？』

――というわけで、聞き出せたのはこんな話だった。

引継ぎの時間になっても帰らないのをおかしいと思った椎名さんは、私の携帯に何度も電話をしてくれたらしい。けれど一向に繋がらないので、バイトの子にモール内を探してもらっている間に、念のため私の家に電話をしてくれたそうだ。

それで電話を受けた彰一は、レアちゃんを連れてモン・エトワールに飛んで行った、と。そしたらレアちゃんが突然、彰一の腕から飛び降りてある方角に向かって歩き出した。数歩歩いて彰一を見上げ、数歩歩いてはまたじっと見上げてくる。それでついていったら……駐車場の外れにたどり着き、放置されていた台車に向かってワンワン吠《ほ》えたらしい。台車を調べたら『ローレライ』と書かれていたのでお店に行って尋ねたら、店長が急にいなくなったという返事――

それで椎名さんと彰一は、万が一の可能性を考えて田川の家に向かったそうだ。

『だって、あの田川さんって、ことあるごとにあなたのことや連絡先や住所を聞きたがるんだもの。自分で聞けばいいのに、どうしてそんな回りくどいことするんだろう……って、前から少し変だなと思っていたのよ』

「私の知らないところで、そんなことが……」

『ひとりで勝手に盛り上がって、あんなことしでかすなんて、本当にあきれ果てた男だこと！』

ほかにも警察へ連絡したり、パトカーの到着を待ちきれずひとりで田川邸へ乗り込もうとする彰一を宥《なだ》めたりと大忙しだったそう。

あのとき姿が見えなかった彰一のボディガードの羽田さんは、レアちゃんやバイトの子とお店で待機《たいき》してくれていたそう。多くの人に尽力してもらったんだなぁと改めて感じた。

『あとはさやかちゃんもよく知ってるでしょう？』

「え、ええ」

『——どう？　少しはお役に立てた？』

「はい！　ありがとうございました」

お礼を言って電話を切った。

「そっか〜。ひとりで飛び出そうと……ねぇ」

不謹慎《ふきんしん》だって叱《しか》られちゃいそうだけど、正直言えば嬉しい。彰一が、余裕をなくすほど必死になってくれたなんて。

ひとりでに緩《ゆる》んじゃう頬《ほお》をどうにか引き締《し》めようとしていたら、いきなりデコピンが飛んできた。

「痛っ！」

「なにニヤニヤしてるんだ、気色悪い」

「きしょ!?」

言うに事欠いて、なんてセリフを！　それが恋人に対する態度なの？

痛む額をさすりつつ恨《うら》みがましく見上げた私の目の前に、大ぶりの紙袋がひとつ差し出された。

反射的に受け取る。

「これで少しは退屈《たいくつ》もまぎれるだろう？」

「えっ！　もしかして、さっき頼んだやつ？　もう届いたの？　早い！　ありがとう！」

急いで袋を覗《のぞ》き込むと、数種類の大きさのスケッチブックと、ドイツ製の水彩色鉛筆、そのほかに鉛筆や消しゴム、数種類の筆など、こまごましたものが入っている。

「でも、おまえ本当は油絵が描きたいんじゃないのか？」

「ううん。そんなことないよ。水彩色鉛筆も使ってみたかったし、たまには油絵から離れてみるのもいいでしょ？　ちょうどいい機会だと思わない？」

いくらなんでもこの部屋で油絵は描きたくないなぁ。匂いもそうだし、どこかに絵の具つけちゃったら……なんて、考えただけでも恐ろしい。

「しっかし、はじめてのおねだりが画材かぁ。おまえらしいと言えば、おまえらしいよな」

「え？　もしかして頼みすぎた!?　ごめん！　そうだよね。服まで用意してもらってるし、もうワガママ言わないから！」

「どうしてそんな発想になるんだよ。欲がないなって言ってんの。もっとこう……欲しいものはないのか？」

と申されましても。

「そんなの急に言われても思いつかないよ。こんな贅沢《ぜいたく》な部屋に泊まって、食べるものも着るものも全部用意してもらって、充分すぎだよ」

「とはいえ、この部屋も、服も、俺が勝手に見繕《みつくろ》ったものだろう？　おまえの好みなわけじゃないんだから、そういうの我慢するなよ」

強《し》いて言えば豪華すぎることが不満だけど、部屋に関しては警備上の問題も考えているんだろうから、文句《もんく》なんてひとつもない。

服に関しては、びっくりするほど私の好みのど真ん中だ。仕立てのよさや布の肌触りからして、とても高価なものだろう。これがいわゆるプレタポルテってやつですか……。部屋着にするのは、庶民の私にはとてつもなく緊張することでございます。トマトソースを飛ばしたらどうしよう。

というわけだから、きっと下着も……と考えて、思考停止する。

もしかしてあれも彰一が選んだ？　っていうか、サイズぴったりだよ？　なんで彰一が知ってるの？　と恐ろしいことに思い至ってしまった。

ちなみに、あの日着ていた服は、彰一によって、問答無用で廃棄《はいき》処分されてしまったらしい。らしいというのは、私が寝てる間に決行されたから、この目では見ていないのだ。

『あんな変態に触られた服、見るのも嫌だろう？　いや、仮におまえが平気でも俺が絶対に嫌だ！』

そんなわけで、病院に借りていた寝間着から、彰一が用意してくれた服に着替えて病院を出た。

あのときの彰一のふてくされた顔を思い出したら、笑いが込み上げてきた。

「なんだよ、急に笑いだして」

「ごめん、ごめん。ちょっと思い出し笑い。あ、ねぇ、一個だけワガママ思いついたよ。お願いしていい？」

「ああ。いいぞ。おまえのことだから、おやつのことか、今晩のメシのことか、だろう？」

「ざんねーん。違います！　あのね、絵が描き上がったら見てほしいの。それでどこがいいとか悪いとか、教えて？」

軽い感じで「いいぞ」って返事が返ってくると思ったのに、私の予想に反して、彼は難しい顔をして腕組みをしてしまった。

「あ、あれ？　ごめん、もしかして迷惑だった？　じゃあ、いまのお願いはなしで……」

「馬鹿！　嫌なわけないだろ！」

「え？　じゃあ、なんでそんなに怒ってるの？」

すごい怖い顔してるけど、という一言は呑み込んだ。

「怒ってない！　おまえが可愛いこと言うから、どういう顔をしていいかわからなくて困ってるだけだ！　少しはわかれよ！」

ええええええ！

それは無理難題すぎるでしょう！　だいだい彰一の中の『可愛い』の基準がさっぱりわからない。

＊＊＊

彰一とのやり取りのあと、私はさっそく窓辺で絵を描きはじめた。

彰一は持ち込んだノートパソコンでなにかしたり、ボディガードのふたりと打ち合わせしたり、誰かに電話をかけたりしている。

おしゃべりはしないけれど、当たり前のようにすぐ側にいてくれる。ふとしたときに目が合って微笑《ほほえ》み合う。そんな穏やかで優しい午後を過ごした。

「完成したよ、彰一！　ほらっ」

難しそうな外国の雑誌を読んでいた彰一に向かって声をかけた。

スケッチブックを両手で胸の前へ掲《かか》げて、彼に見えやすいようにする。

「はじめて描いたにしては、まぁいいんじゃないかなって思うんだけど、どう？」

「俺は専門的なことはよくわからないが、この絵は好きだ。穏やかな雰囲気がよく出ていると思う。それに森の針葉樹《しんようじゅ》、このあたり繊細でいいな」

「変なところとか、ないかな？」

描いた本人としては、あちこちに小さなミスがあるんだけどね。それは私の事情だし、いまは彰一の素直な感想を聞きたい。

「あるわけないだろ。こんな綺麗なのに」

「あ、あ、ありがと……。なんかそんな風に言われると照れるな」

いざ感想を聞いてみると嬉し恥ずかし、だ。

「なぁ、もしよかったら、この絵、俺にくれないか？　オフィスに飾りたい。――いや、自宅の書斎のほうがいいかな、眺める機会が多いから」

「え！　あげるのは全然かまわないんだけど、っていうよりほしいって言ってもらえるのは嬉しいんだけど、本当にいいの？　彰一のオフィスも書斎も、すっごい高級感溢《あふ》れてるんじゃない？　部屋の雰囲気を壊し……」

「それ考えすぎ。ご期待に添えなくて悪いが、俺のオフィスと書斎は機能優先シンプル第一がコンセプトです。おまえの絵を飾ったら華やぐな。悪くない」

「そんなにシンプルなの？」

「ああ。たぶん、おまえが思い描いているのとはまったく違うと思うぞ？」

と、どこか得意げだ。本家の屋敷は気後《きおく》れするほどの豪邸で隅々まで高級感が漂《ただよ》ってるし、藤園のホテルだってどこもラグジュアリーな空間だ。だから、その頂点にいる彰一がシンプル第一なんてちょっと不思議。

「まぁオヤジからは、箔《はく》がつくものを持ったり飾ったり、もう少しハッタリかませみたいな小言をもらうけど、そんな余計なことでストレスを溜《た》めたくない。自分の好きなようにするのが一番だろ？」

「そういうの、彰一らしい」

どこでも変わらない彰一が頼もしかった。こんな風に自分をしっかり持っている人っていいな。私もなれるかな、なんて憧《あこが》れに似た気持ちも湧《わ》いてくる。

「じゃあさ、彰一のための絵を私に描かせてくれない？　オフィス用と書斎用でとりあえずふたつ。私が描きたくて描いた絵を彰一にもらってもらうんじゃなくて、彰一のために描きたい！」

思い切って打ち明けたのに、彰一は無反応だ。

あれ？　っと思った瞬間、視界が急に暗くなった。苦しいくらいに抱きしめられて、一瞬なにが起きたのかわからず、目を白黒させた。

「な、どしたの、急に。ちょっと苦しい、よ？」

とにかく腕を緩《ゆる》めてほしくて、彼の腕をポンポン叩いてみる。けど、それは逆効果だったみたいで、さらにギュッと抱き竦《すく》められた。

「なんなんだよ、もう」

なんて、ぼそっと呟《つぶや》くけど、それって私のセリフなんじゃ？

「せっかく俺が必死で我慢してるのに。なんでそう殺し文句《もんく》ばっかり言ってくるかな、おまえは」

「なに訳のわからないこと言ってるの。苦しいってば」

「これももらっていいんだよな？」

そう言って、私の手からスケッチブックを取り上げた。

「う、うん。もちろん」

「ありがとう。大事にする」

すごく嬉しそうな顔で言われて、急に頬《ほお》が熱くなる。そんなに喜ばれたら、私だってすごくすごーく嬉しい。この絵は私の手元にあるより、彼の手元にあったほうが幸せだ。そんな気がした。

彼は目を細めてニッと笑うと、スケッチブックをさも大切だというように、丁寧な仕草でサイドテーブルに置く。

「あとでちゃんと額装《がくそう》しないとな。額《がく》選び、手伝ってくれるだろ？　やっぱり描いた本人に選んでもらうのが一番だ」

「そんな大げさな……」

笑い飛ばそうとした頤《おとがい》に、彰一の指がかかる。その指に促《うなが》されて上を向くと、真顔で見下ろす彼と目が合う。

「ほんっとにおまえって……まぁいいか。——好きだ」

唐突《とうとつ》に「好き」と言われて、思考が一瞬吹っ飛ぶ。

「え、ちょっと待った。いま、絵の話をしてたんだよね？　なんでそこからこうなるの？」

彰一はそんな言葉もお構いなしに、どんどん顔を近づけてくる。

あたふたする私に気がついたのか、彼は途中で動きを止めてフッと笑った。傲慢《ごうまん》なくらい自信に満ちた笑顔。悔《くや》しいけど、胸がドキドキする。

「安心しろ。俺の中ではちゃんと繋がってるから」

「え～。納得いかない！」

不満を口にした途端《とたん》、唇を塞《ふさ》がれた。

「んっ！　んんんん！」

私より少し熱い彼の唇はとても甘い。それはまるでチョコレートのようだ。どんなに触れても溶けたりしない、不思議なチョコ。かわりに溶かされてしまうのは私のほう。

「さやか、いいか？」

熱を帯びた声でささやく。彼の腕は私の腰をしっかりと抱き、もう一方は官能的な仕草で背中を愛撫《あいぶ》している。

「ちょっと待って！　まだ夕方……」

「時間なんて関係ない」

関係あるよ！　と言いかけた言葉はキスに消された。

「んっ……」

キスが深まれば深まるほど、思考はとろけていく。

優しい手つきで体のあちこちを撫《な》でる手は、強引に私の中に火を灯していく。

触れ合った唇からくちゅくちゅと小さな水音が漏《も》れると、もう陥落《かんらく》するしかなくて。

結局、今日も私は、まだ陽のあるうちから寝室に連れ込まれてしまったのでした。

八　愛しい彼の大暴走、あるいは大団円

ホテルでの軟禁《なんきん》生活がはじまって五日目。

「移動するぞ」

という彰一の簡潔な一言で大移動することになった。

ずっと同じホテルに滞在《たいざい》するんだと思っていたけれど、それだと見つかりやすいということで別のホテルへ移動するらしい。

いつまでそんな生活をすればいいのかとか、スイートの宿泊代は馬鹿にならないんじゃないのとか、いろんな心配が浮かぶ。

けれど、彰一に訴えても「そんな心配、おまえがする必要はない」と言ってあっさり切り捨てられちゃう。

でも私としては彼になるべく迷惑をかけたくなくて、ひとりで悩んでいた。

移動中の車内で、流れる景色を見るともなしに見ながら、ため息をつく。

途端《とたん》、私の腰に回っていた彰一の手に力がこもった。ぐいと引き寄せられて、彼のほうに倒れる。

「どうした、ため息なんてついて。疲れたか？　それとも退屈《たいくつ》か？」

「え？　なんでもないよ。大丈夫」

あはは、と笑った私の手に、小さな箱がひとつ載せられた。

「あ、これ！」

その箱には見覚えがある。彼が以前、モン・エトワールで購入した、秘密箱。軽く振るとカタカタと音がするから、中になにかが入っているらしい。

「暇ならそれを開けてみろ」

気を紛《まぎ》らわすにはちょうどいいかも。そう思い、彼の提案に乗ってみることにした。

あちこちいじってみるけれど、すぐには開かない。

「意外と難しいなぁ」

「だろうな」

他人事と言わんばかりの軽い相槌《あいづち》が返ってきた。

「説明書は？」

「ない」

「彰一は開け方、覚えてる？」

「覚えてる……でも、自力で頑張れ」

彼はにやっと笑って、冷たい一言を告《つ》げる。「ケチ！」って悪態《あくたい》をついても楽しげに笑うだけなので、文句の言い甲斐《がい》もない。

彼に聞き出すのは早々に諦《あきら》めて、またパーツを動かしはじめたけれど、全然開く気配はない。なんて精緻《せいみつ》な箱なんだろう。さすが店長が一目惚《ひとめぼ》れして買いつけただけあるわ！

結局、箱は開けられないまま次の滞在《たいざい》地に到着してしまった。

＊＊＊

「おー！　この部屋もいい眺めだねぇ！　すごい！」

部屋に入るなり、ついテラスに直行しちゃったのは仕方がない。だって、目の前には大海原《おおうなばら》。水面がキラキラと光ってるんだもん！

「ねぇ彰一！　あとで砂浜を散歩したい！」

「おまえなぁ。なんのために、ここに泊まってると……」

「わかってるけど……。歩きたいの！　ねぇ、夕方とかダメ？　暗かったら顔なんて見えにくいでしょ？　あ、変装しようか！　サングラスと帽子あるじゃない！」

「……馬鹿か、おまえ。夕暮れにサングラスと帽子だ？　余計目立つだろうが！」

呆《あき》れ顔で小突かれた。冗談の通じないヤツだなぁ。

ちょっと前の私だったら『人のこと馬鹿にして！』って憤慨《ふんがい》してただろうけど、彰一の気持ちがわかったいまは腹立たしくもなんともないから不思議だ。

「ねー、ダメ？」

絶対ダメって言われるよねぇと思いつつ、もう一回押してみた。

「――わかった」

「えっ！」

予想外の返事だったから、思わずまじまじと顔を覗《のぞ》き込んでしまう。

不機嫌そうなしかめっ面だけど、ちょっとだけ頬《ほお》が赤い。

「なんだよ、その反応。不満なら散歩はなしだ」

「わ、わわわ！　違うよ！　不満じゃないよ！」

むくれた彰一の顔は客観的に見れば怖いけど、惚《ほ》れた欲目で見ているのでとても可愛く思えたりする。ああ、我ながら、思考回路が変だ！

「ありがとう、彰一。夕方が楽しみ！」

素直な気持ちを告《つ》げたら、彼はますます気難しい顔になった。けれど、頬《ほお》もますます赤くなったのでちょっと嬉しい。最近、気がついたことなんだけど、彰一は意外と照れ屋さんなんだよね。照れてるから言葉は短く、乱暴になってしまう。けど、その奥には色々な配慮《はいりょ》が隠れている。いままでそれに気づかなかった自分が悔《くや》しい。

「どうした？　寒くなってきたか？」

急に黙り込んだのを不審《ふしん》に思った彼が顔を覗《のぞ》き込んできた。

「なんでもないよ。大丈夫」

「大丈夫なもんか。――ほら、肩がこんなに冷えてる」

ノースリーブのワンピースを着ているから、剥《む》き出しになっている肩は確かに冷えていた。肩に回された彼の手がとても熱い。

「部屋に入るぞ」

「え？　ちょっと！　下ろして！」

「うるさい」

有無を言わさない強さで抱きかかえられ、そのままリビングに運ばれてしまった。

恥ずかしいやら悔《くや》しいやらで、顔が熱い。きっといまの私は真っ赤な顔をしているだろう。

満足げな顔で彰一が笑っている。

「あのぉ……」

「んー？」

「そろそろ下ろしてくれない？」

「なんで？」

なんでって！　なんでって言いましたか、いま！

「あのさ、この状況おかしいと思わないの？」

「別に？」

いや、絶対におかしいでしょう？　私が現在座っているのは、ソファ……に座る彰一の膝の上。お姫様抱っこという羞恥心《しゅうちしん》を刺激されまくる抱き方でテラスからリビングへ運ばれ、そのあと彰一は私を抱いたままソファに座った。

そうして私はいま、膝の上に座るという体勢では上手くバランスがとれなくて、彼の首にしがみついているのであります！

顔近いよ！　すごく近いよ！

長いまつげが震えるところとか、なにかの拍子《ひょうし》に上下する喉仏《のどぼとけ》とか、シャープな弧を描く顎《あご》のラインとか、間近で見放題であります！　……ああ、スケッチしたーい！

思わず感嘆《かんたん》のため息を漏《も》らしたら、「なんだ？」と顔を覗《のぞ》き込まれてしまった。

それでなくても熱い頬《ほお》がさらに熱くなったので、そろそろ私の顔色はリンゴ級の赤さを通り越して、ゆでだこ級かもしれない。

「いや……なんでもない、です」

「本当に？」

見下ろしてくる黒々とした目は複雑な色をしていた。黒に近いけれど黒じゃない。

吸い込まれそうな色で――

「なぁ、さやか。俺にご褒美《ほうび》は？」

「はいぃ？」

言われた意味がわからなくて、変な声が漏《も》れた。

「おまえの浜辺を歩きたいってワガママを聞いてやるんだから、そのぐらいあってもいいだろう？」

「そそそ、それは、その……」

つまり、夕方の散歩と引き換えになにかを差し出せと？　でも、私が持ってるもので、彰一が欲しがるものなんて……

「キスひとつで手を打とう」

なんて。偉そうな口調なのに見下ろしてくる眼差《まなざ》しは優しくて、しかも艶《つや》にまみれている。

「嫌か？」

そんな聞き方はずるい。

「……嫌なわけないじゃない。彰一の意地悪」

「じゃあ、してくれよ、おまえから」

耳元でささやく声がやけに色っぽくて、体の奥がぞくりと震えた。

「わ、わかった」

そう言って私はゆっくりとソファから降りた。

さて、どうするんだ？　――彰一はそんな目をして私の動きを追っている。

彼の正面に向かい合って立ち、彼の両太腿《ふともも》の外側にそれぞれの膝をつく。ソファが少し沈んでバランスを崩しそうになったけれど、彼の両肩に手を置いて体を支えた。そうして彼の体を挟む格好で膝立ちになると、彰一を見下ろすことになる。

下から期待に満ちた顔で見つめられるのは、なんともやりにくい。

「どうした？」

彰一は甘い声音で含み笑いする。余裕綽々《よゆうしゃくしゃく》の顔で、面白がるように口の端をわずかに上げている。

「な……んでもない」

そうだよ、そうだよ、キスぐらいなんでもない！　この前だって自分からしたしね。平気、平気。

こういうのはね、変に気構えるとダメなんだよ！　勢いでいっちゃえ。

よし、と気合を入れて目を伏《ふ》せる。情緒《じょうちょ》も色気もへったくれもないけど、まぁそこは許してください な。

待ち構えるように上を向いた彼の唇に、恐る恐る触れる。少し触れ合って、すぐに体を起こそうとしたのに……

「んむっ⁉」

体を離そうと思った瞬間、彰一の手に後頭部をがっちり押さえられてしまった。

「んっ、んんん！」

彰一の肩を拳《こぶし》で叩いて抗議しても、一向に手は離れない。それどころかもう一方の腕はしっかり腰に回っていて、彼のほうに強引に引き寄せられた。

途端《とたん》にバランスを崩し、彰一の下腹部に座り込む形になってしまう。それだけでもびっくりなのに、彰一は大きな手を私のお尻に回して、さらに密着するようにぎゅっと引き寄せる。

胸もお腹も、そして下腹部も、すべて密着して隙間なく彼の熱を感じた瞬間、とある光景が脳裏にぱっと思い浮かんだ。彰一に言われるがまま彼の上に乗って、下から何度も突き上げられ、あられもなく喘《あえ》いだ昨夜の……

いやあああああ！　私ってばなんてことを思い出すの！

「んっ、んーっ！」

これ以上キスなんてしてたら危険。まだまだ陽は高いんだから、なんとしてでも危機は回避しないと。せっかくの爽《さわ》やかな午後が爛《ただ》れた午後になっちゃう！

頭ではそう思うのに、体は拒むどころか、徐々に応《こた》えはじめてしまっていた。

彰一は薄く開いた唇の隙間から舌をちろちろと差し入れてくる。彼との口づけに慣れてしまったせいで、唇をぎゅっと引き結んだままでいるのは難しい。

気がつけば、彼の舌を誘うように自分の舌を絡めていた。

「んっ……あ……」

息継《いきつ》ぎの合間に漏《も》れる声まで、うわずって鼻にかかってしまう。

官能的な眩暈《めまい》に、理性が流されそうになった瞬間――

部屋に漂《ただよ》う甘さを切り裂《さ》くように電話が鳴った。

＊＊＊

「チッ。――時間切れか」

驚いて飛び上がる私と違って、彰一は忌々《いまいま》しそうに舌打ちをするだけ。電話の主が誰なのか、わかっているみたい。

「え？　なに？　時間切れ？」

「話はあとで。少し待っててくれ」

彰一は携帯を手に取ると、通話をはじめながらリビングを出て行った。廊下からくぐもった声は届いてくるけれど、内容までは聞こえない。

「さやか。急で悪いんだが、いまから来客がある」

「あ、そうなの？　じゃあ、私、どこか別の部屋で大人しくしてるね」

仕事関係の来客だろうと思い、慌ててテーブルの上を片づけはじめる。

「来客は沙智子さんだ」

「沙智子おばさま⁉　……ってあれ？　もう二週間も経ったの⁉」

いろいろなことが起こりすぎて、最近日にちの感覚がなくなっていた。でも、数えてみると確かに、彰一が私の前に現れてから、今日で二週間だ。

「おまえに無断で悪いとは思ったんだが、ことがことだけに沙智子さんには話しておいた。そしたら帰国したその足で、このホテルに寄ると言い出して。とりあえず、今後のことも含めていろいろ話し合おう。な？」

彼の言葉に頷《うなず》きながら思う。

そっか……こうやって彰一と生活する時間がずっと続くと思っていたけど、彼の休暇ももう終わりなんだ。そういえば彰一はそもそも、沙智子おばさまの家を買い取りたくて、私の説得に来たんだっけ。田川のことがあってからは、それどころじゃなくなってしまって、交渉を持ちかけられること自体もなかったけれど……

本当は、彰一ならあの家を大切にしてくれるって最初からわかってた。でも、すぐに認めるのは癪《しゃく》で、売り言葉に買い言葉で、ああ言ってしまった。だから、おばさまが来たら私から、「彼はあの家の家主にふさわしいです」と伝えよう。しかも今回のことがきっかけで、長年の彰一とのわだかまりが溶けて、すごくいいチャンスをもらったな。少し照れくさいけど、そのこともおばさまに、きちんと言わなくちゃ。

そんなことを考えているうちに部屋に軽快なチャイム音が鳴り響いた。すると別室で待機《たいき》していたらしい木戸田さんが対応に出る。

彰一は私を腕に抱きながら、木戸田さんと来訪者のやりとりを真剣な表情で見ている。

少しのやり取りのあと、木戸田さんは彰一を振り返った。

「彰一様」

「お通ししろ」

大きく開かれたドアから見知った女性が姿を現した。沙智子おばさまだ。彼女のうしろに控えているのは長年おばさまの秘書を務めている女性で、いままでも何度か顔を合わせたことがある。

「沙智子おばさま！」

「さやかちゃん！　大変だったわね」

「そんな！　わざわざご足労いただいてしまってすみません」

「いいのよ、そんなこと。さやかちゃんに早く会いたくて！」

手を取り合って再会を喜んだ。久々に会う沙智子おばさまは相変わらず若々してく、とても五十代後半には見えない。

「ふたりとも。立ち話もなんですから、どうぞおかけください」

絶妙なタイミングで割って入った彰一に促《うなが》されて、ソファに腰を下ろした。おばさまと秘書、彰一と私がそれぞれ並ぶ形だ。

腰を落ち着けた途端《とたん》、沙智子おばさまが私たちの手元を見て、満足そうに頷《うなず》いた。手がなにか？と不思議に思って視線を向けて、ぎょっとする。ヤバい。ここ数日の癖で彰一と手を繋いでた！

もう遅いだろうけど、慌てて手を離す。

「ん～。そういうこと。上手くいったようね、彰一くん」

「ええ、まあ。おかげさまで」

対する彰一もにやりと笑い返す。私だけ話が見えなくて目を白黒させる羽目《はめ》になった。

ボディガードの羽田さんが淹《い》れてくれた紅茶を飲みながら、これまでのことを話すことになった。

ちなみに筋骨隆々《きんこつりゅうりゅう》で、ちょっと力を入れたらスーツが破れるんじゃないかと思うほど鍛え上げられた肉体を誇る羽田さんは、お茶を淹《い》れるのがすごく上手。こんなことを言ったら失礼かなとは思うんだけど、意外な特技だなとびっくりなのです！

「あの……質問していいですか？」

最初に口火を切ったのは私だ。

「ええ、いいわよ。なぁに？」

「えっと、その……。沙智子おばさまはどうして『二週間以内に私を説得するように』なんて条件を出されたんですか？　家を売るなんて大きなことだし、そうそうチャンスがあるものでもないと思うんです。私のことなんて気にせずに、話をまとめてくださって構わない、というかそれが当然なのに……」

「――そろそろ、種明かしをしましょうね」

おばさまはクスリと笑ってから、詳しい事情を話してくれた。

「二週間前に電話で話したでしょう？　あの家を買いたいと言う方が現れたって」

そう言って沙智子おばさまは、優雅《ゆうが》な手つきで紅茶に口をつけた。

「破格の条件を出してくださったから、正直に言うとちょっと心が揺らいだわ。でも、そのとき思い出したの。声をかけてくれた方よりずっとずっと、それこそ喉《のど》から手が出るほど欲しがってる人が身内にいることを。……正確には、あの家がほしいわけじゃないんだろうけど」

言いながらおばさまは、私の隣に座る彰一にイタズラっぽい視線を向ける。

「そうよね、彰一くん？　あなたは家が欲しかったんじゃなくて、ただ、さやかちゃんがあの家を気に入っているから、気兼《きが》ねなくずっと住めるようにしてあげたかったのよね」

「沙智子さんっ！　ちがっ……!!」

彰一が慌てて沙智子さんを遮《さえぎ》るけれど、その言葉は私にもしっかり届いている。あまりに衝撃的だったので耳を疑ってるけど。

「ふふふ、彰一くん、違わないでしょ？　あなたの考えはお見通しよ。だから、悪いとは思ったけど、あなたの恋が上手くいくように、ちょっとした嘘をつかせてもらったの」

そう言っておばさまは、彰一にウインクする。

私が、ずっと住めるように？　私が、あの家を気に入っていたから？

「ねぇ、どういうこと、彰一」

彰一をじっと見つめると、彼は何度か迷ったあと、ふてくされたような顔で口を開いた。

「……沙智子さんには敵《かな》わないな。俺はどうしようもなくおまえに嫌われていただろう？　せめて快適に暮らせる環境だけは整えてやりたかったんだよ。俺が家主になれば、追い出すなんてことはしない。おまえがあの家を出る気になるまで、ずっとあそこで暮らせばいいと思ったんだ」

「馬鹿……」

あんなに嫌っていて、暴言ばっかり吐いてた私のために、そんなことを考えてくれてたなんて。お人よしすぎるでしょ。

彼の手に手を重ねてギュッと握《にぎ》ると、彰一は困ったような、ちょっと怒っているような複雑な顔になった。

「あらぁ。若いっていいわねぇ」

なんておばさまがはやし立てるから、一瞬で耳まで熱くなった。

「ふふふ。からかってごめんなさいね。話を戻していいかしら？　――彰一くんが昔からさやかちゃんのことを好きなのは知ってたし、好きな子ほどイジメたいって態度を取るものだから、仲がこじれにこじれていたのも知ってた。私としてはね、可愛い甥っ子の初恋を成就《じょうじゅ》させてあげたかったの。いつまで経っても進展する気配もないし、あなたたちももういい歳でしょ？　そろそろ潮時《しおどき》だと思って、いい機会だから発破《はっぱ》をかけてみようかなって。話すきっかけさえあればなんとかなるんじゃないかしら？　そう思ったから、ちょっと条件を出してみたの」

「二週間以内に私を説得するように……っていうやつですね」

そこまで聞くと、彰一は深々とため息をついて、天を仰《あお》いだ。

「なんですか、それ。急に『あの家いらない？』なんて言い出すから、おかしいとは思ったんですよ。それに『急いでるから、二週間で条件クリアして！　できなきゃほかの人に売るから！』なんて。裏があるとは思ったんですが、まさかそんな風に俺を応援してくれてたなんて、ね」

「あらぁ。おかげでさやかちゃんときちんと話せて、納まるところに納まれたんだから怒らないでよ」

皮肉たっぷりの彰一の言葉にも動じず、沙智子おばさまは見事に反撃を繰り出した。

「確かに、沙智子さんの後押しがなかったら、俺たちはまだ犬猿《けんえん》の仲だったと思いますし、それについては感謝しているんですが……」

なんだか納得がいかない、と、彰一は歯切れが悪い口調でもごもご続けた。

「まーったく！　誰だよ！　あの家を買いたいなんて言い出した輩《やから》は！」

その人が悪いと言わんばかりに吐き捨てた。

「田川さんって方よ。けっこう近くにお住まいらしいの。車で三十分もかからないところに住んでらっしゃるって言ってたわよ。なんでも、改装してレストランにしたいって」

世間話をするような何気なさで告《つ》げられた名前に、彰一と私が凍りつく。

「た、がわ……さん？」

「ええ。そうよ。電話で話しただけだけれど、礼儀正しい方だったわよ。それが……どうかした？」

血相《けっそう》を変える私たちを、怪訝《けげん》そうに交互に見比べる。説明したいのに、頭が混乱してうまい言葉が見つからない。

「あ……んの野郎！」

歯ぎしり交じりに吐き捨てた彰一は、すぐに気を取り直して彼女に説明をはじめた。

「沙智子さん、そいつが今回の一件の犯人ですよ」

その言葉に今度は沙智子さんが血相《けっそう》を変えた。

「まさか……。おい、さやか。申し訳ないが、実家に電話して聞いてみてくれないか？」

「な……に、を？」

「おまえ、ちょっと前に見合い話が持ち上がったよな？　その見合い相手が誰だか聞いてくれ」

なんで私の見合い話を知ってるの？　と思ったけど、いまはそこに突っ込んでいる場合じゃない。

「う、うん……わかった」

「俺の携帯を使え」

例によって私の携帯は壊されたままだ。特に必要も感じなかったので、まだ新しいものは買っていない。彼から携帯を受け取って実家の電話番号を入力する。通話ボタンを押すと、ルルルル、と軽快な呼び出し音が耳に届く。

今回の事件のことは、心配をかけたくないからまだ両親に話してないし、彰一にも固く口止めをしている。できることならこのままずっと黙っていたいくらいだ。

この前のお見合いの相手の名前を聞くだけだ、簡単、簡単！　自分にそう言い聞かせるけど、どこからかボロが出て、怪《あや》しまれたらどうしようなんて不安が湧《わ》いてくる。

『はい、藤園でございます』

「あ、お母さん？」

聞き慣れた母の声だ。

『さやか！　携帯替えたの？　番号が違うじゃない。替えたなら言ってくれないと……』

早速小言がはじまった。一度はじまったら長いので厄介《やっかい》だ。早々に遮《さえぎ》って本題に入ろう！

「違うの、これ彰一の携帯なの。いまちょっと借りて電話してるの！」

慌てて口にしてからハッとした。ああ、もう！　私ってばなんで正直に言っちゃうかな！

『え？　あ、あら？　彰一くん？　彰一くんって、あの彰一くんよね？　百合さんのところの。あらあらあらあら！　いつの間に仲直りしたの？　嫌だわ〜、そういうめでたいことは早く知らせてくれなくちゃダメじゃないの！　そう、とうとう仲直りできたのねぇ。さやかって強情だから……』

「お母さん！　その話はまた今度、ね？　借りてる電話で無駄話したら通話料がもったいないでしょ？　あのね、ちょっと聞きたいことがあるんだけど……」

立て板に水の勢いでしゃべりはじめた母を遮《さえぎ》って、本題に入る。

『お見合いの相手？　ああ、たしか田川さんておっしゃる方だったわよ。写真を見たけど、なかなかハンサムでね……』

ああ、彰一が確認したかったのってこれだったのか。母の話を聞いて納得した。

携帯を持つ手から、みるみる血の気が引いていく。

――そこから先の会話はあまりよく覚えていない。動揺しているのを母に気取られないように、必死で明るい受け答えをしたことだけはよく覚えているけれど。

「俺の勘《かん》、当たってたみたいだな」

こくんと頷《うなず》いて、彼の横に腰を下ろす。途端《とたん》、ぎゅっと強く肩を抱かれた。こうして彼の体温に包まれていると安心する。

「ごめん。やっぱり俺が電話するべきだったな」

「ううん。いいの。彰一が電話したら、うちのお母さん、大騒ぎしちゃうよ。そうなったらなかなか本題に入れないよ？　いまだって、すごかったんだから」

大丈夫。いまだって冗談が言えた。

「お見合いの相手、田川さんでした」

正面に座る沙智子おばさまに向かって告《つ》げると、彼女は驚いたように目を見開いた。

「どういうことなのかしら。理解に苦しむ行動だわ」

おばさまは難しい顔をして腕を組んだ。

「これは俺の考えなので、必ずしも正しいとは限りませんが、おそらくこういうことだと思います」

と前置きしてから、彰一が話し出した。

「田川はまずさやかの住む家の新しい持ち主として登場するつもりだったんだろう。新しい住まいを探す手伝いや、家の引き渡しの際のやり取りで親密になることを期待したかもしれないし、もしかしたら、ここをレストランにするつもりだが、内装の相談に乗ってくれないかなんて持ち掛けるつもりだったかもしれないし、ヤツの家に下宿すればいいなんてことまで勧めてきたかもしれない。きっかけさえ掴《つか》めば、あとは親密になる機会なんていくらでも作れる」

彰一の言うことは、ありえないことじゃない。

自分の知らないところでアイツの影が蠢《うごめ》いていたなんて、想像しただけでぞっとする。

「しかし、この話はまとまらなかった。だから、ヤツは次の手に出た。つまり、さやかの見合い相手として近づく計画に切り替えたわけだ。ところがこの見合いも早々に断られてしまった」

「そのうえ、彰一くんという存在まで現れて、彼は焦《あせ》った。そういうこと？」

おばさまの言葉に対して、彰一は忌々《いまいま》しそうに頷《うなず》く。

「くそっ！　ダメだ！」

いきなり彰一が大声を出すから驚いた。

「な、なに⁉」

「ダメだ。やっぱり、このままじゃ不安だ。おい、さやか。家に来い！」

「え、う、うちって……本家に⁉」

「そうだ。あそこなら警備体制が整ってる。安心だぞ！」

いやいやいやいやいや、そうじゃなくて！

「そんな迷惑かけられないよ！　だいたい、ご厄介《やっかい》になる理由がないじゃない！」

「なにを言ってるんだ、おまえは。俺の恋人だろうが！　恋人が同居したって大した問題じゃないだろう？　安心しろ、俺の住まいは母屋《おもや》じゃなくて離れだ。誰にも邪魔をされず、ふたりっきりで暮らせるぞ？」

「しょ、しょーいち！」

沙智子おばさまの前でなんてことを言うの！

「仲がよくていいわねえ。あー、私も主人に会いたくなっちゃった」

焦《あせ》る私をよそに、おばさまは楽しそうに声を上げて笑う。

「さてと。そろそろお暇《いとま》するわね。夫婦喧嘩《げんか》は犬も食わないって言うでしょう？　あとはふたりで思いっきりやってちょうだい。——家の譲渡《じょうと》の話は白紙ってことでいいわよね？　さやかちゃんが本家に住むなら、彰一くんはもうあの家に興味ないものねえ。というわけで、あの家はほかの方にお譲《ゆず》りすることになると思うけれど、それは許してちょうだいね」

からかわれて、彰一は一瞬怯《ひる》んだけれど、すぐに真面目な顔になる。

「その話ですが、やっぱりあの家を譲って頂きたい気持ちに変わりはありません。さやかに新しい家主と認められたら、約束通りお願いしてもいいですか？」

「ちょっと彰一！」

慌てて話に割って入る。彰一はあの家を大切にしてくれるとわかってるし、家主にふさわしいとは思う。でも――

「あなたが本当に望むなら、私は構わないけれど……。さやかちゃん、あなたはどう思う？」

おばさまは困り顔で私のほうを見る。

「一緒に暮らしていた間、彰一は細かなところによく気づいて手入れしていたし、大切にしてくれると思います。でも、私のために譲り受けたいと言っているなら、新しい家主と認めることはできません」

そんな理由で、こんな大きな買い物をさせるわけにはいかない。さっきのおばさまの話からして、ほかにも譲るあてがあるようだったし。あの家を離れるのは少し寂しいけど仕方ないことだ。

そう思いながら彰一を見たら、彼はとても優しい目で私を見ている。

「さやか、俺はおまえの思い出が詰まったあの家で、これからもふたりで暮らしたい。それに、あの家がなければ俺たちは一生すれ違い続けていたかもしれない。俺にとっても、あの家はもう大切な思い出の一部なんだ」

ふわりと頭を撫《な》でられて、胸が高鳴る。そんな風に思ってくれているなんて、すごく嬉しい。

「彰一くんもあの家を大事に思ってくれているのね。そういうことなら私は、あなたに譲ろうと思うわ。いいかしら、さやかちゃん？」

「え、あ、はい……」

ふたりして、とても温かい目で私を見つめてくるから、意地を張っていられなくなってしまった。

「沙智子さん、ありがとうございます。田川の一件があるので早急にセキュリティ設備を整えて……その間はしばらく本家に住もうと思いますが、半年ほどでまたあの家に戻るつもりです」

彰一がそう言うと、おばさまは満足そうな顔をして席を立つ。

「あの家をよろしくお願いします。そうそう。しばらく日本に滞在《たいざい》するつもりだから、落ち着いたら今度はのんびり遊びましょうね、さやかちゃん」

振り向いてそう言うと、私の返事も聞かずに颯爽《さっそう》と踵《きびす》を返す。あまりに鮮やかな退席で一瞬ぽかんとしちゃったけど、慌ててあとを追った。

「沙智子おばさま！　今日はありがとうございました。お会いできて嬉しかったです。今度はもっとゆっくりお会いしましょう」

「ええ、楽しみにしているわね！　見送りはここまででいいわ。あんまり人目についたら、隠れている意味がなくなっちゃうもの」

秘書の女性を従えて、彼女は帰っていった。

「沙智子おばさま、相変わらず素敵だったねぇ」

ひとりごちてリビングへ戻り、冷めた紅茶を一口飲んだ。隣の彰一も私につられたように、カップへ手を伸ばす。

「彰一様、さやか様、淹《い》れ直しますから、そのように冷めた紅茶は……」

羽田さんが遠慮がちに声をかけてくれる。

「ありがとうございます。でも、冷えた紅茶も美味《おい》しいですから」

喋りつかれた喉《のど》に、ひんやりとしたお茶は心地いい。

「では、アイスティーをお持ちしましょうか？」

ありがたい申し出に一も二もなく飛びついた。

「では、少々お待ちください」

彼がキッチンへ行ってしまうと、あとに残ったのは彰一と私だけ。

そんなに長い時間じゃなかったけれど、衝撃の事実が次々と明るみに出たせいで、頭の中はまだ混乱状態だ。

けれど、ここでうやむやにしてはいられない。

気を取り直して彰一に向き直る。

「しばらくの間とはいえ、いきなり本家に居候《いそうろう》なんて無理だよ！」――と言いたかったのに。開こうとした口は彰一の人差し指に塞《ふさ》がれた。

「んむっ⁉」

「なぁ、さやか。おまえは俺と暮らすのが嫌か？」

嫌なわけないじゃない。

昼から彼の指を引き剥《は》がして、詰め寄った。

「嫌なわけないでしょ！　嫌なのはなんの相談もなく強引に決められちゃうことと、展開が早すぎること。大事なことなのに、勢いだけで決めたくない。もっとゆっくり考えたいの！」

「――なんだ。そんなもの、あとで悩めばいいだろう？」

「ななな、なによっ！　この朴念仁《ぼくねんじん》！　少しは私の気持ちも考えてよ」

「そっちこそ、なんなんだよ、このわからずや！　おまえのことが心配なんだから仕方ないだろう!?　俺の休暇も終わるし、そのあとも側にいてもらいたいって思ってどこが悪い！」

「うっ！」

悔《くや》しいけど言い返せない。なんでそんな殺し文句《もんく》を喧嘩腰《けんかごし》で言うかな。

「彰一の……ばかぁ！　ずるい。ずるい。ずるい！　そんなこと言われたら、頷《うなず》くしかないじゃない！」

叫んだ途端《とたん》、思いっきり抱きしめられた。

腕の力が強くてちょっと苦しいけれど、でも彼の腕の中は心地よくて大好きだ。

「なんて罵《のの》られても構わない。おまえが俺の側にいてくれるなら。俺がどれだけ初恋をこじらせて、おまえへの想いを募《つの》らせていたか、もうわかってるだろ？　いままで遠回りしたぶん、少しでも長く一緒にいたいんだ」

「……大好きだよ、彰一」

ちょっとずるいかもしれないけれど、答えを濁《にご》してそう言った。

正直なところ、今日の今日で、本家に住むなんて大きな決心をつけることはできそうにない。

でも、きっと、いつか必ず――

九　小箱の中の奇跡

沙智子おばさまが部屋に来てくれた翌朝。

私たちは次の滞在《たいざい》先に向かうため、チェックアウトの準備をしていた。まあ、私が寝不足でぼーっとしている間に彰一が全部してくれたんだけど。寝不足なのは、その……つまり彰一のせいなわけで……

彰一の休暇は今日で終わりなので、彼の会社近くのホテルに移ることになった。彰一は、本家の実家に連れて行きたがっていたけれど、まだ私の心が決まらなくて……。セキュリティが厳重なところを選び、念のためボディガードもつけられることに。あの事件から、そろそろ一週間が経とうとしている。彰一のもとにかかってくる、ご機嫌伺《うかが》いらしい電話も減ってきたし、少しずつほとぼりは冷めてきていると思うんだけれど、念には念を入れてってことで。

支度《したく》を整えて一階のロビーに行くと、ちょうどチェックアウトの時間だったので少し混雑していた。といっても広いから窮屈《きゅうくつ》な感じはない。

彰一と私は、その一角に座ってガラスの向こうの海を眺めていた。空は海と同じくらい青々としている。

　すると、彰一の携帯が鳴った。正確には彼のジャケットの胸ポケットから、ブーッ、ブーッと震動音が聞こえた。

　取り出して画面を見た途端《とたん》、彰一は忌々《いまいま》しそうに舌打ちする。

「悪い。ちょっと席を外す。なにかあったら大声で助けを呼ぶんだぞ？　いいな！」

「う、うん。わかった」

　車を取りに行った木戸田さんや羽田さんも、もうすぐ戻ってくるだろうし心配はないはず。

　うしろ髪を引かれるように何度も振り返りつつ、人のいないほうへと歩いていく彰一を苦笑いで見送った。

　彼の姿も見えなくなったし、また海でも眺めようかと椅子《いす》に座り直した瞬間、ハイヒールの甲高い音が耳に届いた。その音は見る間に近づいてきて、すぐ側で止まる。

「ちょっと、あなた！」

　苛立《いらだ》たしげな声が降ってきた。

　え？　これって私に対して声をかけてるの？　こんな場所に、知り合いはいないはずだけど……

　不審《ふしん》に思いながら振り返ると、ひとりの女性が憤懣《ふんまん》やるかたないといった顔で立っていた。

「莉愛《りあ》さん？」

　名前を呼ぶと、彼女は忌々《いまいま》しげに顔をしかめる。

莉愛さん、というのは、彰一の従妹《いとこ》で私より四歳ほど年下の子だ。とても明るくて可愛い子で、ちょっとワガママなところはあるけれど、みんなに好かれている。けれども、なぜか昔から私だけは嫌われていて、みんなに向けるような笑顔を向けてもらったことがない。

「どうしてここに？」

「そんなこと、どうだっていいでしょう！」

ぴしゃりと言い返されてしまった。

周りを通り過ぎる人々が、彼女の大声に驚いてこちらへ視線を向けてくるけれど、本人はまったく気づいていないらしい。

どうでもいいと言われてしまったら取りつく島もない。さて、どうしようと思った矢先――

「この……身のほど知らず！」

いきなり罵声《ばせい》を浴びせられる。

「彰一兄様とさっさと別れなさいよ！　あなたみたいな平凡な人間が、兄様にふさわしいわけないじゃない！」

いきなりはじまった糾弾《きゅうだん》を、私はなすすべもなく聞いていた。

「兄様はね、とある名家のお嬢様との婚約が決まりかけてたのよ！　それを邪魔するなんて、あなたはなんなの？　あなたに彰一兄様を幸せにできるだけの力があるっていうの？　藤園でも末席も末席、お情けで一族に入れてもらっているような家の娘にいったいなにができるっていうの！　あなたでは兄様を幸せにできない。それどころか、足手まといよ！」

彼女の言葉が胸にぐっさりと刺さる。彼女の言う通り、私は彼の足手まといかもしれない。彼を幸せにするなんて無理かもしれない。そんな気持ちが湧《わ》いてきた。

「だいたいね、兄様と付き合うということは、ゆくゆくは藤園本家に嫁《とつ》ぐかもしれないということなのよ？　兄様に喧嘩《けんか》ばかり売っていた愚《おろ》かなあなたが本家の嫁？　冗談じゃないわ！　どうせ浮《うわ》ついた気持ちで付き合ってるんでしょう？　覚悟もないくせにしゃしゃり出てこないで。わかったら、別れなさい！」

言うだけ言ってスッキリしたのか、莉愛さんはふぅ、と大きなため息をついた。

本家の嫁……覚悟……

突然そんな重々しい言葉を投げかけられて動揺してしまう。ここ数日、彰一とふたりきりで過ごしてばかりいたから、彼がどういう立場にある人間か忘れていた。でも、思い出してみれば確かにそうなのだ。親戚が集まる場で見る彼は、私とはまったく立場の違う手の届かない存在で……

――私は本当に彰一と付き合っていていいのだろうか。みるみる自信がなくなっていく。

「莉愛！」

私たち二人の間を裂《さ》くような鋭《するど》い声が飛び込んでくる。

声のしたほうを向くと、険《けわ》しい顔をした彰一が足早にこちらへ向かっていくのが見えた。そのうしろには木戸田さんと羽田さんの姿も見える。

「莉愛！　お前、どうしてこんなところまで来たんだ！」

「兄様！　だって、兄様に会いたかったんだもの。二週間も音信不通だなんて酷《ひど》いわ！」

彰一の厳しい声を物ともせず、彼女は甘えたような口ぶりで駆け寄ろうとする。

そうして、遊びに連れていけとか、買い物に行きたいとか、次々に言い募《つの》る。彰一は冷たい態度を取っているのに、まったくめげない彼女はある意味すごいと思う。

「邪魔だ。帰れ」

おしゃべりを短い言葉で遮《さえぎ》った彼は、羽田さんに向かって、

「家まで送ってやってくれ」

と言うと、莉愛さんを彼のほうに押しやった。

「かしこまりました」

こんな事態には慣れっこなのか、羽田さんはまったく動じない。渋る彼女を宥《なだ》めすかして外へ連れ出してしまった。

「大丈夫か、さやか。アイツになにかされてないか？」

「あ、うん……。大丈夫。なにもなかったから」

ないと言ったら嘘になる。でも、彼女に言われたことを彰一に言う気にはなれなかった。

「本当に？」

「うん」

短く答えてあとは黙る。下手にしゃべったらばれちゃいそうだから。

しばらく疑わしそうな目で私を見つめていたけれど、埒《らち》が明かないと思ったのか、

「まぁ、いい。そういうことにしておこう。とりあえずは、な？」

と肩を竦《すく》めた。

急場をしのげたことにホッとして、私は小さくため息をつく。

「それより……悪かったな。お前をひとりにして。いまの電話、沙智子さんからだったんだ。莉愛に俺たちの居場所がバレたから気をつけてくれって。アイツ、おまえと俺が一緒にいると知るや、すごい形相《ぎょうそう》で飛び出したらしいんだ」

「そっか。――沙智子おばさまにも心配かけちゃったね」

そう言った途端《とたん》、頭を小突《こづ》かれた。

「人のことはいいから、まず自分の心配しろよ。馬鹿！」

さっき莉愛さんには自分のことしか考えてないって言われたばっかりなんだけどなぁ。反対のことを言われて、苦笑いが漏《も》れた。

「おい、さやか。本当に大丈夫なのか？　おかしいぞ？」

「やだなぁ、彰一ってば心配しすぎ。そんなに顔をしかめてたら、眉間《みけん》にシワができちゃうよ？」

こんな風に……と言いながら自分の眉間《みけん》をギュッと押す。そしたら予想以上にクリティカルヒットな変顔になったらしく、彰一は口を覆《おお》って笑いをこらえている。

「ね、ほら、早く行こ？」

「ああ、そうだな」

彼の腕を引いて、ロビーを突っ切った。

さっき莉愛さんから言われた言葉が胸に渦巻《うずま》いていたけれど、それを悟られないようにことさら元気なふりをして――

＊　＊　＊

木戸田さんが運転する車に乗り込み、次に滞在する予定のホテルに向かった。

ホテルに着くと、彰一は少し仕事を片づけるというので、私はリビングでまだ開けられない秘密箱と格闘していた。窓が大きくて自然光がよく入る居心地のいい場所だ。

「今日こそは開けたいんだけどな」

ここを、こう。ここをこっちに。そんな風に指を動かしながらも、頭ではまったく違うことを考えていた。

さっき莉愛さんに言われたことが頭を支配している。

私は彰一にふさわしくない。彼の足を引っ張る――

そして一番心に引っかかるのは、彼と結婚すると考えた場合、付随《ふずい》してくる諸々《もろもろ》のことだ。

彰一とずっと一緒にいたい、なんて恋心だけで盛り上がっていたけれど、現実はそう甘くない。

悔《くや》しいけど、彼女に指摘されるまで気づきもしなかったというダメっぷりに自己嫌悪だ。

――私に覚悟はあるの？

彰一に頼り切って守ってもらうのでは、ただのお荷物だ。

私は、彼と一緒にいていいんだろうか？

それで彼は幸せなんだろうか――？

「もうちょっとだと思うんだけど、開かないなぁ」

滲《にじ》みそうになる涙を、手元をじっと見つめることでこらえる。

たぶん、あともう少し。

開けられたらなにかが変わるんじゃないかと思えて、ついついむきになってしまう。

こんな小さな箱に奇跡が入ってるわけないのにね。

「もしかして、ここ、かな？」

箱の側面の一部に指を置き、ちょっと力を込めたら見事、横にスライドした。途端《とたん》、ぱかっと蓋が開く。

「やった！　開いた！」

嬉しくて独り言がぽろっとこぼれた。

中から出てきたのは、古ぼけたおもちゃの指輪と、黄ばんだ便箋《びんせん》が一枚。

「あれ？　これ……」

その指輪には見覚えがあった。

あれは確か、幼稚園のころ、彰一と私、それから私の母と、彰一の家の家政婦のキミ代さんの四人で縁日に出かけたとき――

お面を売っていたお店の隅っこに並べられていた、おもちゃの指輪。そのうちのひとつ、ダイヤモンドのようにキラキラ光る石（といってもただのプラスチックだけど）がはまった指輪に目を惹《ひ》かれた。薄暗いオレンジの光を反射して、角度によって色を変えて煌《きら》めくそれに、私は一目で夢中になった。しかし、その指輪を見つけたときには、お小遣いはもうほとんど残っていなかった。それで仕方なく諦《あきら》めたのだけれど……

そのとき、欲しくて仕方なかった指輪にとてもよく似ている。

私はその指輪をテーブルに置いて便箋《びんせん》を広げた。かさかさと乾いた音が部屋に響く。

『だいすきな　さやちゃんへ』そんな書き出しだった。

『だいすきな　さやちゃんへ

ぼくはさやちゃんがだいすきです。

さやちゃん　おおきくなったら　ぼくのおよめさんになってください。

このゆびわは　やくそくのしるしです。

おおきくなったら　ほんもののほうせきがついた　こんやくゆびわを　ぷれぜんとします。

だから　それまでこのゆびわを　もっていてください。

ぜったいに　ぜったいに　さやちゃんをだいじにします。

しょういち　より』

可愛らしいひらがな。つたないけれど、懸命に書かれたとわかる丁寧な字。

何度も何度も繰り返し読んでいたら、涙で視界が滲《にじ》んできた。

大切な手紙に涙のあとなんてつけたくない。慌ててたたんで、箱の中へ戻した。

それから、テーブルに置きっぱなしにした指輪を手に取る。薬指にはめてみたけれど、関節で引っかかってしまった。リングの部分は調整できるようになっているから、少し引っ張って輪を大きくすれば入るかもしれない。でも、古い指輪だから脆《もろ》くなっていそうで強引なことはしたくなかった。大切な『約束の指輪』を壊したくない。

「あはは。やっぱり子ども用は入らないか」

目の前にかざしてみる。嬉しいような、寂しいような不思議な気分。

いままで目の前をふさいでいた壁がパラパラと崩れ落ちたみたいに、ぱっと視界が開けた。

私はなんて愚《おろ》かだったんだろう。

こんなに思ってくれていた彰一を信じないで、どうして莉愛さんの言葉ばかりに耳を傾けたんだろう。

聞きたいことがたくさんあった。この指輪はいつ買ったの？　縁日で見かけた指輪なの？　この手紙は……？

でも、いまの自分にはそれを聞く資格はない。

彼の想いを全部受け止める覚悟を決めきれていないのだから……

私がちゃんと彼の隣に立てるって思えたそのとき、この箱をもう一度開けよう。そして聞いてみよう。

そう心に決めて、箱を元通りに閉じた。

十　叶《かな》った恋のその先で

彰一と一緒にホテル生活をはじめて、早ひと月。

私は鏡の前に立ち、必死で身だしなみを整えていた。今日はこれから、藤園家とも縁の深い方が主催するパーティーに同行することになっている。

ホテル生活をはじめたばかりのころは、ただぼーっと一日を過ごしていた。私自身は事件のショックなんてなにもないと思っていたけれど、実はだいぶ精神的に疲れていたらしくて。絵を描くか、ぼーっと外を眺めるか、それくらいしかする気力がなかった。

けれど最近は徐々に回復してきて、彰一と出かけたりするようになっていた。そうやって少しずつ元気を取り戻してきたなと自覚してきた先週、彰一から私をパーティーに同行させたいという申し出を受けたのだ。

彼は私の体調を気遣いながらも、自分の恋人としてお披露目《ひろめ》することで、私が田川とは無関係だと証明するために連れて行きたいのだと言ってくれた。そういう派手な場は苦手だけれど、彰一の優しさは素直に嬉しい。だから、思い切って引き受けることにした。

「ねぇ、彰一。この格好、おかしくない？　派手じゃない？」

髪もメイクもプロにお願いしたし、ドレスだって彰一と一緒に選んだものだから、おかしくはないはず。

なんだけど、どうしても気になっちゃって落ち着かない。

すでに支度《したく》を終えた彰一はリビングでパラパラと雑誌をめくっていた。普段は無造作に下ろしている髪を、今日は綺麗に整えている。

「ん？」

顔を上げた彼の視線が、私の頭からつま先まで眺める。その間じゅう無言だから、なにかまずいところでもあるんじゃないかと不安になった。

「しょう……いち？」

ドキドキ……というよりむしろハラハラする胸を、無意識のうちに軽く押さえていた。

「おかしいところなんてあるわけがない」

手にしていた雑誌を無造作に閉じて立ち上がる。

黒のタキシードに身を包んだ彼は、見惚《みと》れるくらい格好いい。

「よく似合ってるよ、さやか」

私が呆《ほう》けている間に距離を詰めた彰一が、ささやきながらぎゅっと抱きしめてくれた。

「派手じゃない？」

身に着けているドレスは、ワインレッドのイブニングドレス。エンパイアラインのホルターネックで、シンプルなデザインのものだ。露出《ろしゅつ》がちょっと多めなのが気になるけれど、イブニングドレスとしては、そう奇抜なものではない……はず。

「大人しすぎるくらいだと思うぞ？　大丈夫、もっと自分に自信を持て」

優しい笑みを浮かべると、むき出しの私の肩にキスを落とした。唇が少し熱い。

「きゃ!?」

油断していたので、つい声が漏《も》れてしまった。

「本当は唇にキスしたいんだが、せっかくの化粧が崩れたら怒るだろう？　いまはここで我慢しておく」

「っ！　……彰一！」

『ここ』と言いながらまた肩へキスをする。咎《とが》めても涼しい顔で笑っているだけで、気にする素振りはひとかけらもない。

「……出かけたくなくなってきた」

「急にどうしたの？　どこか具合でも悪くなった？」

「具合が悪くなったっていうか……いや、具合が悪いといえば悪い。そうだ、うん。俺は具合が悪くなった」

なんて言い出した。本気で心配したのに、これって絶対具合なんて悪くないパターンだ。

「彰一？」

じと目で睨《にら》むと、彰一はにやりと悪い顔で微笑《ほほえ》む。

「綺麗に着飾ったおまえを見てたら、誰にも見せたくなくなった。今日はどこにも出かけないで、このまま寝室……っつ！　さやか！」

べしっと小気味のいい音を立てて、不埒《ふらち》な手を叩き落とす。なかなか効果があったらしく、いつもはなかなか離れてくれない手が怯《ひる》んだ。

「馬鹿なこと言ってないで、そろそろ行こ？　遅れちゃうよ？」

彼の腕に自分の腕を絡めて引っ張ると、彼はしぶしぶといった体《てい》で歩き出した。

「最近ちょっとしっかりしすぎじゃないか、おまえ」

「一度行くって決めたことでしょ？　ちゃんと行かなきゃダメだってば」

私だって、パーティーだなんていう華やかな場所は苦手だ。

でも、誘ってくれた彰一の気持ちが嬉しかったから。彼の気持ちに応《こた》えたいだけ。

「ごめんな、さやか。おまえ、パーティーとか苦手だろう？　無理させて悪い」

「え？　あ、ううん。大丈夫だよ」

明るく聞こえるようにイタズラっぽく言ったのに、彼は眉根を寄せて険《けわ》しい顔をしている。

「本当に大丈夫だって。確かに華やかな場所は苦手だけど、嫌いってわけじゃないの。場違いな気がして居《い》たたまれないだけ。でも、そんな風に物事を悪いように考える癖、直さないといけないよね」

「さやか……」

「ほら、そんな顔しないで、彰一。木戸田さんが車で待ってるよ。早く早く」

渋る彼の背中を押しながら、部屋をあとにしたのだった。

＊　＊　＊

今日の会場は老舗ホテルのバンケットルームだ。

目的地に向かう車の中で、ふと思い出して尋ねる。

「ねー、彰一。今日は莉愛さん、来るの？」

「ん？　ああ、来るとは聞いてるが、どうだろうな。アイツは気まぐれだからな。困ったものだが」

できれば会いたくないので、気まぐれを起こしてもらえたら嬉しいんだけどなぁ。なんて、失礼な願いが頭をよぎる。

――莉愛さんが潜伏先《せんぷくさき》のホテルに突然現れたあの日、私はなにも言い返せなかった。

彼女の言うことはもっともな部分もあったけれど、それでも私はあのとき、きちんと言い返すべきだったと思う。色々なしがらみや身分の差があるのに、私と一緒にいたいと思ってくれている彰一に対しても失礼だ。やられっぱなしじゃダメだということはわかってる。いつかちゃんと彼女と対峙《たいじ》するのも、彰一と一緒にいるためには必要なことだって……

「莉愛がどうした？　やっぱりアイツになにか言われたのか!?」

「ううん。大丈夫だよ」

つい嘘をついてしまった。彰一を巻き込まずに解決したい。そんなちっぽけなプライドだった。

「ふぅん？　まぁいい。なにかあったら俺に言え。いいな？　隠し事はナシだ」

その言い方が微妙で、たぶんバレてるんだろうなぁという気はしたけれど、彼がそれ以上追及してこないのをいいことに、「わかった！」とすごい勢いで頷《うなず》くことにした。

「約束守らなかったら、お仕置きな？」

嫣然《えんぜん》と微笑《ほほえ》まれて一瞬固まる。

え、『お仕置き』ってなに!?

とても危険な匂いしか感じないけど……時すでに遅し、だ。隠し通そう。そう。隠し通せれば、なんの問題もないよね！

＊　＊　＊

私たちが到着したときには、パーティー会場はすでに華やかなざわめきに満ちていた。

小高い丘の上という立地のため、夜景が美しい。バンケットルームもそれを生かして、めいっぱい大きな窓がはめ込まれている。内装はロイヤルブルーと白を基調にしたもので、澄んだ空を思わせる。きっと昼は昼で爽《さわ》やかな雰囲気になるんだろうなと、天井から吊り下げられた豪華なシャンデリアを見上げながら思った。

「どうした？」

「ううん。なんでもない」

「そうか。じゃあ、行こう。俺の側を離れるなよ」

耳元でささやく。吐息《といき》がくすぐったくて肩を竦《すく》めると、顔を覗《のぞ》き込んできた彰一と目が合った。

イタズラっぽく唇を歪《ゆが》めているので、いまのはわざとだ。

「彰一」

小声で窘《たしな》めると、ますますしたり顔をするから手に負えない。諦《あきら》めのため息をひとつついて肩を竦《すく》めた。

彼の手が私の腰に回され、会場に入ろうと促《うなが》すので、ゆっくりと歩き出す。毛足の長い絨毯《じゅうたん》はふかふかと柔らかい感触を足に伝えてくる。

「今日は仕事関係じゃなくて、俺個人への招待だから、あまり固くならなくていい」

「と言われても、緊張せずには……」

「周りのことなんて気にしなければいいだろ。いつも通りのおまえでいればいい」

むーりー！　彰一が連れてる女性っていうだけで注目されるんだから、周りを気にしないなんて絶対に無理。

今日は、ひっそりこっそり壁の花、というわけにはいかない。いままでなんておばさまの代理がほとんどだったから、出席しましたよって事実を作ったら、失礼がない程度に早めに退散……という感じだったのだ。状況が違い過ぎる。

そういうことを訴えても、根っからのお坊ちゃまな彰一にはピンとこないだろう。なので、反論はやめた。かわりにできるだけにこやかに見えるように、微笑《ほほえ》み返した。

「……そういう反応されると調子狂う」

「そう？」

「ああ。あんまり一足飛びで大人にならないでくれよ。寂しいから」

「……大人ってなによ。とうの昔に成人してる人間捕まえてなに言ってるの」

そんな軽口を叩き合っていたら、うしろから声をかけられる。

「やぁ、藤園さん！　ご無沙汰しております」

振り向くと、彰一と顔見知りらしい男性が立っていた。

失礼にならないように微笑《ほほえ》みながらふたりの会話を聞くともなしに聞いていると、どこからともなく視線を感じた。なんとなく嫌な感じがする。

さりげなく体の向きを変えて、視線を感じる方向に目をやると……ああ、やっぱり。会わないで済めばいいなぁと思っていた、莉愛さんの姿があった。

若々しいベビーピンクのジョーゼットのドレスは、彼女によく似合う。……なのに、不機嫌な顔が台無しにしている。せっかく可愛いのにもったいないなぁ、なんて呑気《のんき》なことを思った。

そのまま睨《にら》み合っているわけにもいかないし、にっこり（と私自身は思う表情で）笑って軽く会《え》釈《しゃく》をした。すると彼女は、眉を吊り上げてそっぽを向き、どこかへ行ってしまった。どうやらいまの私の態度に腹を立てたらしい。けれど、どんな態度を取ったって彼女は腹を立てるんだろう。悩むだけ無駄。そう割り切って彼女のことは頭の片隅に押しやった。

＊　＊　＊

正確な時間はわからないけれど、たぶん一時間くらい経ったころ。

飲んだアルコールと、会場の熱気に当てられて少し頬《ほお》が熱くなってきた。レストルームで休憩《きゅうけい》しようと、彰一に声をかける。

「ごめんね。ちょっとだけ外していい？」

「どうした？　俺も一緒に……」

「大丈夫。お化粧直ししてくるだけだから」

けれど、それで引き下がる彼ではないので「じゃあ、途中までついていく」なんて言い出した。

それは結構恥ずかしいんだけどなぁ。でも、心配してくれる気持ちは嬉しいし、彼の心配を撥《は》ねつけて痛い目を見た過去もある。「ついて来ないで」とは言いにくい。

どうしようかなと思ってたところ、タイミングがいいのか悪いのか、彰一が呼び止められた。

「じゃあ、私ひとりで行ってくるね。すぐ帰ってくるから」

そっと耳打ちする。私にだけ見えるように渋い顔をした彰一に笑いかけてから、彼に声をかけた男性にも会釈《えしゃく》をしてその場を離れた。

そうしてレストルームへと向かおうとしたところ――

「あら。さやかさん」

背後から鈴を転がすような声に呼び止められた。

「あーあ」

捕まっちゃった。誰にも聞こえないように小さく嘆息《たんそく》してゆっくりと振り返る。

「莉愛さん、お久しぶりです」

彼女と向き合ったときには、顔に満面の笑みを貼りつけておいた。

「ごきげんよう、さやかさん。お元気そうでなによりです」

莉愛さんは優雅《ゆうが》に赤ワインのグラスを持ち、満面の笑みを浮かべている。同性の私でも見惚《みと》れるくらい可愛い。

「莉愛さんもお元気そうで」

見つめ合って、うふふ、と笑い合う。けれど、彼女と私の間には見えない火花がバチバチと散っている。

「さやかさん、見たところあなたおひとりのようですけれど、とうとう彰一兄様に愛想を尽かされましたの？」

お、きたきた。予想通り、嫌味がはじまりましたよ。

「あら、莉愛さんこそおひとりでどうなさいましたの？　お連れ様とはぐれてしまわれたとか？迷子なんて大変ですね。こちらの会場は広いですから、なかなか行き会えないでしょう？　係の方にお願いして呼び出していただいたらいかがです？」

黙ってやられっぱなしは性に合わない。この間の反撃も込めて……これくらいなら、許されるよね。

言い返されると思っていなかったのか、彼女はさっと顔色を変えた。

「なっ！　あ、あなたね！　粋《いき》がるのもたいがいにしないよ」

声を荒らげる彼女に、周囲の人々が何事かと振り返る。

「莉愛さん、声が大きいですよ」

窘《たしな》めたらますます激昂《げきこう》するかなと思ったけれど、少しは理性が残っていたようで、ぐっと口をつぐんだ。

「私に言いたいことがあるのでしたら、お伺《うかが》いします。ただし、ここではなんですから、もう少し静かなところで」

ストレートに言えば『表へ出ろ』だ。

「ええ、いいわ。行きましょ」

彼女は返事も聞かず、出入り口の扉に向かう。

そうして私たちはバンケットルーム沿いの廊下を、行き止まりになるところまで進んだ。

この位置なら人も来ないし、そのうえ、会場の出入り口がよく見えるから何かと好都合だ。多少声を荒らげたところで、会場の賑《にぎ》わいにかき消されるだろう。

「このあたりでいいんじゃないですか、莉愛さん？」

声をかけると、彼女は勢いよく振り向いた。

「そうね」

彼女はそう言ったきり、黙ってしまう。こうして私たちはしばらく無言で向き合っていた。

一度中断した言い合いを『さぁ、再開しましょう』と言うのも妙な気がして、なかなか言い出しにくい。

顔を真っ赤にして、視線を彷徨《さまよ》わせている彼女を見ていたら、だんだん居《い》たたまれなくなってくる。私のほうから水を向けたほうがいいかなと思いはじめた矢先——彼女が口を開いた。

「なんで……なんであなたなの？」

「え？」

「なんで、彰一兄様はあなたみたいな人を選んだの？　あなたなんて全然ふさわしくないのに！　兄様にはね、あなたなんて足元にも及ばないような方々との縁談もたくさん持ち上がったのよ。それをことごとく蹴って。それで選んだのがあなたなんて、笑えない冗談だわ！」

一度しゃべり出したら止まらなくなったようで、彼女は私を睨《にら》みながら流れるように言葉を連ねていく。

「あなたなんかと結婚したら兄様のためにならないわ。あなたじゃ兄様を幸せにできない。わかるでしょう⁉　さっさと身を引きなさいよ！」

……莉愛さんが言うことは、もっともな部分もある。確かに彰一には、私よりもっとふさわしい相手がほかにいるのかもしれない。でも彰一が贈ってくれたあの秘密箱——あの中には彼の二十二年の想いが詰まっていた。彼の想いをこれ以上、踏みにじりたくない。なにもせず、ただ怖いっていうだけで、私が怖気《おじけ》づいて逃げ出すわけにはいかない……！

ぎゅっと拳《こぶし》を握《にぎ》りしめ、莉愛さんを見据《みす》える。緊張で体がわずかに震えるけれど、必死で自分を奮《ふる》い立たせた。

「……ごめんね。あなたが言わんとすることはわかる。けど、私は身を引いたりしない。絶対に」

「なっ！　身のほどをわきまえなさいと、どれだけ言ったらわかるの!?」

「――っ、冷たっ！」

ワインレッドのドレスに、大きな染みができる。莉愛さんが手に持っていたワインを、私にかけたのだ。彼女との対決に緊張していたからか、中身をかけられるまで彼女がグラスを持ったまま会場を出たことに気づいていなかった。もっと警戒すべきだったのに。注意が足りなかった自分に臍《ほぞ》を噛んだ。

幸い、ドレスの色と液体は同じような色なので、被害は目立たないと言える。だけど、匂いがすごい。

「ふんっ、いい気味よ」

莉愛さんは愉快《ゆかい》だと言いたげに目を細めて微笑《ほほえ》んだ。

「身の程知らずにはお似合いの格好ね」

「身の程知らず？　誰にそう思われたって構わないわ。私は彼の隣にいたいし、一生側にいるって約束したの。誰にどんな嫌がらせをされたって、罵《のの》られたって、絶対に負けない」

まっすぐに見つめ返した。少しでも目を逸《そ》らしたら、私の気持ちは伝わらない。そんな気がした。

彼女は真っ赤な顔で、怒りに全身を震わせている。

「どうしてあなたなのよ！　ほかの人だったら耐えられたのに！　もっともっと家柄のいい方が兄様と結婚するなら……こんなに、こんなに……憎《にく》まなくて済んだのに」

語尾は震えて小さくなっていった。

「だから、なに？『こんなに憎《にく》まなくて済んだ』？　それってあなたのワガママじゃない。どうして私があなたのワガママに付き合わなければいけないの？」

「なん……ですって！」

「さっき、あなた言ったよね？　彰一が私を選んだって。私も彰一を選んだの。お互いがお互いを選んで、ここにいる。お互いに一緒にいたいと思ったからそうするの。家の問題？　藤園の不利益？　そんなもの努力して乗り越えてみせるわ！」

莉愛さんは青ざめた顔をして、大きな目に涙をいっぱい浮かべていた。ぶるぶると小刻みに震える手も目に入る。

次の瞬間、彼女はその手を振り上げて――パンッという澄《す》んだ音が廊下に響く。

「嫌い。あなたなんて大っ嫌い」

莉愛さんが平手で私を打ったのだ。小気味のいい音が響いたわりに痛みは少ない。深窓の令嬢ってだいぶか弱いのね、と思ったら自然と口元がほころんだ。

「あら、奇遇ね。私もあなたが嫌い」

そう言って、にっこり笑った。これは精一杯の私の強がりだ。

莉愛さんは自分のしたことが信じられないといった様子で、手のひらを見つめて呆然《ぼうぜん》としている。

そんな彼女に対して、私は思い切り丁寧な口調で宣言した。

「莉愛さん。あなたがいくら私を嫌おうと構いません。今後もちょっかいをかけてくるというなら、受けて立ちます。いまみたいに。争う覚悟があるなら、いつでもどうぞ。絶対に負けませんから」

言うだけ言ったらすっきりした！

気持ちが軽くなったら、口角が自然と上がっていく。

「じゃあ、私はそろそろ会場に戻りますね。お連れ様と無事会えるといいですね、迷子さん」

立ち尽くす彼女をその場に残して、私は踵《きびす》を返した。

はたから見たら、私はずいぶんと嫌な女に見えただろうなぁ。と思うものの、後悔は全然していない。

レストルームに行くと言って出てきてから、だいぶ時間が経ってしまった。

心配性な彰一のことだから、そろそろ気を揉んでいるころかもしれない。早く合流しないと。

そう思い、足早に廊下を急ごうとしたら――

「どーこ行くつもりだ？」

背後から声がかかった。からかうような口調だけど、かすかに怒気《どき》も孕《はら》んでいることにも気がついちゃった。あまり振り返りたくはないけど、振り返らないわけにもいかない。

そろーっと振り返ると、そこには案の定、にこにこ笑いながらも怒りのオーラを背にまとった彰一が、柱にもたれて立っていた。

「あ、あれ？　彰一。どうしたの、こんなところで」

「ん？　いや、大事な婚約者がいつまで経っても戻らないから、心配になって探しにきただけだ。おまえこそどうしたんだ？　レストルームは反対方向だぞ？」

「え？　あれ？　本当？　やだな、私ったら道を間違えちゃったのかな。あはははは」

笑って誤魔化した。――誤魔化せてないことは明白だったけど。

「で、莉愛となに話してたんだ？」

「え？　と、とくになにも。世間話だよ？」

と答えたら、彰一の目がすうっと細くなった。正直、とても怖い。

「へぇ。とくになにも……ねぇ？」

「あ……ははは」

乾いた笑いを浮かべる私に向かって、彰一が白い物をポイと投げてきた。とっさに受け取ると、それはふかふかのタオルだった。いつの間に用意してくれたのだろう？　というか、ワインをかけられたのまで知ってるのね……

「――お前の啖呵《たんか》、なかなか格好よかったぞ？」

「え！　き、き、聞いてたの？　どのあたりから？」

本人に聞かれたらだいぶ恥ずかしいことまで口走った記憶がある。背中に冷や汗がどっと湧《わ》いた。

「さあ？　どこからかなぁ」

なんて、意地悪っぷりが炸裂《さくれつ》した笑みで見下ろされた。威圧感ばっちりで、こういうときは、身長差がとても憎《にく》い。

「忘れてください、って言っても無理だよね？」

「ああ。無理だな。忘れるなんて惜しい。ますます惚《ほ》れたよ」

甘い声で言われて、おまけに頬《ほお》に軽いキスまでくれる。あっという間に頭に血がのぼって、頬《ほお》が熱くなる。不意打ちは卑怯《ひきょう》だ！

おろおろと狼狽《うろた》える私をよそに、彰一は上機嫌で私の腰を抱いた。

「それはそれとして。約束を破った悪い子には、お仕置きをしないといけないよな。さて、どうするか……」

耳元で物騒《ぶっそう》なことをささやくから、ますます混乱は深まっていく。

「え、やだ。ちょっと待って」

「嫌だね。待たない。隠し事をしたおまえが悪い。だろう？」

いえ、それはそうなんだけど……！

「ほら、もう帰るぞ」

「だってまだ……」

「大丈夫だ。先に失礼するとは伝えてあるし、もう挨拶《あいさつ》も済ませた」

そう言って彰一は、私の腰のあたりをぐいぐい押してロビーへの道を急ぐ。はた目には仲良く連れだって歩いているように見えるだろうけれど、実際は無理矢理運ばれているのに近い。

「ちょっと！　手を離してよ！　自分で歩けるってば！」

「いいから大人しくしてろ。あんまりうるさいと抱き上げるぞ」

彰一ならやりかねない。ロビーにはたくさん人がいるだろうし、そんな中をお姫様抱っこで通るなんて、想像しただけで眩暈《めまい》がする。

「早く頬《ほお》を冷やさないとな」

「大丈夫だよ。全然痛くなかったし、口の中も切れてないし。あ、もしかして赤くなってる？」

叩かれた側の頬《ほお》を彰一に向けると、彼はするりと撫《な》でて「いいや」と答えた。

「だが念のためだ」

大袈裟《おおげさ》だと思ったけど、素直に従ったほうがよさそうだ。

「そうだね。やっぱり冷やしたほうがいいよね」

彰一は満足そうに頷《うなず》いたあと、すぐ真顔に戻った。

「莉愛の件だが……」

低い声に嫌な予感がする。そろりと盗み見ると、彼は怖い目で私を見下ろしていた。

「詳細は帰りの車の中でじっくり聞く。覚悟しておけ」

「え～。彰一だって聞いていたじゃない。あれ以上なにもないよ」

どうやらほぼ全部聞かれていたようだし、もう話すことなんてない。

「隠し事は今日だけじゃないだろう？　莉愛が潜伏先《せんぷくさき》のホテルに現れたときにも、なにかあったんじゃないのか？　全部白状しろ」

「ハイ……」

――そして彼の宣言通り、洗いざらい白状させられたうえ、しっかりがっちり叱《しか》られる羽目《はめ》に。

こんなことなら、最初から話しておけばよかった～！

＊＊＊

車を降りると、あたりはしんと静まり返っていた。

ここは藤園家本家の離れ。私はいま、彰一が普段生活している、この家へと連れてこられていた。

――莉愛さんと私の話を聞いていた彰一に『莉愛の前であぁ言ったってことは、俺の実家に連れていってもいいってことだよな』と、強引に運ばれてしまった。滞在《たいざい》していたのはセキュリティの厳重なホテルなんだけど、それでもずっと不安に思っていたみたい。彰一の気持ちをこれ以上無下《むげ》にするのは申し訳なくて、私はようやく承諾《しょうだく》した。

莉愛さんの前で宣言したことに嘘はない。だから、問題はないといえばないんだけど……

十年以上ぶりに訪れた彰一の家は、やっぱり大きくて立派で気後《きおく》れしてしまう。

これからしばらくここで生活することになるのかと思うと怯《ひる》みそうになる。けれど、母屋《おもや》と離れがとても離れているのが、せめてもの救いだ。

母屋《おもや》と離れは、同じ敷地内だけれど隔絶《かくぜつ》している。門を入ってすぐ右に逸《そ》れる道があって、その道をずっと進んだ奥に離れがある。大きな庭を挟んでいるので、離れの前庭から母屋《おもや》を眺めても屋根しか見えない。

外灯に浮かび上がった庭は美しく、闇に沈んでいるのが神秘的だ。できることならしばらく眺めていたかったけれど、夜の冷え込みは薄着にはきつかった。

「そろそろ中に入るぞ。そんな薄着では風邪を引く」

鍵を開け、セキュリティを解除して家に入ると、中は静まり返っていた。日中は何人かお手伝いさんがいるそうだけれど、みんな宵《よい》の口《くち》には引き上げてもらっているのだそう。だからこの時間は誰もいない。

「自分の家だと思って、くつろいでくれ」

「お、おじゃまします！」

中に入った途端《とたん》、感嘆《かんたん》のため息がこぼれる。外観も素敵だったけど、中もすごい！　真新しいその建物は『離れ』なんて可愛いもんじゃなかった！　豪邸と呼んで差《さ》し支《つか》えないと思います！

現代風のモダンな建物で、スタイリッシュなのに周囲に違和感なく溶け込んでいる。夜だから外観がよく見えなかったのが悔《くや》しい。朝になったらゆっくり眺めよう。

そんなことを考えながらハイヒールを脱ぎ、彰一に問いかける。

「ねぇ、彰一。お風呂……——わわっ！」

莉愛さんにかけられてしまったワインは、もう乾いているけれど、やっぱり早く着替えたい。そう思いながら歩きはじめた途端《とたん》、うしろから手首を掴《つか》まれた。タイミングが悪かったみたいでちょっと引っ張られただけなのに、バランスを崩してしまう。

彰一の腕に支えられて倒れることはなかったけれど、事態はもっと悪かった。気がつけば壁に背中を押しつけられていて、キスで口を塞《ふさ》がれていた。

「んっ！　んんん！」

押し戻そうと肩にかけた手はあっさりと掴《つか》まれて、顔の両脇に縫い留められる。

あまりに突然すぎるキスだったので油断していて、簡単に彼の舌の侵入を許してしまった。

逃げようとするほど執拗《しつよう》に絡みついてきて、あっという間に私を陥落《かんらく》させる。

私はキスだけで崩れ落ちそうになる自分の体を、彼の首に腕を回して支えた。そうしなければ、あっという間に床に座り込んでしまいそう。

「しょ……い……ち……」

キスの合間に途切れ途切れに名前を呼ぶけれど、彼はさらにキスを重ねるだけ。ぴちゃ、くちゅ、と淫靡《いんび》な音が耳を犯《おか》す。

なにも言ってくれないので、考えていることがわからない。怒っているの？

聞きたいのに、濃厚なキスに溺《おぼ》れて叶《かな》わない。

嚥下《えんげ》しきれなかった唾液が唇の端から溢《あふ》れそうになるころ――ようやく解放された。

私はぼうっとしながら、はぁはぁと荒い息を繰り返す。

彰一は私の首筋に顔を埋《うず》め、ドレスの上から胸元や腰のあたりを撫《な》でている。甘い痺《しび》れが彼の触れた箇所から生まれて、体の奥に溜《た》まっていく。

「や、ちょっと……待って…………んあっ！」

私が口を開いた途端《とたん》、急に首を甘噛みされた。お腹のあたりに、ずくんと衝撃が走る。ひとりでに跳ねた体に、彰一が満足そうに笑う気配がした。

噛み痕《あと》を彼の舌が、ことさらゆっくりと這《は》う。

「あ、ああ……やぁ……」

寒気にも似た快感が背を這《は》い上ってくる。耐えられなくて、ぎゅっと目をつぶってかぶりを振った。

その間も彼の手は遠慮なく私の体を撫《な》でている。彼に触れられることに慣れた私の体は確実に熱を上げていく。

次の瞬間、ぱさりとかすかな音がして、同時に体が少しだけ軽くなった。まさか……と思って視線を下に向けると、足元にはワインレッドの布が落ちている。

「しょ、彰一！」

焦《あせ》って名前を呼んでも、全然答えない。それどころか、今度は喉笛《のどぶえ》のあたりを甘噛みしてくる。

怖いような、彼にならば噛まれてもいいような、そんな不思議な高揚《こうよう》を感じる。

「や、だっ！　待ってってば」

「待たない」

彼の手はビスチェの中に侵入して、胸の膨《ふく》らみを露《あら》わにした。彼の長い指が、膨《ふく》らみにゆっくりと食い込む。それから円を描くようにゆっくりと撫《な》でる。

「……んっ」

耐え切れなくて、鼻にかかった甘えた声が口をついてしまう。二階まで吹き抜けになっているため声がやけに響き、羞恥《しゅうち》で身が竦《すく》む。

けれど、羞恥心《しゅうちしん》もすぐに忘れてしまうくらい、次から次へと快感の波が押し寄せてくる。

彼は優しい手つきで官能を呼び覚ましていくのに、決定的なそれをくれない。ゆっくりと揉みしだかれはするけれど、ふくらみの頂点の、そこに色づく実には触れない。

いまのままじゃ足りない。気持ちいいけれど、もどかしい。

「やっ……あ……やぁ、それ……っ」

切なくて体をよじると、彼は意地悪そうな表情で私の顔を覗《のぞ》き込む。

「足りない？」

頷《うなず》きたかったけれど、それを認めるのが恥ずかしくてただ唇を噛んだ。

「じゃあ、このままでいいのか？」

ささやきに、心がぐらりと揺れた。

よくない、と正直に言えたらいいのに。頭の端に残った理性がそれを許さない。

「まったく、さやかは意地っ張りだ。可哀想に、ここはこんなに硬くなってる」

喉《のど》の奥で低く笑うと同時に、彼の指が胸の頂《いただき》をさっとかすめた。たったそれだけの刺激なのに、背中がビクンと反《そ》った。

「あ！　やぁ！」

「ほら、気持ちいいだろう？　もっと素直になればいいのに。仕方のないヤツだ」

そう言った直後、彼の舌が硬く尖《とが》った実に絡む。熱いぬめりに敏感な場所を包まれて、背筋が震える。

「んっ……あ、はぁ……っ」

彼の口腔《こうこう》に含まれて舌で舐《ねぶ》られると、あっという間に理性が剥《は》がれていった。

舌の上で転がしたり、押しつぶすように唇で挟んだり、軽く甘噛みをしたり……彼の思うように嬲《なぶ》られて、ただ喘《あえ》ぐことしかできない。

体に力が入らない。彼に縋《すが》っていなければ、もう立っていられなかった。

「や……もう、無理……立てな……」

「なら、俺が支えてやる」

そう言って彼は片腕を私の腰に回す。

力強い腕が支えてくれるから、崩れ落ちる心配はなくなったけれど……。背を壁にもたれさせ、腰を抱かれたこの姿勢は冷静に考えれば恥ずかしい。まるで腰を彼に向かって突き出しているみたいにも見える。

「これなら大丈夫だろう？　安心して感じればいい」

にやりと笑いかけられて、血の気が引く思いがした。安定したかわりに、逃げ場が完全になくなってしまったのだ。

青ざめる私に満足したのか、彼はふたたび胸に顔を埋《うず》める。唇と舌で、いたぶるような愛撫《あいぶ》を再開した。空《あ》いた片手は下へ下りて、下着の上から亀裂《きれつ》をなぞりはじめる。

「あ……んんっ！」

亀裂《きれつ》のすぐ前、存在を主張しはじめている蕾《つぼみ》を軽く引っ掻《か》かれて腰が跳ねた。

「びしょびしょだな。下着の上からでもわかる」

少し力を込めて円を描くように弄《いじ》られると、突き抜けるような快感と一緒に小さな水音がした。

「ヤダ！　やめ……」

彼が指を小刻みに動かすたびに、そこからくちくちと音がする。

恥ずかしいし、聞きたくない。でもかぶりを振って嫌がっても、やめてくれない。

それどころか、彼は下着の中へと手を滑《すべ》らせた。

「彰一、お願いっ！　お願いだから……」

「悪いが、やめるつもりはない」

彼の指が数本、亀裂《きれつ》を押し広げて隘路《あいろ》の入り口付近で蠢《うごめ》いた。

「んっあ……あ……だ、だめ……」

ちゅく、くちゃと粘度の高い卑猥《ひわい》な水音が耳を打つ。彼の手が蠢《うごめ》くたびに、その音は大きくなっていった。どれだけ自分が感じているのかを知らされて体が震える。

「しょ……いち……」

もどかしくて、恥ずかしくて。やめてほしくて、でももっと欲しくて——

私がこれ以上ないくらい焦《じ》れているのに、電流のような快感を生む肉芽《にくが》には触れてくれない。奥まで欲しいと思っても、彼の指は入り口を撫でるか、浅く侵入するだけ。

快感が高まるたびに、飢餓感《きがかん》も一緒に高まっていく。

「やぁ……もう、嫌なの……やめて……」

「なにが嫌なんだ？　もうやめるか？」

冷静な言葉とともに、下半身を嬲《なぶ》っていた指が引き抜かれた。

「ちがっ――――！」

無意識に口走っていた。

彰一は満足そうに笑うと、見せつけるように濡れた指先を舐めた。暗い色にきらめく目に絡め取られて、視線が逸《そ》らせない。

「彰一の……意地悪っ！」

「意地悪？　俺にさんざん気を揉ませた、おまえのほうが意地悪だろ」

「そ……れは……」

「身に覚えがないとは言わせない」

心当たりはあるけれど、それがどうしてこの状況に繋がるの？

「言ったろ？　帰ったらお仕置きだって。諦《あきら》めて大人しくておけ」

ささやき終わるなり、耳朶《じだ》を噛まれた。背筋を這《は》うゾクゾクした感覚に肩を竦《すく》める。

「お仕置き、って……なっ……待っ……ああああっ!?」

「話は終わりだ」

まるで強制的に理性を断ち切ろうとするかのように、彼の指が私の中に侵入してきた。ずっとほしくて、でももらえなかったもの。それが唐突《とうとつ》に与えられて、満たされる感覚が急激に広がった。

彼の指を受け入れているところは苦しいくらいいっぱいで、自分の意思に反してひくひくと動いて咥《くわ》え込んだ指を締《し》めつけている。

彼が少し指を動かすだけで、いままでとは比べものにならないくらい大きな水音が生じた。

「あ……あ、ふっ……苦しっ」

「苦しいだけか？」

内壁を撫《な》でるように指を曲げられると、お腹の奥がずくずくと疼《うず》いた。

「やぁ、それ、いや」

短く息を吐きながらでは、満足に話せない。

「嘘つきだな。こんなに濡れてイヤらしい音立ててるのに」

わざと大きな音を立てて中を掻《か》き回されて、感じる部分を幾度《いくど》もこすり上げられると、あっという間に追い詰められてしまう。じゅぷじゅぷと泡立つような水音が、容赦《ようしゃ》なく耳に流れ込んでくる。

「あっ……あ、あああっ……ダメ、もう……」

硬直してゆく体に、終わりが近いことを感じた。

けれど、せり上がってくるものに身を任せようとしたその瞬間——彼の指が止まった。そのままゆっくりと引き抜かれ、浅いところで蠢《うごめ》く。

「や、どう……して？」

もう少しで——

「そんなに簡単にイかせたら、お仕置きにならないだろうが」

彰一はくすくす笑っている。

「酷《ひど》い」

「お仕置きなんだから、酷《ひど》くなくてどうする」

そう言ってから、彼の指がまた奥まで侵入してくる。

「あ……っ！　ん、あっ……やだぁ……もう、無理……お願い……」

またあそこまで追い詰められて、放り出されるのかと思うと泣きたかった。

泣いて、許しを請《こ》い、先をねだって……そうしたら彰一は、私のほしいものをストレートにくれるかもしれない。

けれど、まだ羞恥《しゅうち》が勝って言い出せない――

そんな風に迷っている間にも、彰一に翻弄《ほんろう》されて体は押し上げられたり、突き落とされたりを繰り返している。そのせいで、体の奥はもうぐずぐずにとろけ切っている。

「はっ……んっ……いやぁ……」

「いや？　こんなにトロトロになってるくせに？」

ひときわ大きく中をこねられて、背中が反《そ》り返った。

彰一は楽しそうに目を輝かせ、嗜虐的《しぎゃくてき》な欲情を映した笑みを浮かべている。額に落ちかかった髪が、彼をさらに艶《つや》めかせる。

ドレスを剥《は》ぎ取られ、下着姿――それもだいぶ乱れている――を晒《さら》している私と対照的で、落ちかかった髪以外、彼の服装に乱れはない。

「ね……しょう、いち……」

どうして自分だけがこんなに乱れているの？　どうして彼は同じところまで落ちてくれないの？

理不尽だと思う気持ちが湧き起こって、無意識のうちに彼のジャケットの襟《えり》に手をかけていた。

震える指先にどうにかこうにか力を込めて脱がそうとしたけれど、思うようにいかない。

指先に触れる拝絹《はいけん》の滑《なめ》らかな触り心地にさえ反応しそうになって、自分の浅ましさに嗚咽《おえつ》が漏《も》れた。

「どうした、さやか」

「脱いで、よ。どうして、私だけ、こんな……」

「俺の服なんてどうでもいいだろ。いまは脱ぐ手間が惜しい。もう少し楽しみたいんだよ」

心細くて、いやいやをするように首を横に振った。

「もう無理」

彼の腕に支えられているとはいえ膝はがくがくするし、体に力も入らない。立っているのさえつらい。彼から与えられる快感を貪《むさぼ》りたいのに、集中できない。

もう、どうしたらいいの？　気持ちいいのと、気がかりなことと、気怠《けだる》さと、もどかしさと――

全部がごちゃ混ぜになっている。

感情のコントロールが利かなくなって、両の目からひと粒ずつ涙が溢《あふ》れ、胸元に落ちた。

「おまえがそそる顔するから悪い。歯止めが利かなくなるんだよ」

彰一は困ったようなため息をつき、動きを止めた。彼と視線を合わせると、そこにはいましがた見たようなぎらついた色はなかった。

「わかったよ。悪かった」

そう言った直後、膝裏《ひざうら》に手を差し入れられて、あっという間に抱き上げられる。

「続きは寝室で、な？　ベッドの上ならもっと素直に感じられるんだろう？」

返事も聞かず、彼はすごい勢いで階段を上った。

彼に抱き上げられて、自分がどんな格好をしていたのか目の当たりにしてぎょっとする。

微妙に位置がずれたビスチェ、そこからこぼれ出た胸、ショーツだって引き下ろされていた。無事なのはガーターベルトぐらいなものだ。

……こんな格好を彰一に晒《さら》していたのかと思うと、恥ずかしくて消え入りたい。

私は彼の胸に顔を埋《うず》め、自分の視界を塞《ふさ》いだ。

＊　＊　＊

私を寝室のベッドに優しく下ろしたあと、彰一はすぐ近くに腰掛けた。

「いい眺めだな」

にやりと笑うから、慌てて両腕で胸を隠す。いまさらだけど、からかわれても知らんぷりできるほどは大人になれていない。

「彰一！」

「そう睨《にら》むなよ」

人を食ったような笑みを苦笑いに変えて、彰一が唇を重ねてくる。

さっきみたいな荒々しいキスじゃない。優しく、軽く触れるようなキスだ。お互いを求め合うように舌を絡ませながら、彼の手は私の体を這《は》い回る。

さんざん焦《じ》らされたせいで中途半端に火がついたままの体は、数分と経たないうちに切ない疼《うず》きに満ちた。

「しょ……いち、も、ダメ。我慢できな……い」

「俺も、だ。いいか？」

一も二もなく頷《うなず》くと、彼は嬉しそうに笑って口づけた。角度を変え、深さを変えてキスをしながら、私たちはお互いが身にまとっているものを取り去っていく。

一糸《いっし》まとわぬ姿になると、彰一は私の肩を軽く押してベッドに横たえた。それから素早く両足を抱え上げられ、体が強張《こわば》る。何度も体を重ねているというのに、この瞬間はまだ緊張してしまう。いやらしく濡れたそこが彼の目に晒《さら》されていると思うと、居《い》たたまれない。ぎゅっと目をつぶって顔を横に向ける。

すると優しい声がかかった。

「まだ、怖い？」

「違うの。恥ずかしくて。怖くはないから……大丈夫」

本当に怖いんじゃないことを証明したくて、顔を正面に戻して彼を見つめる。私に覆《おお》い被《かぶ》さっている彼は幸せそうに微笑《ほほえ》んでいて、でも少しだけ眉根にシワが寄っていた。

彼の首に腕を絡めてキスをねだったら、すぐに唇が落ちてきた。触れるだけの軽い口づけだったけれど、どきんと胸が高鳴る。

そうして硬く滑《なめ》らかなものが、私の濡れたところへ宛《あて》がわれた。ゆっくりと力がこもり、少しずつ押し入ってくる。

「んっ！　あ……」

隘路《あいろ》を割り開かれる感覚に、お腹の奥がじわりと疼《うず》いた。

「おまえの中、熱いな。熱くて、気持ちがいい」

彼の楔《くさび》は内壁をこすりながら奥に進んでいく。こすれるその一瞬ごとに快感が生まれる。内壁がひくひくと蠢《うごめ》いて、彼に絡みついているのが感じられた。

「っく……！　さやか、締《し》めつけすぎ。これじゃ俺も長く持たないぞ」

苦しそうに眉根を寄せながら呻《うめ》く。

けれど、私自身にはどうすることもできない。彼に絡んでひくつくそこは私の意思とはまったく関係なく、素直に快感を貪《むさぼ》っている。

彼のもので中をいっぱいにされる圧迫感も気持ちよくて、満たされることの幸せが胸に満ちる。

最奥まで到達すると、彼はほっとしたように長いため息をひとつついた。

そうして私をぎゅっと抱きしめて、しばらくそのまま動かない。

「しょう、いち？」

あまりに長い間動かないので、心配になって声をかけた。身じろいだせいで体勢が少しかわり、私の中に侵入している彼の存在をより強く感じてしまう。思わず体がびくんと跳ねた。一度そうして動いてしまうと、次から次へ快感が押し寄せてくる。彼を置き去りにして、ひとりだけで悦《よろこ》んでいるようで恥ずかしい。

「っつ！」

くぐもった呻《うめ》き声が彼から発せられた。

「ああ、もう。くそっ！」

悪態《あくたい》をつきながら彼は上半身を起こした。そうして肘《ひじ》で体を支えながら私を真正面から見下ろす。

「好きだ、さやか。いままでだって、つらいくらい惚《ほ》れてたのに、なんでおまえはさらに惚《ほ》れさせるようなことをするんだ」

「え？　――あ、やぁっ！　んんんん！」

いままでの穏やかさが嘘のように、いきなり彼のものが引き抜かれ、間髪容《かんはつい》れず勢いよく突かれた。

「反則だろ！」

「あっ！　や……ふぁ、あ……ああ……」

激しく揺さぶられながら繰り返し突かれると、あっという間に理性は吹き飛んだ。奥を突かれるたびに、疼《うず》きが高まってゆく。

「莉愛に堂々と言い返す姿……凛《りん》としてて……格好よかったよ。俺と一緒にいたいって言い切るのを聞いたときは…………惚《ほ》れ直した。――もう……何度目かわからないけどな」

抽送《ちゅうそう》を繰り返しながら耳元でささやかれる。

彼の言葉に全身を震わせて、高みへと駆け上がる。浅ましい、はしたないと思っても、もう止められなかった。

「あんな風に……堂々と自分を貫く女が自分のものだと思ったら…………無性に欲情した。こうやって組み敷いて……むちゃくちゃに乱れさせたい。思うまま苛《いじ》めて……啼《な》かせて……俺に溺《おぼ》れさせたい…………パーティー会場では、そんな衝動を抑えるのに必死だったよ」

会場でも!?

あの言い合いをそんな風に見ていたなんて、予想もしていなかった。

そんなことをぼんやりと思ったけれど、それもすぐに快楽に流されていく。

「……んっ……しょ……いち……」

「どうした？」

「好き……」

好きだから強くなりたい。好きだから一緒にいたい。好きだから肌を重ねたい。好きだから。好きだから。その単語だけが頭の中を回って、うわごとのように呟《つぶや》く。

「ああ――俺も好きだ。……愛してる」

彼も繰り返しささやいてくれる。

嬉しくて一層強くしがみつくと、動きが一段と速くなった。

そうして最奥に当たる彼の先端が、ぐりぐりと中をこねる。そうされると、喉《のど》がのけ反《ぞ》るくらいの甘い痺《しび》れが全身に走った。

「ひあ！　……あ、つ……あああっ！　や、も、ダメぇ！」

頭が真っ白になる。突き上げられるたびに感じる鋭《するど》い快感と彼の声、それだけしかわからない。

「くっ！　俺も、もう……もたない」

「あ、あ、あああっ」

彼の動きが貪《むさぼ》るようなものに変わった途端《とたん》、私は激しく痙攣《けいれん》した。彼に抱えられた足の爪先がピンと張り、彼を呑み込んでいるところが大きく収縮した。それとほぼ同時に――

「っ！」

彰一の声にならない呻《うめ》きとともに、中で楔《くさび》がびくびくと跳ねた。一番奥でなにかが弾ける感覚もあり、それを感じた途端《とたん》、イったばかりの私の体をまた小さな波が襲う。

絶頂を迎えたばかりで敏感になっていた体にその波は厳しくて、意識まで飛びそうになった。

「大丈夫か？」

額に汗を浮かべて、荒い息を繰り返す彰一が尋ねる。私もきっと彼と同じで汗にまみれているに違いない。

「………うん。彰一は？」

汗で額に張りついた彼の髪をそっと直すと、彼は愛《いと》おしそうに目を細めて私の頬《ほお》に口づけた。

私はもっと彼を近くに感じていたくて、彼が離れないようにと首に両腕を回し、自分の胸に彼の頭を載せた。

こうやって胸に抱くと、なんだか可愛いと思えてくる。幼い子どもにするように優しく頭を撫《な》でた。彰一はされるがままだ。まるで虎を手なずけたような気分になってくる。

「おまえは、俺のものなんだよな？」

内容は偉そうなのに、その声にはかすかに不安が混じっているように聞こえた。

「そう。私は彰一のものだよ。彰一も私のもの、なんだよね？」

尋ね返したら、彼は私の胸から顔を上げて不敵な笑みを浮かべた。

「ああ、そうだ。俺はおまえのものだ」

それってそんなにふんぞり返って言うことなのかな？　と心の中で突っ込みつつも、嬉しくてたまらなかったので、彼を思いっきり抱きしめた。

「おい!?」

「だーい好きだよ、彰一！」

嫌い合って離れていた歳月の分も、これから取り戻そうね？　なんて耳元でささやいた途端《とたん》、彼に組み伏《ふ》せられていた。

「じゃあ、すぐに取り戻しはじめないといけない。な？」

にやりと笑う彼の顔に不吉な予感がする。

「え？　え？」

とぼけようとしたら唇を塞《ふさ》がれ、不埒《ふらち》な手が胸や腰を撫《な》ではじめた。

藪《やぶ》を突《つつ》いて蛇《へび》が……とは、まさにこのこと。

結局、強制的に第二ラウンドに突入！　延々と彼に翻弄《ほんろう》され、疲労困憊《こんぱい》で眠りにつくことになりました。

指一本動かすことさえ億劫《おっくう》な私の髪を、彰一の指が繊細な手つきで梳《す》く。その心地よさにうっとりしていると、急速に睡魔《すいま》が襲ってきた。今日もまた『おやすみ』の一言が言えそうにない。まぶたはもう鉛《なまり》のように重くなっている。

でも、こんな風に眠りにつく生活は嫌じゃないし、困ってもいない。むしろ、嬉しかったりする。側に愛しい人がいてくれて、身も心も満たされて。これ以上の幸せはないって言い切れる。

――そんなことを考えながら、私は深い眠りに落ちた。

＊　＊　＊

翌朝。昨晩あれだけ夜更かししたというのに、彰一は上機嫌で出勤していった。

あとに取り残された私は疲れの取れない体を引きずって午前中を過ごした。

お昼を食べたあとも、なかなか体力は戻らなくて、運動不足を痛感していた。ここの敷地はとんでもなく広大だから、ジョギングでもしようかな？　体力もつけないと身が持ちそうにない。そうしてゆっくりしているうちに、気づけば日が暮れかかっていた。

私はリビングのソファに座り、久々に彰一からもらった秘密箱を引っ張り出す。

『彰一の隣に立てる自信が持てたら、もう一度秘密箱を開けて彼に質問をする』ことを、そろそろ実行してもいいかなって思っている。

膝の上の秘密箱は綺麗な飴色《あめいろ》をして日の光を弾いている。繊細な模様を指で撫《な》でて感触を楽しむ。

「彰一、早く帰ってこないかな」

呟《つぶや》いた途端《とたん》、うしろから抱き竦《すく》められた。ふわりと香る匂いと触れた感触で、振り返らなくても誰だかわかる。

「もう帰ってる」

「おかえり。今日は早いね！」

振り返ると、優しいキスがひとつ、不意打ちで来た。

「それ、ようやく開いた？」

ちょっと意地悪な言い方が彰一らしい。腹が立ったわけじゃないけど、意趣《いしゅ》返しのために私からもキスを返す。

彰一は驚いたように目を見開いたあと、愉快《ゆかい》そうに笑った。

「ね、これって縁日のときの？」

「そう。おまえと別れたあと、キミ代さんにワガママ言って店に戻って買った。本当は小学校に入る前に渡したかったんだけどな」

それ、どれだけ前のことよ。二十年以上も持ってたなんて。捨てようか、やめようか迷う彰一の姿が脳裏に浮かんだ。

「小さいころに野良犬が迷い込んだ事件があったろう？　あのときな、いまのままの自分じゃ、指輪なんて渡せないって痛感したんだよ。もっと強くなって、おまえを守れるようになってからじゃなければダメだって」

「彰一……」

「強くなるなんて偉そうなこと言ったけど、全然ダメだったな。馬鹿なガキだったからさ。おまえがほかのヤツらと楽しそうに遊んでるのが悔《くや》しくて、気がつけば意地悪ばっかりしてたよな。俺を見てもらいたくて仕方なかったんだが、おまえにしてみればいい迷惑だ」

それは否定できないので無言を押し通す。けれどかわりに、私の肩に回された腕をぎゅっと掴《つか》んだ。

彰一は自由なほうの手を伸ばして指輪を私の指に通し、なかばで止まったそれをゆっくりとなぞった。

「もう入らないな」

「さすがにね」

「じゃあこれは、お役御免《ごめん》だ」

そう言い終わらないうちに、彰一は私の指から指輪を抜き去る。

「あー！　やだ、彰一、返してよ」

「あとで」

くすくす笑いながら、彼はどこかへしまってしまった。

「なぁ、さやか。これなら入ると思うんだ」

「え？」

驚く私の前に差し出されたのは、白銀に輝く指輪。真ん中には大ぶりの透明な石がはめ込まれ、キラキラと輝いている。まるで透明な炎のようだ。周りにちりばめられた同色の小さな石も、さざめく星のように光っている。

——おおきくなったら　ほんもののほうせきがついた　こんやくゆびわを　ぷれぜんとします。

手紙の一文が頭をよぎった。

「まさか……」

「手紙、読んだだろ？　本物の宝石がついた婚約指輪をプレゼントするって。受け取ってくれないか？」

婚約指輪。それを受け取ってくれって、それって……

「藤園さやかさん、俺と結婚してください」

かしこまった口調で言われ、体が震えた。

「——それ、私がもらっていいの？」

震える声で、やっとそれだけ言えた。

「もちろん」

「私に本家の嫁が務まると思う？」

「おまえ以外に務まるヤツはいないよ」

「家に縛られるの大っ嫌いって言ってきたのに？」

「それはおまえが『家』がなんなのか知らないからだろう？　家っていうのは人だ。大切な人たちを守る。それが家を守るってことだろう？」

「人を、守る……」

彰一は、私の迷いを次々と取り払っていく。

「ああ、そうだ。おまえは優しくて強い。安心して俺の背中を預けられる。——なんてな。御大層《ごたいそう》な理屈を並べてみたが、正直に言えば、側にいてくれさえすればいい。家のことなんて考えなくていいし、本家の嫁になんてならなくていい。俺の妻になってくれれば、それでいい。あの家でふたり、幸せに暮らそう？」

「私……私……」

意地っ張りだよ？　ワガママだよ？　向こう見ずだし、強情だし、可愛げなんてないよ？　頭の中をそんな不安が駆け巡るけど、よく考えたら、彰一はそういう私を熟知しているんだった。

「わ……たしと、結婚してくださ……い」

「喜んで」

耳に唇が触れるくらいの至近距離で甘くささやかれ、胸がドキドキと早鐘《はやがね》を打った。痛いくらいの鼓動は、彰一にも聞こえてしまいそう。

彼は私の左手を取り、薬指にゆっくりと指輪を滑《すべ》らせる。

「よく似合うよ、さやか」

サイズは寸分の狂いもなくぴったりだった。

「ありがとう、彰一」

「俺のほうこそ。受けてくれてありがとう」

どちらからともなく見つめ合い、どちらからともなく目を伏《ふ》せた。

そうして、優しく触れるだけの、でも、長いキスをする。

――この先、きっと色々なことが起こるだろう。でも、この人となら乗り越えていける。確信めいた強さでそう思った。

こじれにこじれた初恋は、リボンのようにさらりとほどけて、彰一と私を繋ぐ赤い糸になりました。

真面目だけが取り柄の地味系OL・雪乃《ゆきの》。
総務課の彼女はある日突然、病欠した受付嬢の
代役をすることに。気合を入れて臨んだものの
業務に就いて早々に雪乃は恥ずかしい失敗を
してしまう。そんな彼女を救ってくれたのは、
社内屈指のエリート社員・和司《かずし》だった。
それをきっかけに、なぜか彼からの猛アタックが
始まった！ 強引な和司のアプローチに
恋愛オンチの雪乃は……!?

B6判 定価：640円+税 ISBN 978-4-434-21191-1

永久めぐる（とわ めぐる）
茨城県出身、千葉県在住。2012 年 4 月より、Web にて恋愛小説を公開。2013 年「臨時受付嬢の恋愛事情」にて出版デビューに至る。趣味は読書や写真撮影のほか、ホラー系や乙女系のゲーム、手芸など。

「Farthest Garden」
http://far-g.sakura.ne.jp

イラスト：小島ちな

こじれた恋《こい》のほどき方《かた》

永久めぐる（とわ めぐる）

2016年 1月31日初版発行

編集－斉藤麻貴・宮田可南子
編集長－塙綾子
発行者－梶本雄介
発行所－株式会社アルファポリス
〒150-6005 東京都渋谷区恵比寿4-20-3 恵比寿ｶﾞｰﾃﾞﾝﾌﾟﾚｲｽﾀﾜｰ5F
TEL 03-6277-1601（営業） 03-6277-1602（編集）
URL http://www.alphapolis.co.jp/
発売元－株式会社星雲社
〒112-0012東京都文京区大塚3-21-10
TEL 03-3947-1021
装丁イラスト－小島ちな
装丁デザイン－ansyyqdesign
印刷－大日本印刷株式会社

価格はカバーに表示されてあります。
落丁乱丁の場合はアルファポリスまでご連絡ください。
送料は小社負担でお取り替えします。

ISBN978-4-434-21583-4 C0093